Si sintieras bajo los pies las estructuras mayores

Roberto Chuit Roganovich

Si sintieras bajo los pies las estructuras mayores

Papel certificado por el Forest Stewardship Council®

Primera edición en Mapa de las Lenguas: 2026

Printed in Spain – Impreso en España

ISBN: 979-13-87846-50-3
Depósito legal: B-12234-2025

Impreso en Gómez Aparicio, S. L., Casarrubuelos (Madrid)

A L 4 6 5 0 3

Los arquetipos están dentro de nosotros y son eternos. De lo contrario, ¿cómo podría llegar a afectarnos el relato de lo que sabemos a ciencia cierta que es falso? (…) Esos terrores están ahí de antiguo. Se remontan a antes de que existiese el cuerpo humano… No precisan siquiera de él, pues habrían existido igualmente… El hecho de que el miedo de que tratamos aquí sea puramente espiritual (…) plantea problemas cuya solución puede aportarnos una idea de nuestra condición previa a la venida al mundo o, cuando menos, un atisbo del tenebroso reino de la preexistencia.

Charles Lamb,
Witches and Other Night-Fears

1504

Escucharías un ruido tan enorme que creerías que el mundo está por abrirse al medio. Es más grande que todas las tormentas que jamás hayas escuchado y te llevaría al pavor. Y si estuvieras acá esta noche de invierno verías bajar la bruma por las laderas, rastrera y moviéndose aplastada al piso y haciéndose cosa junta con el rocío. La verías encima de la tierra, dándole cobertura como si fuera sábana. Si así la vieses, Isabel, podrías entender por qué entra al convento por debajo de las puertas de dos hojas, también por la hendija de bronce, cruzando adentro, al pasillo central, a los bancos y los candelabros apagados a esa hora de la madrugada y siempre hacia adelante, por sobre el altar y el mantel y tocando el libro único; podrías verla hacer formas de hombres cuando choca contra las paredes: hombres altos que escarban la piedra con las manos como buscando algo. No podrías dejar de pensar en ese ruido, que no merma y hace que vibre cada piedra y cada árbol, pero no verías ahora otra cosa que la bruma encima del humeral y los velos yendo hasta el sagrario con el crucifijo por delante, y justo después de él, sobre un retablo, hasta las cajas de madera con las hostias, las pocas que quedan y que van a probar todos cuando aclare durante el oficio. La niebla es mucha y sube las escaleras llenando las grietas del empedrado tal que lava hasta el piso superior, entrando en las habitaciones vacías que esperan a los generales que ahora cruzan el mar, y también en las que están ocupadas: la verías entrar a la habitación del padre Balvanera, con la sotana colgada en el perchero moviéndose despacio por el viento que entra, que es poco pero empuja, con la cama de roble donde el padre duerme, casi cayéndose, con una parte del cuerpo fuera, con la mano exigua y abierta tocando el suelo con la palma. Si me escucharas, por encima de esta tormenta que suena y que parece la garganta de un tigre, verías la niebla seguir hasta el fondo del pasillo, tal como hace ahora, Isabel, entrando también a la última pieza, la que está bordeando el campanario, donde verías a Catalina parada frente a la ventana, todavía vestida con el hábito negro ceñido a la cintura, con la toca blanca y la frente despejada, mirando por la ventana al campo que está afuera, más allá de los campos que están afuera, hasta donde aparecen los pinos que a esta hora no se distinguen del cielo negro.

Si pudieses, Isabel, proyectarte en la fase como yo, en espíritu ampliado, verías ahora a Catalina mirar por la ventana la América fantástica y recién descubierta, donde no parece haber mar ni cerco ni vallado ni piedra amontonada que le explique a nadie por dónde girar o frenarse o subir: así de ancha y virgen. La niebla colma el convento a estas horas de la madrugada, nuevo e inmaculado y con la cal todavía blanda, hecho a catorce días del último establecimiento y cerca del río enorme que cruza el sur del continente. Sentirías lo que entendemos por amor, por la ventura a la que se lanzaron, y verías que en el convento son pocos: cinco soldados de labranza, nada más, y el padre Santiago Balvanera, y ella, Catalina, devotos todos de vos y de Castilla.

Encontrarías a Catalina, que mira por la ventana.

Pero escucharías el ruido. No viene de la tormenta. Es de otra hechura.

Es enorme y hondo y largo. Pensarías que es un grito. Suena como piedras pesadas chocando contra sí mismas, como se sabe se escuchan los terremotos o como los animales gigantes cuando sienten el miedo.

El ruido hace temblar el convento, tanto que pareciera que yo también tiemblo. Catalina lo siente primero en los pies, después en la parte de abajo de la panza, después sobre los ojos. Los pájaros del pinar escapan al cielo y suben como un enjambre tapando lo poco que se ve de la luna y Catalina queda paralizada. No es nada parecido a lo que haya escuchado antes, ni ella ni yo: ni a la marcha de los ejércitos ni a los barcos destruyendo los puertos. El rugido suena unos segundos y después se apaga, y el eco queda colgado dentro del convento, rebotando entre las paredes hasta volverse cada vez más calmo.

De la pieza del padre Balvanera no viene ningún sonido. Catalina piensa que el padre puede no haberse despertado, que el temblor no ha entrado en sus sueños más que como un movimiento ligero, como la imagen de un baile o un viaje en carreta.

En las habitaciones de abajo sí se escuchan voces: los soldados se levantan en sus piezas y dicen cosas que llegan asordinadas a los pisos superiores. Se mueven sin las armaduras ni los guanteletes, apenas toman las lanzas, y salen a los pasillos oscuros para después subir las escaleras diciendo que el grito sonó a hombres, miles, también al monstruo terrible que los portugueses dicen haber visto en las selvas del norte donde crece el *pau brasil*, que algunos confunden con el Behemot de las escrituras, y que de acercarse un asedio de nativos, por pocos que sean, deberían darse todos a la fuga lo antes posible sobre los caballos hasta el convento próximo, por lejos que quede, porque no conocen esa noche ni esos campos. Vieras la preocupación que llevan, se les nota en las frentes y en los pelos de la nuca. Los soldados entran a la pieza de Balvanera, a quien todos tienen por jefe, por conocedor y cauto, por las caricias que da y por sus gestos, por la esperanza que infunde en todos por la mañana y por el amor que expele. Catalina los escucha desde la otra habitación, primero entrando apresurados e intentando despertar amablemente al padre Balvanera, y más tarde elevando el tono, ya con Balvanera despierto pidiendo explicaciones por las maneras y el apremio y lo agitados que están y sus voces quebradizas.

Balvanera sale de la cama y se pone la sotana, pelea lento contra la tela, a tientas, por la noche completa que hace sin lámparas ni velas. Balvanera sale de la habitación y baja las escaleras con la escolta de la guardia mientras Catalina asoma al pasillo, ahora desierto, y se acerca al descanso. Escucha a Balvanera decir que no hay todavía botánica ni fáunica de las Américas, que las pocas que hay son pobres y a veces mentirosas y exageradas. Calmen, dice. Si en verdad se trata, dice, de una bestia en el bosque, entonces tiene que haber más, porque no puede haber cosa única de una cosa, excepto Dios, que es sustancia causada por sí misma, así, sigue, debería haber siempre réplicas de todo, casi idénticas pero múltiples, iguales en tamaño y en composición, y siempre y de forma obligada ser del mismo modo sus crías o su ascendencia. De todos modos, no. Porque no puede ser todo tan diferente como en Europa, dice, y no puede haber dos porciones de la Tierra tan distintas en su conformación y en lo que albergan: no puede haber nada mucho más grande que elefantes, ni nada mucho más chico que una hormiga. De haber la bestia enorme, dice, va a haber dos, y de haber dos, hay miles, y por ello subsiste por sí, solo con aquello que le provee estos campos. Nada querrá hacernos, pues no nos necesita. Puede, sí, que sean los indios, sus bombos acaso, armando las huestes para tomar las capillas y los conventos y quemar las cosechas jóvenes.

Sentirías a Catalina traducir a imágenes los sonidos que escucha llegar desde abajo: les pone forma y colores, les da el movimiento bajo las piedras del salón central. Se sabe protegida por Balvanera y las cruces, entonces el temor es todavía tímido. Abajo, los hombres, ya erguidos y listos, se ponen las mallas y después las placas, atan las espadas a las cinturas y mojan los trapos de las antorchas con aceite; se calzan los cascos y las viseras y se atan a los brazos derechos las cintas rojas y amarillas de tu imperio, Isabel, y salen del convento al cobertizo donde los caballos ya están despiertos y relinchando, algunos para escaparle al ruido que escucharon y que saben que viene de la parte de los árboles, y otros, los más maduros, ya acostumbrados a la guerra en el desierto y a la guerra contra los moros, dispuestos a avanzar.

Los hombres ensillan los caballos y los montan y salen al trote en la noche oscura.

Catalina escucha poco de las órdenes, y después lo único que llega de abajo es el padre Balvanera recitando en voz alta el versículo que habla del álamo, de lo irrompible del cardo y de la tentación.

Si estuvieras acá, viéndolo todo como puedo verlo, verías temblar a Catalina: es una helada repentina, como si el mundo hubiese frenado de repente su movimiento, como si alguien hubiera matado al calor. Verías cómo mira por la ventana a los hombres que viajan en formación triangular hacia el bosque. Los ve como perros chiquitos, a excepción de los fuegos que llevan y que les da otro porte.

Ahora, si fueras el pasto en el campo sentirías a los soldados quebrarte con el peso de sus caballos y sus armaduras; si fueras los caballos sentirías también el miedo que tienen y por qué aplastan así de violentos.

1888

9 de noviembre

Londres ha abandonado, si alguna vez lo tuvo, el verde. Ahora es un monstruo gris, sin diferencia de relevancia entre lo plomizo del cielo encapotado y los edificios. El humo de las fábricas, por lejos que se encuentren del centro político de la ciudad, cubre las calles a la altura de las rodillas y se mueve para entrar en las iglesias, las panaderías, los talleres, y nada lo aplaca ni lo ata al suelo, ni siquiera la lluvia cuando cae y que es mucha. No hay calle que no esté empedrada, como tampoco hay pasaje ni callejón que no esté cubierto de un tizne negro parecido al alquitrán. Los edificios tienen el doble de tamaño que los nuestros, se levantan como dientes afilados hacia el cielo. Desde arriba, a los ojos de los pájaros o más alto todavía, puede que parte de Europa sea vista como una mandíbula irregular y quebrada. Los restos de un gigante sepultado a medias. El sol de la mañana apenas se deja ver en las ciudades, que permanecen en sombras hasta llegado el mediodía, y después también, como si el mundo entero estuviera suspendido en un color apagado de otoño. La ciudad huele mal, son los restos de los grandes comedores que se apilan como montañas en las veredas junto con el desguace del ganado que los matarifes lanzan por las ventanas para el placer de los perros y la carroña, acaso también la humedad, que potencia los vapores que brotan de las alcantarillas y de las axilas y piernas y cuellos de los ciudadanos. Solo da respiro cayendo la noche, cuando llega trepidando sobre el Támesis el viento que viene del mar y parece quemar y ponerle sello con los minerales que trae a todo lo podrido y mustio.

El barco a vapor en el que viajé se encontraba, inexplicablemente, casi desierto. La tripulación, en su mayoría africana, no me dirigió la palabra en los once días de viaje. Yo tampoco intenté entablar ninguna conversación: solo los veía caminar sobre la borda, musculosos y decididos, con sus collares de símbolos y sus pulseras, haciendo pases de manos cada vez que algo en el viento o en el cielo auguraba tormenta, noche fresca o mar picado.

Paraselene a la quinta noche. Nunca antes vi algo parecido. La parte inferior del círculo en la luna se escondía detrás de la línea del mar y el cielo se iluminó durante dos horas.

El hotel en el que me alojo es modesto pero cómodo. No tiene nada más que lo que necesito: una cama, un ropero, una pequeña biblioteca, una escupidera y veladores. No bien llego, leo una carta que me fuera entregada en el recibidor del hotel. Se trata del Sr. Whitehead, que me da la bienvenida y me cuenta que ha sido designado para asistirme en todo lo que necesite durante mi estadía.

Ahora escribo sobre el escritorio que tengo junto a la ventana. Afuera llueve y es como si el agua fuera negra, como si naciera negra del cielo por las nubes contaminadas o como si durante el viaje hasta el asfalto se oscureciera por los humores de la ciudad. Los faroles iluminan sin vigor las calles. Así, desde donde estoy, con la noche escondiendo los edificios y sus terminaciones, volviendo ambiguas las figuras de los hombres que cruzan con prisa, ambiguos también los carteles y las indicaciones de las esquinas, podría ser una noche de Buenos Aires.

13 de noviembre

Llevo tres días consecutivos de reuniones diplomáticas. Todavía no he tenido el encuentro más importante, el referido a las semillas con el Dr. Herschel, y temo llegar abatido. No estoy, sin embargo, cansado, pero hablar, pensar, moverse en otro idioma es sin dudas agotador.

El clima en las reuniones es distendido y hasta a veces poco serio. Toman como nuestros gauchos, incluso más, y hablan con la tranquilidad de quienes se saben en dominio total del mundo. Son inteligentes y sarcásticos y tienen una idiosincrasia práctica y expeditiva. Reservan el primer tercio de las juntas a la resolución de los problemas de urgencia y luego, sí, hacen vida social. En cuanto firmamos los acuerdos —uno por la exportación de cuero vacuno y lana que, de llevarse a cabo, supondría un octavo de nuestras exportaciones totales; otro menor por caña de azúcar; otro para la construcción de la embajada inglesa en Argentina— la junta se vuelve más coloquial y llevadera. Hablan de negocios y de descubrimientos científicos, hablan con preocupación de los Estados Unidos de América, a quienes consideran *brutish peaseants whit money* ("campesinos brutos con dinero"), pero, sobre todo, hablan hasta el hartazgo del caso que tiene en vilo a toda la ciudad: los cuatro asesinatos en un lapso de cinco semanas sucedidos en Whitechapel —el barrio aledaño al de mi hotel— y que han sido, según me informan, de una bestialidad absoluta. Se trata de un hombre, o eso creen, por la fuerza con la que realiza los cortes, que ha puesto en alerta a la Scotland Yard y que, según los pocos testigos conseguidos, preda por la noche cerca de la zona alta del barrio, poblada de pasajes breves y pasadizos donde arrastra a sus víctimas para ocultarse a la mirada de los transeúntes y las luces del alumbrado. Es metódico y calmo, y es a la vez pura furia desencadenada: corta las gargantas con cuchillas anchas, con el fin de silenciar pronto a la presa, y luego las arrastra a las sombras para finalmente desfigurarles los rostros. Cada vez que tiene tiempo y no hay gritos de alarma, se demora: lacera los órganos genitales y abre los estómagos para arrancar las vísceras, y así los deja, entre la basura y las ratas, para que sean encontrados por la mañana como manchas rojas con los ojos abiertos, como cuerpos vaciados de dignidad. La prensa ya lo ha bautizado *Jack the Ripper* (Jack, "el destripador") y se cree de él que es muy alto y moreno, que se mueve lento, pero con determinación, que puede haber sido jardinero o carnicero por la destreza con la que maneja las herramientas, que usa sombrero ancho y una gabardina oscura con las solapas levantadas que lo hacen parecer, mientras camina, un vampiro.

Acabo de volver a pie de la última reunión. Se extendió más allá de la cena. Quería saber qué se sentía ser un caminante. Soy alto y mi cuerpo todavía responde y sé usar las manos, pero me resultó inevitable sentirme sugestionado por la historia del asesino, por el modo en que se ríen los ingleses cuando están borrachos, mostrando los dientes como bestias y riendo fuerte, por los hombres que por la noche atraviesan las calles, pálidos y lánguidos como si no los hubiera tocado nunca el sol, lo que hizo que me volviese cada tanto para ver si alguien seguía mis pasos y revisar ambas direcciones de las calles antes de dar el cruce por los carruajes, que aún más durante la noche parecieran andar desbocados, para espiar por los pasadizos asomando apenas el cuello para encontrar poco más que cuerpos de obreros dormidos y amontonados para soportar el frío. No es lo ensimismado que se encuentra todo, ni la lengua que hablan ni sus maneras, o tal vez sí, pero hay algo acá, denso, la humedad tal vez, que hace que el aire pareciera a punto de volverse sólido, como si en esta ciudad la noche fuera más noche y el amor fuera más amor y el deseo más deseo.

2036

Estoy en un pasillo. Tengo los ojos cerrados y puedo sentir el olor del alcohol y el yodo. Escucho las voces, las bajas y las de comando, y es como si pudiera ver claro, a través de los párpados, la calma y el hartazgo y los cuerpos que cruzan delante de mí y que se me aparecen como bloques oscuros que tapan la luz. Todos esperan a que se los llame, quietos y en sus lugares, en un orden frágil, que se les indique que ahí está, ahí se ve en su sangre o en los estudios el umbral de su vida: ahí está tu muerte y podés tocarla, ya le pusimos nombre hace tiempo y fue la muerte de muchos, ahora es la tuya y resta que te vuelvas su compañero, que pongas en equilibrio tu marca en el mundo, que te acuerdes de que fuiste amado. Estamos quietos y sabidos de lo que nos espera, pero todavía pacientes por el cansancio y el cuerpo dormido o por el miedo, incluso quienes tienen en el cuello colgada la cruz, sabiendo que para ellos podría abrirse, de darse lo peor, un parque enorme y de verde infinito. Una puerta se abre al fondo y escucho mi nombre: Ishigata, Julia Ishigata. Cruzo el pasillo blanco con gente como yo a los costados, sin verlos, para entrar a otra habitación, también con las luces y las paredes blancas, con un hombre alto con la cara y la voz amables que después de los saludos señala un monitor donde se ve mi cuerpo, flaco y quieto, mis caderas transparentes, apenas una línea contra el fondo oscuro, y mis huesos como arcos, y mi cuello largo, y mi cráneo, y ahí dentro, un bulto más oscuro, en el cerebro, como un nido gris y redondo con los bordes picados. Es una mancha plana, definida, que desentona con la imagen lavada de la pantalla, sin sombras ni relieves, un hueco negro como una falla en la máquina que la capta.

Recuerdo entonces que también hay eso en el mundo.

Por sobre los bosques húmedos y protegidos del invierno en los que creo vivir, a veces, hay también espanto.

La mancha se trata de un pino enorme, entre todos los árboles el más alto, que de repente me mira como si cobrara vida, y no me quisiera en la Tierra, que es tan fuerte en su determinación que me obliga a salir eyectada del bosque o de lo que considero mi casa, arrastrando todo lo que tengo hasta que pueda, yo, encontrar otra caverna de la que me sienta parte, siempre en silencio, para que el pino, ahora con movimiento, con la cara del Juicio, no me encuentre o me tome por olvidada; y detrás de ese espanto, otro: yo, ya en la caverna oscura con el eco de las pisadas del pino afuera, retumbando sobre el pasto, sabida de que el tiempo va a hacer de mis piernas dos palos secos incapaces para la fuga, nunca habiendo podido imaginarme ni cabañas tranquilas, ni el olor del fuego en el hogar, ni mi vejez con arrugas hondas, ni venas hacia afuera como deltas, ni un útero austero que ya no expulse sangre, sino siempre un cuerpo joven pero puesto en pausa, hermoso como el de un héroe, llorado lo justo y enterrado antes de los desastres, porque está en mí o en mi familia la vida corta y acelerada, tan pequeñas entre ellas, sus vidas, las nuestras, que apiladas son siquiera un cerro, como una máscara quieta hacia la que yo me muevo lento, como una jaula que sé es mía y hecha a mi molde.

La biopsia no dio bien, Julia, dice el hombre blanco, encontramos células cancerosas, todavía hay tiempo para hacer todo cuanto puede hacerse, y bien y de forma segura, dice, entonces me despido y vuelvo caminando por encima de las cosas como si no me importara, como si el bulto en el cerebro, el pino, fuera menos un peso que un hueco por donde pudiera escaparme a otro lado, contraerme de a poco hasta que no quedara de mi cuerpo nada y mi borde se convirtiera en el límite hacia otra forma de vida.

1945

El doctor Yuuki Ishigata llegó a la Argentina en la madrugada del 14 de marzo de 1945.

El embarque y los avisos de cabina habían sido de una protocolaridad somnífera, y el avión dejó atrás a un Tokio que todavía se debatía entre la modernidad y un mundo viejo, hecho de cuentos de fantasmas, de formas de sanación y valentía todavía no tocadas por la ciencia, con calles angostas y empedradas, con dragones de piedra en los umbrales y las plazas. Antes de que cayese la noche, Ishigata miró por la ventanilla: el sol teñía las nubes de esponja y el archipiélago japonés, verde y marrón, que simulaba dedos sucios adentrándose al agua, y después el mar, una landa quieta hasta donde llegaba el ojo. Se distinguía sutil la curvatura, una inclinación para nada pronunciada que funcionaba más como síntoma de un mareo que como evidencia de la composición de la Tierra. Un solo acontecimiento, pensó, el del vuelo acaso, el de una escalera gigante, el del cálculo matemático exacto y a tiempo, lo podría haber resuelto todo: un hombre de letras en la punta del cielo viendo que en verdad el planeta era un círculo y que, como tal, no había fin ni un cierre abrupto de la extensión donde después se abriese a la inmensidad del vacío; un hombre en una escalera de oro que entendiese de una vez y para siempre, y porque así se lo habrían dicho sus ojos, que ya no había centro, o que al menos había múltiples; así, tal vez, se habrían ahorrado las persecuciones, los juicios, la insistencia en la lectura de las palabras de Dios, y el fuego, sobre todo, en los cuerpos y en los libros y en las catedrales paganas y en los países del Este y en sus árboles y sus ejércitos y sus banderas y sus mujeres.

La estadía, en principio, no debía ser larga: duraría los nueve meses aprobados con posibilidad de prórroga a cuatro más si los descubrimientos eran prometedores.

El doctor Ishigata llegó entonces al aeropuerto de Buenos Aires con la certeza del regreso eventual, de la vida ligera de turista a pesar de lo atareado del trabajo. Tomó un taxi y dio la dirección del hotel en un español correcto, pero rudimentario, que había aprendido a medias por la intención juvenil de leer el Quijote en su lengua original, y que se había prometido mejorar. El taxi cruzó la ciudad por las calles deshabitadas. El alumbrado público insinuaba las puntas, las estructuras y los adornos de los edificios en las avenidas principales. Ishigata, educado en otra forma de decoro y a pesar de la fascinación, consideró excesiva la superposición de estilos, acaso propia de un país latinoamericano, con una historia todavía breve donde la identidad se producía por la mixtura.

Dio su nombre en la recepción y lo acompañaron hasta la habitación que el gobierno del Japón le había reservado. Se acostó vestido y miró el techo, todavía conmovido por la inmensidad del Pacífico que hasta entonces nunca había cruzado: el color idéntico en cada lugar, la superficie plana que lo hacía parecer al cemento, el espacio infinito sobre el que cruzaban los aviones para viajar a la guerra. Ishigata imaginó un avión de caza estadounidense viajando a ras del mar, barriendo sutil los vapores y la espuma con olas por debajo, cruzando con la velocidad del viento y llegando a la isla mayor del Japón para soltar después las cargas, tal como el fuego de la Iglesia, sobre los hermanos y las hermanas y las estatuas y los templos. El mareo del viaje o la imagen le dieron náuseas, pero no tuvo fuerzas para moverse. Entonces durmió.

La guerra se desarrollaba violenta hacía ya algunos años y el Imperio se obsesionaba, además de por el frente y todo lo que eso implicaba —las botas sucias, las falanges con hambre, el sake, los campos minados, los fusiles, la munición—, por obtener avances científicos que, creían con una fe psicótica, habrían de adelantarse a los procesos evolutivos lógicos: pretendían romper el tiempo, dar un salto breve hacia adelante por corto que fuera y hacer así de los soldados de la nación hombres fuertes e incansables, con más puntería y más arrojo y más dóciles, como se decía habían logrado los hombres del Tercer Reich, bestias retocadas para quienes la cocaína y la morfina ya eran detalles menores. La Universidad Imperial de Tokio, entonces, había desarrollado un programa de cierta confidencialidad en el Instituto de las Biociencias Moleculares y Celulares con el fin de, si no producir una nueva forma de soldado, al menos encontrar la solución a los problemas concretos del cuerpo humano durante la guerra, como el de la cicatrización acelerada, la reposición de fracturas e incluso el de la muerte, para que los cuerpos muertos, ya olvidados de sus familias y afectos, respondiesen a cualquier alta comandancia en tareas más riesgosas que las de los escuadrones suicidas. El doctor Ishigata, como director del Departamento de Botánica, aceptó emprender el viaje. Supondría abandonar sus doctorandos, sus clases, el prestigio conseguido, el sueldo justo, la ciudad de Tokio a la que había llegado de joven y que durante la primavera se llenaba de colores y parecía volverse jardín total, para vivir durante un tiempo en el frío austral del mundo, en un país todavía en desarrollo y con una capacidad técnica y científica por detrás de los países europeos; también supondría, así lo creía, su ausencia al menos, alguna forma de protesta silenciosa al giro fascista que el gobierno nacional había tomado en los últimos años, giro del que la Universidad de Tokio se había desentendido, como también una crítica al ingreso precipitado a la guerra, la del Japón, en una carrera hacia el vacío, creído el Imperio de estar jugándose la verdad sobre el mundo y preso de una necesidad de reparación simbólica u honorífica que no era reconocida más que por ellos mismos.

El segundo avión al sur fue más placentero. Fue corto y silencioso: un vuelo privado de no más de quince personas que trasladaba altos mandos militares argentinos en tareas de rutina. No le dirigieron la palabra y él tampoco intentó comunicarse. Tenían todos, como era de esperarse, las caras duras y el aplomo y los gestos seguros y definitivos, y ensayaban los rituales minúsculos y casi imperceptibles —los saludos, los debates, los permisos— que podían impresionar a cualquier hombre común con la marca de lo distintivo. Ishigata se preguntó hasta dónde era posible torcer la dureza y cuánta fuerza opuesta era necesaria para astillar un temple, los de ellos y los de todos los generales que habían nacido en su propia isla: cuánta fuerza podía ejercerse sobre un palo pulido hasta el punto del quiebre.

Ishigata llegó a Río Gallegos por la tarde, y entró por segunda vez en dos días a un hotel de paso. Ya no quedaba lo templado de la ciudad de Buenos Aires, el clima pesado del monzón que Ishigata conocía bien, ni tampoco los edificios que pudieran frenar el pampero que crecía del sur; quedaban, sí, hileras de árboles frondosos, lengas y araucarias bordeando las rutas y las calles anchas que sostenían el viento como podían, con los troncos doblados hasta casi ser paralelos al suelo.

El hotel era más modesto que el de la ciudad de Buenos Aires, pero también más calmo. En la recepción, recibió una carta de bienvenida y el aviso de que durante la mañana siguiente lo pasarían a buscar para llevarlo a destino.

Cenó temprano y fue a su habitación. Ya en la cama siguió leyendo el único libro que había traído consigo, un volumen de un austríaco ignoto, Goran

Herschel, con poca precisión metodológica y aún menos fineza conceptual, que se había dedicado, como lo aclaraba en el prólogo y como hacen los diletantes o los hombres de dinero, a revisar plantas curiosas del África y el sur de Asia. El volumen era a la vez una crónica de viaje, una confesión, una ética y un tratado de botánica. Ahí no interesaba la precisión sino la elasticidad del pensamiento: el autor austríaco saltaba de un lado a otro sin el menor rigor teórico, y era en ese salto donde aparecía un espacio, poético pero a la vez especulativo, que a Ishigata le parecía interesante puesto que representaba, al menos en una forma concreta, el momento de la reflexión desatada frente a un descubrimiento nuevo y que él, como hombre de ciencias, reconocía bien.

Se había detenido en un caso, el de la *Amorphophallus titanum* (falo amorfo titánico), que ocupaba unas noventa páginas del volumen. La exposición presentaba dibujos de disección en corte plano y longitudinal, descripciones sobre la composición y el comportamiento vital de la planta, un breve estudio genealógico que arriesgaba las razones de su origen y un pequeño número de entrevistas que indagaban el modo en que la planta era asimilada por los habitantes del lugar.

La planta era conocida cotidianamente como *aro gigante* o *bunga bankai*, expresión que en indonesio significa "flor cadáver". Era una herbácea tuberosa con terminación en espádice, similar a todas las de los lirios y parte de las magnolias; podía llegar a medir hasta tres metros y pesar poco menos de ciento cincuenta kilos. Sus colores, cercanos siempre al rojo y al violeta, la volvían casi invisible en las selvas multicolores de Sumatra. Se abría durante la noche: el raquis crecía en tamaño por infusión de gas desde la parte inferior de la planta, lo que provocaba que las flores, grandes y ovaladas, se expandieran hasta cubrir espacios de quince metros cuadrados. Al caer el sol, el gas del tallo se liberaba en explosiones breves. El olor que largaba la *Amorphophallus titanum* era el de la carne podrida; tan excesivo que resultaba imposible que alguien se mantuviese durante más de tres minutos en un radio considerable. El estudio de la planta por parte de los hombres, pues, se limitaba solo a las horas diurnas o, de haber herramientas, con acercamientos con máscaras de gas. Herschel entendía que la función del olor desprendido no difería mucho de otras presentaciones de aráceas, como las calas y los filodendros: protegerse de posibles predadores y atraer insectos polinizadores, en este caso moscas saprófagas acostumbradas a buscar espacio en los cadáveres del reino animal para colocar sus huevos. Pero lo interesante, de todos modos, no estaba en la función sino en su cualidad: cómo era posible el olor a carne pudriéndose sin la presencia de tejido muscular; cómo era posible duplicar un signo único sin aquello que, en primera instancia, lo constituía como tal.

Las posibilidades eran no más que dos: o la planta había emergido posteriormente al nacimiento de la carne, esto es, la carne de mamíferos o aves que una vez en descomposición y sometida a los climas estivales desencadenaban un amplio conjunto de eventos reproductivos en las selvas profundas del sur de Asia; o bien la planta en algún momento de su desarrollo evolutivo había mutado al entender que los cuerpos que morían a su alrededor eran imán y caldo de cultivo para formas minúsculas de vida que no solo aseguraban su reproducción sino también la estabilidad general del ecosistema. Frente a la imposibilidad de probar cualquiera de las dos hipótesis, Herschel entonces se diluía en consideraciones extrañas. De haber surgido la planta después de los mamíferos y las aves, cuál, se preguntaba, antes del olor a la carne podrida, habría sido el olor radical que largase la *bunga bankai*; cuál, tan fuerte y hechizante, que funcionase como centro de la selva a la vez que repelente para quienes pudieran ponerla en peligro. Cuál era, antes de los cinodontos y los arcosaurios, el olor de la muerte que atraía y ahuyentaba en cantidades idénticas; y si no el de la muerte, cuál. Qué otro signo era tan definitivo como para ser replicado.

1504

Quisiera que no estuviéramos acá, Isabel, yo proyectándome de este modo y vos escuchando a mi lado mis palabras, que no vengas conmigo en espíritu a América, que puedas inventar otros ritos y otras magias y empezaras de vuelta, una madera sobre otra para hacer algo que de tan grande sea también terrible, pero lejos, no acá, en América, sino donde sea, porque no sé si es en este jardín donde vamos a encontrar tu cura o algún tipo de bálsamo para tu vientre bajo, por mucho que ya hayamos investigado en Oriente, y porque tampoco sé si los rumores acerca del rey brujo que se dicen entre los indios son verdad o superchería, si es tan enorme como dicen, tan poderoso como dicen, y tan sanador como vengativo.

Cuando acabe esta proyección, voy a pedirles a las criadas que hagan su tarea. No es propio de tu dignidad ni de tu reino los vapores y la falta de luz que hay en esta habitación: que abran los postigos y dejen entrar el sol, que sus rayos te toquen la piel pálida, que prendan los inciensos.

No te asustes por mis ojos en blanco, así se tornan cuando me proyecto; tampoco si mi cuerpo entra en espasmos: van a ser breves y poco violentos. Puedo sentirte cerca, de todos modos, y eso me calma: tu mano sobre mi mano, tu otra mano sobre mi mejilla. Puedo sentir, al mismo tiempo, el olor que hay en estos bosques de América y el perfume que llevás en la muñeca.

Se trata de estar en dos lugares a la vez, casi como Dios, pero no.

Puedo contarte lo que veo.

Catalina se viste ahora con las ropas del oficio y baja hasta donde Balvanera, que le dice deberías dormir, hija, que no, no se me hace posible, padre, la tierra se mueve y siento que también se mueven parecido mis ideas, que no es nada, es nada, que bien podría entonces prepararle algo caliente para que podamos tomar, en todo caso para esperar despiertos a los hombres que ha mandado y darles curaciones en caso de lo peor, pero es que nada de eso va a pasar, hija, no tengas miedo.

Los hombres entran al bosque y desaparecen, sus antorchas se apagan en cadena como chupadas por el negro del pinar. Son cinco los que entran. Si quisieras saber, a poco de ingresar, a menos de un kilómetro, tienen que dejar las monturas: son las ramas tan bajas y tan superpuestas unas encima de otras que hacen imposible el paso.

Este bosque es extraño. Está habitado, deberías saberlo.

Verías que los hombres atan los caballos y avanzan a pie media, una hora, para llegar a una laguna. Ahí deciden armar dos grupos: uno que va a ir por la izquierda, y otro por la derecha, hasta encontrarse cuando termine el cuerpo de agua. No sienten que pueda haber un problema, por más que la misma curvatura o la misma hierba frondosa los oculte unos a otros desde la otra punta: cuentan con los clarines, para hacer sonar si arrecia cualquier peligro. Pero dejo, Isabel, de verlos claro, como si ahí la oscuridad estuviese hecha de otra cosa, más espesa y asfixiante, y los pierdo en el bosque y lo poco que distingo ahora son figuras débiles que avanzan lento en la noche.

De este otro lado, en el convento, mi proyección es clara: veo todo de cristal y puro, como si fuera con mis propios ojos. Catalina prende el fuego y pone la caldera con agua y también el guiso que quedó de la noche anterior. Después sale al jardín delantero que da al campo. Balvanera se sienta al lado de ella sobre una silla de madera en la puerta del convento, tiene los ojos cerrados y va comiendo con las manos las cuentas de un rosario: el Padre Nuestro, el misterio, gloriar al padre. Y avanza cada vez más rápido. Sentirías que la preocupación es como sigue: América, las formas que toman los troncos de los árboles, a veces tan rebuscadas con círculos y accidentes, la madera que es más negra que en Europa, los felinos que ahora todo castellano o manchego sabe que se llaman jaguares, que salvan distancias enormes con un salto y en cuyo pelaje los indios creen ver la escritura de un dios.

La noche se hace menos densa y se acerca la mañana. Entonces clarea lo suficiente para distinguir, ahora sí, la punta de los pinos del bosque, pero Balvanera sigue con los ojos cerrados, que va a abrir recién dentro de unas horas cuando el sol ya esté subiendo, cuando venga del bosque el ruido de los cascos de los caballos. Es casi el mediodía cuando se escuchan las monturas. Son dos los hombres que vuelven, parecen sanos y andan rápido sobre la llanura, y Balvanera achica la vista, acaso para enfocarla y darse cuenta de que sí, no son cinco sino dos, pero que estos que vuelven parecen ilesos y todavía armados, sin las ropas ajadas ni ristras de carne colgándoles de los flancos.

Catalina mira a Balvanera y dice padre, dónde están los otros, y Balvanera dice deben haberse retrasado, pero están.

Si estuvieras en esta proyección conmigo, verías los ojos desesperados de Balvanera, y te atacaría la tristeza.

Los hombres llegan y bajan de los caballos. Catalina les ofrece la miel y el guiso que mantuvo calientes toda la noche. Les da también pan y manteca y sal. Los hombres están transpirados y agitados, pero no tienen heridas ni hendiduras en las placas de metal.

No vimos nada, dicen. Nada. Los árboles tienen el tamaño de catedrales, mucho más grandes que en las Europas. El verde es más verde. Pero nada a excepción de un claro enorme con agua oscura. Nos separamos no bien llegamos al valle, para abarcarlo por los costados en menos tiempo, pero cuando llegamos a la mitad la otra partida no estaba, entonces decidimos dar la vuelta completa, por si los otros habían frenado por inconveniente alguno, pero no hubo caso.

Balvanera los bendice y los manda a descansar. Les dice que él va a hacerse cargo de guardar los caballos y de limpiarles las magulladuras que tienen en las ancas y de darles de comer, que ellos ahora tienen que recuperar sus fuerzas. Los hombres entran callados al convento mientras Catalina los sigue de cerca: les mira a los dos las nucas, las gotas de transpiración que les caen y les toca el cuero tachonado que tienen abajo. Los dos hombres, Facundo y Pedro, se quitan las armaduras en el salón central, al lado de la sala de ceremonias. Agradecen la comida y después van a sus habitaciones.

Se hace, de nuevo, la noche. No se han movido ni Balvanera ni Catalina, los dos quietos en los bancos que sacaron al campo, como centinelas. Balvanera, cada tanto, por la edad y los dolores que ya siente en las piernas y en las caderas, dormita. Soñó antes de que se escondiera el sol con un zorro que lo miraba fijo, que después abría la boca para decirle un secreto terrible, pero que al final callaba. Han vuelto, pregunta no bien despierta. Notarías en la voz la esperanza, Isabel. Y Catalina dice que no, que ella hace la guardia y que de tanto en tanto hace sonar los clarines, por si los tres que todavía deberían estar en el bosque se encuentran perdidos, para que puedan guiarse a pesar de lo engañoso que a veces pueda ser el eco. Catalina le pide a Balvanera que vaya a su habitación, que por hoy puede no hacerse la bendición, que es necesario para ella y para todos que él reponga las fuerzas. Balvanera hace caso y entra al convento porque entiende que es cierto, y porque todavía se siente dentro de una premonición extraña en la que todas las cortes, la nuestra sobre todo, lo culpan de haber truncado el deber de poblar la América, de haber matado a sus hombres, sin querer tal vez, incluso antes de que florezcan los primeros brotes. Si estuvieses acá, sin embargo, verías lo noble que es y la estima que te tiene, cómo se desviste sereno en su habitación y reza, cómo se hinca sobre el suelo con los ojos cerrados para bendecir la tierra y cómo se le presenta tu figura, del tamaño de una torre enorme, que le produce a la vez miedo y admiración.

Quisiera encontrar la solución a tu enfermedad. Cada día hay algo en tu porte que se hace más débil, y desconozco cuánto nos queda. Estamos, todavía, justos de irnos de esta proyección, de dejar de perder tiempo, Isabel, y empecemos otros ritos, al este o más lejos todavía, y de olvidarnos de esto, que encontremos de vuelta el tiempo para que pienses en tu casa y en nada más que en casa, que es también la mía, porque puede que acá no haya ninguna cura.

De este lado, de todos modos, los enviados no vuelven, entonces Catalina sube a su cuarto. Ya es la única despierta, la única testigo de la luna gobernando el cielo y del silencio gigante del convento. El bosque se ve tranquilo. Las puntas de los pinos apenas se mueven por el viento, van desacompasados como si las copas bailasen cada una a un ritmo propio. En la mesa del dormir, el libro está abierto. Es en Job: los caldeos y los sabeos están por atacar los campos y degollar al ganado. Catalina entiende que América es de las bendiciones, pero que todavía no han aparecido los días de lluvia. Por eso recita en voz baja y con los ojos abiertos desde el marco de la ventana. Solo frena cuando ve que a lo lejos algo sale del bosque. Es una bola mínima de luz, que se mueve rápida y a ras del suelo. No pueden ser los hombres perdidos ni sus antorchas, que deberían ser más naranjas.

Balvanera duerme: es ahora ella, Catalina, quien protege, y no se animaría, a no ser por urgencia, a despertarlo. Baja y la parroquia está vacía. Los bancos, sin peso encima, se curvan igual por la humedad. La virgen de los vidrios en la ventana mira todo desde arriba: el silencio completo que hace, la eucaristía vacía, lo lejos que está en el tiempo de su propio nacimiento.

Entonces sale al campo.

Sentirías de Catalina el pulso acelerado y una electricidad suave que le crece desde la parte baja de la espalda y se le trepa hasta la coronilla.

El bosque parece ser la muralla que separa dos reinos. La bola de luz todavía está ahí, a veces quieta, a veces moviéndose despacio. Catalina se acerca y ahora puede verla de cerca: es un conejo del color del cardo, que refracta la luz de la luna e ilumina los arbustos que tiene cerca, y a medida que se mueve deja una estela, un polvo que sube y se disipa en el aire. Catalina lo ve cruzar la colina y oler las flores y acercarse al convento, lento y como desconcertado por tanta piedra junta. El conejo está cerca. No es violeta el pelo, es de ágata; son hebras de ágata, de zafiro o de algún metal tan fino como un pelo y maleable, y tan liviano que se mueve con la brisa. Catalina piensa en lo que ya dijeron las cartas de los primeros conquistadores: los bloques de cobre del tamaño de castillos que encontraron a la vera de los ríos, los indios que andan con los mismos valores que los príncipes colgando como si nada en los cuellos y las orejas, las frutas del Edén que toman y les causan alucinaciones; pero sentirías que no es temor lo que siente ahora, sino cariño y admiración y confirmación del Dios nuestro. Catalina alza al conejo y lo saluda. Huele a pera dulce. El conejo no ofrece resistencia, se queda mirándola, con los ojos también de aventurina, como si ella fuera una diosa, la depredadora última o su esclava. Catalina vuelve al convento y deja al conejo en una de las jaulas de las gallinas, con agua y verduras. No puede creer lo increíble de su factura, cómo brilla independiente, como si se tratase de una luciérnaga o anguila. El conejo no la mira: hurga su nueva jaula y mastica una lechuga, pelea sin voluntad contra los barrotes finos, y después se recuesta sobre la paja. Catalina toma el candelabro y va al salón de ceremonias a presentar los respetos.

Si estuvieras acá y pudieses verla te conmovería lo sutil de sus movimientos: cómo hunde el mayor y el anular en el agua, apenas rozándola, para después mojarse la frente, cómo se agacha con las manos juntas apuntando al cielo y la cabeza hacia abajo, y lo que dice: que agradece haberse embarcado, a pesar de los contratiempos, para ver este nuevo continente nacido desde la magia; que quisiera vivir perpetua en estado de asombro por lo divino de las plantas y los ríos y los animales de este lado del mar. Si la vieses ahora, así de quieta como se encuentra, podría resultarte una estatua hermosa: el pelo que no se le mueve por la falta de corriente, la toca sobre la cabeza que la hace parecer más joven. Después besa el suelo como estilan los moros al sur del reino y va a buscar las leñas para la salamandra de su habitación. Ya en el pasillo, escucha voces que vienen de las habitaciones. Son Facundo y Pedro, que deben haber despertado y hablan bajo. Catalina se acerca y apoya la oreja sobre la puerta de madera.

Facundo dice que en el bosque los árboles tapaban la luna, entonces llena, y que no se filtraban nada más que unas gotas de luz, ni siquiera el aire, que ahí dentro tenía otra densidad, como de aceite y de olor intenso; que no hubiera podido, aun si lo hubiera deseado, escaparle a esa voz que escuchó, grave y en un lenguaje que no conocía, que lo llevaba a adentrarse en el valle. Que la voz, que de a momentos parecía clara, se parecía a veces a un murmullo lejano. Habías quedado dormido, como en un conjuro, le dice a Pedro, después de que la escuchásemos, entonces te pusimos sobre la orilla. El valle tenía una laguna y el agua era panda, solo treinta o cuarenta centímetros, y al centro se alzaba una flor perfecta, idéntica a un triángulo y brillante y de color violeta. No sé por qué los otros quisieron meterse: la flor era grande y bien podía valer un barco entero, pero había algo corrido y fuera de lugar. Yo veía a los árboles tomar otra forma, como si estuvieran vivos, y cerrarse sobre nosotros. Vi las enredaderas que lo cubrían todo y conectaban cada piedra, cada rama y copa con otra cosa. Ramiro y Guillermo y Miguel entraron al agua sin quitarse las botas ni nada: esperaban a que la laguna siguiese así de plana y baja hasta el centro. Mientras, decías cosas. Yo te ponía agua sobre la frente, que parecía haber levantado temperatura, pero hablabas: sobre una luz, sobre la Virgen, sobre el centro del mundo, un rey que se te había aparecido y que no era el nuestro. Los tres entraron al agua mientras yo intentaba despertarte. Te levantaba los párpados para verte los ojos, que se movían rápido de un lado a otro como si estuvieses buscando algo en el sueño, pero todavía dormías. Cuando me di vuelta ellos ya no estaban y la flor tampoco y el agua seguía igual de quieta.

Entonces la otra voz interrumpe. Es la de Pedro, más lastimada y ronca. La voz dijo que todo era mío, dice, y que yo era de todo. Y yo escuché. Entonces todo se hizo oscuro y soñé que caminaba por un túnel de tierra y bajaba lento hacia el centro de la Tierra.

Hasta dónde llegabas.

No recuerdo.

Era santo, pregunta Facundo.

No.

Si estuvieses acá, Isabel, verías que Catalina escucha con los ojos cerrados. Pareciera que intenta bloquear cualquier otra función que no sea la del oído, acaso para escuchar cualquier crujir de la cama, cualquier gesto en el aire o susurro que le indique que tiene que irse, que los soldados saben que ella está afuera y que por eso tiene que correr, descalza como está, de vuelta a su habitación.

Hay algo que sientas, pregunta Facundo.

Algo como qué.

Algo dentro.

1888

15 de noviembre

El Sr. Whitehead ha sido de enorme ayuda. Me ha acompañado a casi todas las reuniones para quedarse luego sentado al final de los salones, a veces enfrascado en lecturas de libros minúsculos, y solo para intervenir cuando se hace necesario reponer algún dato aduanero o legislativo de valor.

Tiene mi estatura. Tiene la piel pálida, cerca del rosa, como casi todos los ingleses de cepa. Lleva un bastón estrafalario, que me llamó la atención menos por su extravagancia que por la sensación de haberlo visto antes, en algún otro lugar: negro y con curvas, como si estuviera hecho de madera cruda, con una empuñadura de oro con un dibujo grabado que semeja un sol astado. Su sentido del humor es filoso, parece odiar con cierta comedia el mundo en el que vive. Camina desgarbado y cojea, como si cargara sobre la pierna izquierda una herida todavía lejos de sanar. Whitehead, a pesar de su adultez, se muestra entusiasmado: parte de su éxito como canciller, sospecho, está también atado a mi destino en las reuniones de los próximos meses.

Me llevó en carruaje a visitar la ciudad.

En las calles se superponen en un balance perfecto estilos arquitectónicos de lo más diversos, incluso en un mismo edificio; en los ciudadanos ingleses sucede algo similar: se superponen facciones de todas las etnias europeas creando bellezas únicas, también tomando solo lo distintivo de las culturas árabes y africanas. Todo lo que no es estrictamente el centro de Londres es, sin embargo, hacinamiento y mugre: las calles se vuelven anchas y ahí proliferan mercadillos y tiendas que por falta de espacio sacan la mercadería afuera. Se amuchan a su alrededor hombres harapientos que toman y gritan, y por la calle corren huérfanos o desatendidos, parvas de niños pobres que se escurren por los callejones como serpientes.

El final del recorrido terminó en una mansión del barrio de Westminster. La entrada constaba de un jardín gigante con estatuas de ángeles en posiciones de ataque y repleto de plantas exóticas, muchas de ellas parecidas a las características del Brasil y el Caribe, que incluso en este clima adverso parecían vigorosas y contar con buena salud. La mansión, por su parte, era del más fiel estilo barroco: ambigua y escalonada, con sombras que esconden o resaltan los ornatos y con una cúpula por encima que lo corona todo.

Nos abrió un criado africano y silencioso que nos indicó el camino a un living amplio con piso de mármol y cuadros al óleo de paisajes rurales. Goran Herschel entró al living por una puerta de madera corrediza. Mide poco más de un metro ochenta y tiene el pelo blanco. A pesar de su edad, al menos la que pude arriesgar por su rostro arrugado, se mueve firme y sin oscilaciones. Es austríaco de nacimiento, y por alguna razón que desconozco terminó desempeñándose como funcionario de la Corona británica.

Fue suya la tarea, encargada por la Corona misma y en la mayor de las confidencialidades, de diseñar para Argentina variantes de las semillas del trigo y el maíz y el algodón con tiempos de germinación y crecimiento más acotados. El objetivo es, hasta donde entiendo, claro: esquivar de forma anticipada cualquier coyuntura de desabastecimiento de alimentos, como fue recurrente en las décadas del cuarenta y cincuenta, y también proveer de forma consistente de materia prima —mediante nuestros campos—, en la mitad del tiempo y con la mitad de las inversiones, a la industria textil.

El Dr. Herschel dijo haber conseguido la fórmula incluso en menos tiempo de lo esperado.

Eliminar el tiempo, dijo. Saltar hacia adelante.

Pregunté por qué Argentina, y Herschel dijo que había sido decisión suya; que la Corona había sido clara en su decisión de centrar la estrategia sobre Latinoamérica, pero que él había tomado la decisión final de fortalecer los vínculos políticos y económicos con nuestro país.

Pregunté qué veía de especial en nuestro país.

Dijo que tenía intereses científicos en la zona.

Preguntó después si conocía la Patagonia. Le dije que sí, en parte, y que por tareas de Estado había pasado parte de los últimos años recorriéndola entera. Le dije que, durante las travesías, y anticipando sus intereses en la naturaleza, había encontrado animales e insectos que nunca pude ver en otras regiones del mundo, y plantas de lo más exóticas: gigantes con colores imposibles o que brillaban por la noche o algunas que parecían muertas para cobrar vida de un salto cuando un insecto se encontraba cerca.

Herschel me miró fijo durante unos momentos.

Sus ojos claros entran a los de uno como una navaja.

Preguntó por la planta brillante.

Le respondí que la vimos una noche después de cruzar el río Valcheta. Que estaba a medio camino entre un arbusto y un hongo, que crecía de tamaño y se achicaba, como si respirase, pero que el apremio de la campaña militar, en la que nos encontrábamos, no nos había permitido demoras y un estudio más pormenorizado.

Me miró en silencio.

Después cambió de tema.

El cargo con las semillas, me aseguró, va a estar listo para el día en que yo decida partir. Ahora se encuentran bajo su protección y cuidado, cosa atendible si es que en verdad este invento puede suponer un *breakthrough*, como le dicen, en el campo de la producción agrícola. Se harán pruebas sobre la pampa húmeda junto a otros cultivos aledaños que funcionen como variables. Nuestro otoño no auspicia sequías, de modo que los resultados van a poder verse en poco tiempo. De resultar todo como esperamos, en poco menos de tres años Argentina podría exportar seis veces las toneladas de grano que exporta hoy.

Herschel se expresa con claridad total, a pesar de su marcado tono germano. Reconoce entender del campo de la botánica y la genética naciente más que probablemente cualquier persona viva, por lo que, cuando entra en especificidades del orden técnico poco accesibles a los hombres no letrados en la disciplina, frena para tomar aire y sonreír y luego reanudar el hilo del monólogo, entonces sí desde otro lugar acaso más simplificado y chato. Mientras habla, siempre parado, se mueve de un lado al otro como si estuviera frente a un magistrado o frente a un conjunto de pupilos. Se le nota en el timbre, en los gestos, en las pausas, la pasión que tiene por su profesión y su divulgación, tanto es así que pareciera, a pesar de su pedantería y cinismo, creerse menos un genio que un docente.

El Sr. Whitehead se despidió apenas pasadas las once alegando cansancio y deberes matutinos. En cuanto un criado moreno se acercó para acompañar a Whitehead a la salida, yo también intenté despedirme, pero el Dr. Herschel se negó, insistiendo en que todavía quedaba mucho por charlar. Acepté, no tanto por el deseo sino por el temor a parecer irrespetuoso frente a alguien que, casi desinteresadamente, podría estar dándonos, a nosotros, nuestro país, la clave de un crecimiento productivo sin precedentes.

Ya solos, pasamos a la biblioteca. Herschel pidió perdón por el olor, bastante más denso que en otros lados de la casa, informando que una de las puertas daba con el laboratorio, en el que se veía obligado a usar químicos cuyos gases, incluso a la distancia, podían parecer molestos.

Tomamos cognac y encendimos puros.

Volvió a preguntar sobre la Patagonia. Por mi parte, hice un recuento pormenorizado de los eventos que llevaron a nuestro último presidente, Julio Argentino Roca, a barrer con los indios: la imposibilidad de llegar a cualquier forma de acuerdo diplomático, las supersticiones que lo demoraron todo —desde las de nuestros propios generales, que auguraban que crear una nación después de una matanza no podía ser promesa de nada bueno, a las de los propios indios, que aseguraban, por ejemplo, que una escuadra de caballos blancos marchando al sur era la imagen que sus dioses les habían dado como índice del comienzo del fin del mundo—, la última campaña en la que participé, el modo en que fue organizada, la barrida y final recuperación de la tierra que considerábamos nuestra.

Preguntó sobre los indios: cómo eran, cómo vestían, cuáles eran sus símbolos, cómo sonaba su lengua. Contesté lo que sabía, a medias por mi propia experiencia, primero como diplomático y después como general, y a medias por las crónicas que habíamos leído de otros viajantes.

Hablé de los kaweskar, los selk'nam, los yaghan, los tehuelches.

Herschel me preguntó cómo se sentía aniquilar una especie.

Dije que no había sido así, que ellos nos habían hecho la guerra durante mucho tiempo, y de la forma más cruda posible, atacando a los niños y mujeres mientras dormían en poblados sin defensas, y que cualquier otra vía posible de resolución ya había sido agotada.

Herschel hizo de vuelta la pregunta, esta vez en castellano, lo que me sorprendió, y en una traducción casi literal, pero más lento. *Aniquilar.* Me miró a los ojos con cierta curiosidad, acaso pena, igual como se mira a un hombre sentenciado a muerte.

Hubo un silencio largo.

Pudo haber sido mi agotamiento, o el cognac, o la sensación de extranjería, pero quedé quieto y mudo, avergonzado por la pregunta que se me hizo, por lo radical del planteo, y también por la respuesta que, de pretender ser honesto, iba a tener que dar.

Herschel me miraba fijo, cada vez los ojos más abiertos y arqueando las cejas.

Me sentí juzgado.

Más de una vez se consigna en las actas asamblearias del Ejército mi negación a llevar a cabo algo tan enorme, orquestado y salvaje como lo que llamamos Conquista del Desierto, pero tampoco entiendo en qué momento, tal vez producto de alimentar entre nosotros una sed bélica y de venganza ridícula, nos volcamos con tanta decisión y naturalidad hacia el sur. Por más que de cara a la sociedad civil nos vimos siempre obligados a justificar nuestras acciones, desistimos demasiado pronto de cualquier forma de diálogo con los indios, de cualquier concertación justa y racional de paz, de cualquier división equitativa de las tierras o de su incorporación última al Estado argentino. Los exterminamos, de forma llana, y, tal vez por presiones sociales de los altos mandos militares o por una mera perversión inclasificable, lo habíamos disfrutado: verlos esconderse ya abatidos entre los bosques chorreando la sangre que le habían hecho nuestras mejores armas, encontrar sus asentamientos y revolverlos, sus chucherías, sus instrumentos, y reírnos de su pobreza; verlos abandonar el campo de batalla, ya regado de cuerpos indios, para practicar el tiro sobre esas espaldas que se volvían cada vez más chicas. Nos reímos, me repito, de su pobreza, y ahora sus nombres y sus costumbres y sus ritos están extirpados de la historia, al menos hasta que a quienes fuimos sus borradores nos llegue la muerte y se lleve a cabo alguna reparación.

Dije perdón en voz alta. Aún no entiendo por qué, como si Herschel de repente se hubiera vuelto mi madre y yo tuviera que dar explicaciones de mi conducta. Respondió que no había por qué pedir perdón, que las guerras eran la marca de una incapacidad que parecía ser más humana que cualquier otra cosa: la de duplicarse en conjunto siguiendo la armonía del mundo natural.

Herschel pasó a otro tema. Yo agradecí en silencio. Entiende el efecto que genera en la gente: es cautivante, en su timbre y su expresión, y rodea los temas como un tigre hasta dar con la conclusión justa, con la pregunta determinante que hace más hondo el diálogo, para después, como si nada, pasar a otro tema, sabido de la herida o de la revelación que acaba de generar.

Me preguntó por la flora en el sur de Argentina.

Le contesté que hacia el sur del país, a medida que se abandona la pampa húmeda y comienzan a crecer los bosques, la flora se vuelve extraña: los ríos se hacen anchos y parecen brillar por la noche, y hay algo en toda la región, tal vez por encontrarse muy alejada de la civilización y sin el peso de las máquinas y las ciudades, que espanta, acaso también por su proximidad con un estado de naturaleza total, tan adverso a la forma en la que hoy los hombres de Occidente decidimos llevar nuestras vidas.

Herschel conocía del clima de la Patagonia, de algunos de sus árboles y arbustos característicos, y también de los animales más recurrentes, de los guanacos a los pumas. Le dije que, de interesarle, podía hacerle llegar algunos estudios preliminares organizados por el Estado argentino que intentaban hacer un índice de toda la vida silvestre en el sur del país. Se mostró entusiasmado al respecto, pero insistió, con ciertos modales, en que no había nada que hubiera sido consignado en un libro académico que no conociese, y que lo que le interesaba era, en verdad, a la vez por interés antropológico y botánico, entender el modo en cómo las comunidades nativas se relacionaban con el ambiente.

Hablé entonces de las costumbres de los indios. Me extendí como pude, habida cuenta de la imposibilidad de homogeneizar bajo tres o cuatro principios la enorme cantidad de tribus que habitan el país y de las trabas lingüísticas y dialectales que todavía no se han superado y probablemente no se superen.

Ya libre de cierta vergüenza o sensación de culpa, y en la intención de que no me tomase como un hombre aburrido, le conté una de las anécdotas más confusas de nuestra campaña en el sur. Habíamos expulsado hacia la costa a una comunidad mapuche guerrera del centro de la región. Sus caballos tenían la misma calidad que los nuestros, pero los montaban con una excelencia que vi pocas veces en mi vida. Su puntería y su disciplina flaqueaban, pero su arrojo, insuflado con gritos de batalla y tambores pequeños que colgaban de los lomos de sus caballos, los hacía implacables. Después de rastrearlos, y cuando estuvimos cerca del mar, los encontramos a todos sentados a la orilla. Habían dejado de lado sus armas y los fusiles que nos habían robado. Se habían desnudado, a pesar del frío, y miraban al agua, quietos, murmurando una oración una y otra vez y de forma acompasada. Nos acercamos caminando con las armas en alto, y no pareció importarles. Nos mostraban los cuellos cuando pasábamos a su lado, como si hubieran estado de acuerdo con el final que les tocaba. Se habían cansado de la pelea. Los pasamos al degüello esa misma noche, así como estaban, sentados. Los últimos no mostraron signos de temor más que los primeros: miraban estáticos el mar mientras les apoyábamos las cuchillas y los sables sobre las gargantas. Todos repetían lo mismo, siempre en mapuche: que se volverían parte del rey de amarillo.

Herschel pareció erguirse e inclinarse leve sobre mí. Rey de amarillo, repitió, en castellano.

Cerca del final, cuando solo quedaba su cacique ya sentado dentro del mar, un rayo de luz iluminó la noche. Semejaba a las boreales que se ven en el Polo Norte. Una luz violeta y verde creció como una torre desde el centro del mar, al sur y al este, cerca de la región donde se encuentran las Islas Malvinas.

Herschel puso las manos sobre sus rodillas. A pesar de su vejez, su cuerpo tiene el efecto de la intimidación. Preguntó si habíamos seguido la luz. Dije que no, que la tomamos como un evento estelar de baja importancia. Preguntó después si alguna expedición del país se había acercado a la zona con barcos. Contesté que lo desconocía.

Un criado, diferente al que nos había atendido, pero también africano, entró agitado a la biblioteca. Se lo veía desaliñado. La transpiración le tomaba la frente y los labios gordos. Dijo algo en una lengua que no comprendí y Herschel me dijo que por razones personales debía retirarse, y que ya conocía el camino de salida.

Desaparecieron de la biblioteca con prisa.

Los pasos de Herschel y su criado se perdieron entre los pasillos y quedé un momento solo, sentado frente al fuego del hogar, rodeado de aparatos de laboratorio, plantas colgantes, libros que se amontonaban sin orden hasta casi tocar los techos.

Terminé el puro y no tuve más que volver al hotel a pie.

Son las cuatro de la mañana y veo desde la ventana de mi cuarto la garúa sobre la avenida.

2036

La ciudad cambia en los últimos años. Nada de lo que recuerdo queda en su lugar. Busco en el Gerält la dirección de la casa del abuelo: quiero llegar rápido y sin confusiones. Llego cerca de la medianoche, sigue igual, apenas separada de la avenida, con la puerta del jardín, las estatuas a los costados de la escalera de mármol, las alas de invitados hacia la izquierda, el invernadero hacia la derecha.

Entro con vergüenza, como si no hubiera vivido acá tanto tiempo y como si no fuera mía por derecho de herencia. La sala central y los pasillos están cubiertos de polvo, y no hay mueble en toda la casa, o armario o cómoda, que no esté cubierto con sábanas blancas, que hacen que cada habitación, cada rellano, parezca una asamblea de fantasmas.

La que fue mi pieza se mantiene intacta: los mismos adornos sobre las paredes, los mismos muñecos apretados sobre la cama y la pared, y el espejo grande y largo en el que de chica me apretaba el cuerpo, las caderas, lo que colgaba debajo de los brazos, para volverlo más flaco. Las frazadas tienen el olor agrio de la humedad.

Desde la cama puedo ver la bruma achatada sobre el asfalto y la gente que camina arrastrando niebla, igual los autos, anticipándose a la lluvia que parece estar a punto de romper, por el cielo de plomo y el ruido de los truenos.

Mi cama es la caverna que decidí fabricar para huir del pino, y yo otra caverna donde dentro crece algo, el agujero del cerebro, un *blue bird* o un pez, o un hombre antiguo rascando el suelo y haciendo el fuego, marcando en las paredes la historia de los suyos, de quiénes ha venido y por qué y a dónde va y las madejas y la miel y el bálsamo para los ojos de los muertos recientes y la leche con especias para las madres venideras y su caza, todos sus hombres en fila persiguiendo un impala por los bosques de hiedra y la landa, y sus pies hundidos en el barro no obstante la constancia, para traer a casa la carne cruda para la curación, y me miro en el espejo al lado de la cama, con las curvas de las caderas definidas, ya sin los huesos inmortales de la pantalla del hospital que mostraban, entonces sí, el pino, el error mío creciendo despacio, comiendo mis partes sin distinción entre lo vital y lo accesorio en un avance tranquilo pero bestial, igual a un hijo, como si mi muerte fuera la condición de su posibilidad. Entonces aparece la lluvia que primero golpea el ventanal y después escucho caer como una tromba sobre el balcón y la calle y la plaza, y yo pienso que cómo de esa fiesta íntima de muerte, la mía, y del otoño con árboles secos y desnudos y de esta lluvia arrastrando por los canales el calor del día y de esa fiebre que incendia todo lo que me toca, mi cama, la ropa, mi propia piel, podría volver a alzarse cualquier forma de amor.

1945

La mañana fue fría y de nieve. Ishigata almorzó en el bar del hotel. Desde la ventana vio la ciudad. Era blanca y refractante. No bien terminó, uno de los mozos se acercó para avisarle, en un español muy lento, que ya lo esperaban afuera. Ishigata juntó las cosas de su habitación y salió a la avenida principal, donde una mujer agitaba las manos y decía su nombre. Nélida Martín, doctora en Biología, manejó las cuatro horas desde Gallegos hasta el Puerto Santa Cruz, sobre la costa del Atlántico, donde se había hecho el descubrimiento. Cada tanto desviaba la mirada del camino para observar a Ishigata, su postura recta y quieta como las estatuas, el cuaderno sobre la falda que cada tanto abría para rayar con *kanjis* y reproducciones rápidas de árboles, con las curvas que tomaba la ruta, con la posición del sol en el cielo.

Hablaron y se entendieron.

Ella contó del nacimiento de su interés por la biología. De cuando chica, en las vacaciones de su familia en la costa atlántica, vio salir del agua una tortuga que caminó hasta las dunas a dejar sus huevos para luego sumergirse de vuelta, su lentitud y su calma, el regreso al mar y la distancia cada vez más grande entre ella y quienes iban a convertirse en sus hijos; en lo que pensó: en ser madre a lo lejos con el miedo pendiente a los pies de los hombres, los pájaros y el sol violento; en la espera oscura debajo del agua, en la grieta de la piedra que la cuidaba de otros peces; en lo que pasaba más adentro todavía, las otras cosas en nada parecidas a los animales costeros ni a los que habitaban la tierra; en el silencio total en el que formas enormes y antiquísimas de vida podían verse y tocarse y reproducirse incluso en la ausencia absoluta de luz; en ella misma, siendo todavía chica, de este lado de ese muro impenetrable; en eventualmente conocer el conjuro que la convirtiese en un ojo sin pulmones para atravesar el vacío azul hasta entenderlo todo. Ishigata, por su parte, contó de dónde venía: una isla pequeña del Japón cuyo nombre la doctora Martín olvidó rápido. Habló acerca de las calles empedradas que cuando se mojaban por las lluvias parecían volverse de hierro; del camino que atravesaba para ir a la escuela cuando pequeño, que bajaba desde una colina y era escoltado por cerezos enormes, tan rosas y blancos y grandes que a veces generaban la impresión de estar entrando por la boca de una ballena.

El Puerto Santa Cruz apareció después de un giro de sierra. Había casas hechas en adobe con techos de chapa y dos o tres construcciones altas de cemento y coronadas por antenas y cables. El puerto estaba vacío: no había barcos de carga ni buques ni fragatas, ni siquiera sobre la línea del horizonte que entonces empezaba a oscurecerse; apenas, sí, dos o tres pesqueros pequeños, moviéndose vacíos al ritmo de las olas y chocando cada tanto con la rambla.

La doctora Martín dijo que el descubrimiento se había hecho unos kilómetros más al norte, que ella ya se había encargado de llevar al campamento todas las pertenencias que el doctor Ishigata había mandado por encomienda, y que volverían al pueblo o a Río Gallegos, de ser necesario, una vez por semana para reponer herramientas y comida y abrigo.

El campamento apareció a lo lejos, iluminado con soles de noche que les daban a las carpas, a las mesas y a unos hombres alrededor del fuego un aspecto de sueño y quietud. El auto frenó. Ishigata se quedó en el asiento del acompañante un momento más. Pensó en el descubrimiento, del que sabía nada por fuera de algunas misivas enigmáticas y que por confidencia científica no abusaban en detalles, y del que, sin embargo, no esperaba mucho, al menos sí una distracción de la guerra, que ningún argentino sentía como propia, y que solo él llevaba como una carga.

Los hombres alrededor del fuego no eran más de diez. Cuando Ishigata se acercó, todos lo saludaron y le cantaron a coro una canción popular de bienvenida del Japón. A pesar de los errores en la pronunciación, a Yuuki el gesto le pareció conmovedor. Entonces se presentaron. Eran todos científicos sudamericanos: antropólogos, físicos, biólogos, lingüistas y geólogos chilenos, argentinos, brasileños y peruanos. Después se pararon y repartieron vasos con una medida de caña y brindaron por el equipo, ahora completo con el doctor Ishigata, lo que indicaba que ya todo se encontraba preparado para empezar con las investigaciones.

La doctora Martín insistió en ir a hacer una visita breve a la zona del descubrimiento antes de acostarse. A Ishigata le dolían los músculos de las piernas y los brazos; hubiese querido dejar todo para el día siguiente, ya a medias repuesto, para que al menos su atención y su capacidad de asombro no estuvieran nubladas por el sueño. Pero alegar cansancio sería una falta de respeto.

Los otros investigadores lo miraron, como si fuera él el responsable último de la decisión. Ishigata aceptó.

Caminaron unos veinte minutos por un terreno plano, entre el espinal y la estepa patagónica. La tierra era húmeda y se hundía al paso de los investigadores, que avanzaban callados. Ishigata veía las figuras de sus compañeros por delante de él. Avanzaban firmes a pesar de la helada, tosiendo apenas y levantándose las solapas de los abrigos, dejando atrás de ellos los vapores que desprendían sus propios cuerpos. Subieron una duna empinada de arena dura y uno de los científicos, el que Ishigata había reconocido como brasileño, dijo acá, es ahora, entonces treparon a la cima, y la vieron.

Ishigata perdió el aire: justo después de la colina, abajo, justo antes del mar, se abrían al menos dos hectáreas de plantas que simulaban enredaderas, superpuestas unas encima de otras como si peleasen por salir a la superficie, de tres, cuatro y hasta seis metros de altura, con cogollos violetas y amarillos y rojos que brillaban en la noche, con tallos verdes que también brillaban, igual en color e intensidad al verde de las auroras boreales, y que dibujaban en el suelo una red infinita de conexiones que parecían palpitar iridiscentes hasta entrar en el mar, unos metros al menos, haciéndolo también resplandecer. Y se movían, lentas y agraciadas, como si se acariciasen entre ellas o como si estuvieran copulando.

Ishigata miró a la doctora Martín.

Hace tres meses esto no existía, dijo.

No entiendo.

No existía, dijo la doctora. Nació y se expandió así. Creemos que a principios de enero. La descubrieron desde el cielo, a la noche, en un vuelo comercial. Por la luz que emiten, los pilotos la confundieron al principio con Río Gallegos, creyeron que se trataba de la ciudad, pero las cartas indicaban que todavía faltaban al menos doscientos cincuenta kilómetros para llegar. Así que nos dieron el aviso.

Ishigata volvió a mirar a la doctora.

Está indexada en algún libro, preguntó.

No.

Tiene nombre.

No.

Lo presentaron a otros centros de investigación internacionales.

No.

Entonces hubo un viento que llegó del mar y todo el bosque brillante se movió y entró en locomoción espontánea: vibró como si fueran pájaros o dedos jugando; y lo hacían libres, cada una de las plantas, algunas curvándose y simulando protegerse del frío, otras abriendo los cogollos y las plantas para tomar el tamaño de los hombres, como si esa cosa única que era el jardín estuviera hecha de miles de cerebros, independientes los unos de los otros.

Ishigata entró a su carpa. Estaba bien aprovisionada y era amplia. Había una cama estrecha, un escritorio que daba al ventanal de plástico transparente con una bandera de Japón en miniatura y una biblioteca vacía; hacia el fondo estaban las cajas que su embajada se había encargado de trasladar y que llevaban, además de ropa, libros, radios, cuadernos en blanco y lapiceras, instrumentos de observación y trabajo modestos pero efectivos, como microscopios, agujas de disección, aparatos de Kipp, refrigeradores, agitadores, bisturíes, balanzas, destiladores, incubadoras, reómetros, buretas, mecheros y refractómetros. Se acostó. Su cuerpo apenas respondía: los pies le quemaban y también las pantorrillas, y el dolor de espalda y del cuello ahora se había extendido hasta la cabeza y le presionaba los ojos y los oídos. A pesar de eso, el descubrimiento de la planta lo había dejado bajo alerta y en un estado de inquietud que no le permitiría, de no calmarse, dormirse rápido. Haría el inventario durante la mañana siguiente e informaría a las autoridades mediante señales de radio de cualquier falta. Ishigata, entonces, volvió al libro de Herschel con la confianza de que la luz tenue de la lámpara y las letras pequeñas y acumuladas en las páginas amarillas lo ayudarían a conciliar el sueño.

La planta que el libro describía, la *Amorphophallus titanum*, era en verdad fascinante. Herschel la presentaba como el núcleo semántico de toda la mitología de fundación de varias comunidades indígenas sumatras que se disputaban entre ellas el sentido de su existencia: la razón por la que el dios la había dejado ahí, o la razón por la cual ella era el dios único y había que rendirle adoración, o la razón por la que el dios los había puesto ahí para defenderla, o a ella para defenderlos a ellos. El mito fundante de los *aceh*, por ejemplo, indicaba que el nacimiento de la civilización oriental se había cimentado en una guerra entre dos especies alrededor de la planta: aquella antecesora del "hombre sabio" —tal como se conocía al *homo sapiens*— contra los hombres "destello", una raza más alta y flaca, inteligente, sí, pero por lo general silenciosa, con una forma comunicativa más marcada por el uso de un gran repertorio de gestualidades que por el uso de la palabra; una comunidad sedentaria que no comía animales y se alimentaba solo de lo que proveyese la selva; que brillaba sutil bajo el rayo del sol como si estuviera bañada siempre de arena y mica seca. Las razones de la guerra no eran del todo explícitas en el texto de Herschel. No se informaban afrentas ni disputas de valor. Era sabido, sin embargo, que la guerra no había sido tal: se había tratado, por el contrario, de una matanza. Los hombres brillantes habrían aceptado, tal vez por sus tradiciones y sus propios mitos, su destino de desaparición, y recibían a sus contendientes arrodillados y con los brazos abiertos ofreciendo el pecho a las lanzas y las hachas y los puñales. Los héroes *aceh*, de este modo, no eran los grandes estrategas ni los musculados esperados y clásicos, sino los misericordiosos que se animaban a darle muerte a alguien indefenso, tal vez sabidos de que esa era su tarea histórica, la de la purga final que habría de dar no solo comienzo a otra forma de comunión con la tierra, sino también el sellado de piedra del aroma definitivo a la *bunga bankai*.

De afuera no venían voces. El campamento parecía estar calmo y a oscuras, apenas el viento silbaba entre los árboles, y el doctor Ishigata empezó a sentir el peso sobre los párpados.

Los primeros viajantes occidentales, seguía Herschel, todavía temerosos de los mitos sobre el mar, del mundo subterráneo y las comunidades mágicas aún no descubiertas, habían hecho del mito algo cierto cada vez que recordaban que a Sumatra se la conocía en la Antigüedad con el nombre sánscrito de *Swarnadwīpa* o *Swarnabhūmi* ("Isla de Oro" y "Tierra de Oro", respectivamente), acaso por los grandes depósitos del metal precioso en las tierras montañosas de la isla. Por el contrario, quienes llevaban gestos intelectuales tanto más modernos sostenían, como cualquier letrado, que la presencia del oro no refrendaba la historia, sino que había sido la encargada de generar en la comunidad *aceh* un vacío conceptual e histórico que era necesario remediar con un relato fundacional. En un caso o en otro, el mito perdió su capacidad atemorizante y ni Sumatra ni sus historias tuvieron más fuerza que el desarrollo intempestivo del capital, del esclavismo como forma natural de relación productiva y la explotación de las montañas por arte de la dinamita.

Entonces fuera de la carpa apareció un murmullo creciente.

Voces de hombres y mujeres, niños acaso, superpuestas y constantes como si de repente una ciudad en miniatura hubiera sido trasladada al centro del campamento. Ishigata creyó reconocer palabras y frases enteras, pero cada vez que intentaba captar un tono o un timbre la voz ya se había perdido o se había diluido entre las otras. Volvió a vestirse, se ajustó la campera de invierno y salió. El campamento se encontraba desierto. No había ni hombres ni mujeres hablando, ni grupos en ronda susurrando lo que pensaban. Ishigata vio, lejos y sola, a la doctora Martín, sentada junto al fuego con una taza en la mano y un cigarrillo en la otra; fumaba, y el humo se expandía sobre su cabeza para perderse en la noche negra. A medida que se acercaba, vio el resplandor a lo lejos, detrás de la colina, donde se encontraba la colonia de plantas, que titilaba y crecía y decrecía en tamaño como si se tratase de una luz viva, y entendió que el murmullo venía de allí.

Qué son, preguntó, cuando estuvo al lado de la doctora Martín.

No sabemos.

Qué hacen.

Tampoco sabemos. Lo hacen todas las noches. Es como si hablaran.

1504

Los días siguientes son claros: el otoño rompe los verdes del verano y los vuelve rosa y rojo.

Mi proyección es justa y fuerte.

Veo al padre Balvanera, que se levanta a recibir el amanecer. El sol se expande tímido, pero con presencia absoluta. Es tan distinto el sol de este lado. Aquí no es un rasgo ni un detalle, es el centro del calor que lo unifica todo: y es que todas las plantas parecen curvarse para recibirlo como si lo tuvieran escrito en el código con el que fueron hechas. Le faltan tres hombres, piensa Balvanera, que es un problema del que podría no reponerse. Facundo y Pedro le son obedientes, y los verías hacer todo lo que se les indica, en tiempo y forma, pero están decaídos: es la circularidad del día y la faena agotadora, es la falta de sus compañeros, quizá todavía perdidos en el bosque, lo que hace que no entiendan, por mucho que sepan de la naturaleza, por qué América parece construida por otra mano, o por el mismo Dios, pero con otra potencia, con todo —cada piedra, cada fruto y animal— casi en su expresión última de desarrollo.

Catalina ahora pasa la tarde mirando el bosque. Lleva a su lado la jaula con el conejo, que todavía brilla incluso durante las noches, que parece amigable y se mueve contento y también mira al bosque y cada tanto hurga en el aserrín de su jaula entre el que se esconden pedazos de rábanos y hojas verdes. Balvanera quedó fascinado cuando lo conoció. Lo hubieras visto. Lo inspeccionó después de un almuerzo, cuando Catalina tomaba la miel. Lo miró un rato largo sin sacarlo nunca de la jaula. En su bitácora de viaje escribió sobre sus extremidades, sobre lo raro que tiene el hocico, en punta y hacia arriba, sobre su pelo, que parece de amatista o cuarzo, pero que es imposible que lo sea, que debe ser un pelo especial, por pesado que sea su cuerpo. Los soldados, por el contrario, le huyen: cuando lo tienen cerca sienten la voz que había en el bosque, que nadie oye más que ellos, y que ahora yo sí escucho de a momentos más clara, pero que todavía no distingo del viento y las copas rozándose entre ellas. Lo miran de lejos como si fuera que en él habita la voz, o si fuera él una extensión de lo que sucede allá adentro entre el follaje. Lo odian en silencio. No hubieses visto en estos días charlas entre ellos, Isabel, porque no las han tenido. Parecen incluso haberse alejado, Facundo y Pedro, y parece haber crecido entre ellos una distancia ya insalvable: temen que el otro lo juzgue por crédulo o imbécil, y viceversa. Pero sienten parecido, así lo veo: el cuerpo ahora les reacciona lento, como si hubieran tomado demasiado vino, y hay palabras que perdieron y que tardan en encontrar, como si el español ya les resultase extraño, una lengua otra, diferente y extranjera. No entiendo qué embrujo pesa sobre ellos: escuchan murmullos en los pabellones del convento, y cuando están solos corren al encuentro de la fuente para descubrir después, preocupados, que no hay nadie, y cuando hacen la labranza se marean, como si la tierra porosa cambiase de forma a cada instante y se mostrase a veces más profunda, para dejar ver por debajo fragmentos de manos, de cabello o restos de armadura de sus compañeros de armas. Los sueños se les han vuelto raros y confusos, y por la mañana, después de levantarse, se miran las manos largo rato, para recordarse que todavía siguen ahí y cuáles son sus nombres y los nombres de sus hijos. Sentirías, de estar adentro de ellos como puedo yo, que su memoria cede, despacio, y se aniquila de a bloques y en cascada, como el cristal en caída.

Catalina revisa de izquierda a derecha y de derecha a izquierda todos los espacios por donde podrían asomarse los hombres que faltan. Imagina que es de la nada que salen tres cuerpos blancos, caminando prolijos y con las espaldas erguidas: cansados, sí, pero nada lastimados y solo con hambre. Imagina también que lo que se dijeron hace dos noches los soldados en su habitación fue producto del cansancio y que no hay en los hombres de la Corona malevolencia alguna, que no hay por qué alertar a Balvanera de nada, que a veces los bosques parecen decir cosas cuando faltan las luces, y que confunden, y que los soldados son como ella, dudadores pero justos.

Balvanera propone un festejo durante la cena. Sabe que la falta de los tres soldados sigue siendo un problema para todos, e intenta adelantarse a que los espíritus mermen y victorie el desgano. Parte el pan y hace una bendición, y dice que hay algo, una intuición o corazonada, que le sugiere que los hombres van a aparecer durante el día siguiente. Facundo y Pedro asienten con la cabeza mientras el padre habla. Los dos tienen los ojos cerrados y las palmas sobre el regazo. Ni Catalina ni Balvanera sospechan el terror que sienten, ni lo que vieron: un bosque que baila y una laguna que traga a los hombres como si fuera un pez gigante; tampoco oyen la voz que ahora ellos escuchan casi todo el tiempo, que a veces es una y a veces muchas, y que suena ronca y vieja, como aletargada. Siguen firmes, de todos modos, en la creencia en Dios, pero ya no están convencidos ni de América ni de que deban ser los nativos contactados, porque ahora sienten que hay cosas que es mejor dejarlas tal como el Padre las dispuso, sin interrumpirlas ni intervenir en sus ciclos.

Después de la cena se despiden y cada cual va a sus habitaciones.

Ya acostada, Catalina cierra los ojos: huele la piedra todavía fresca de la que está hecha su habitación y la pasta con la que fue unida, huele su transpiración, todavía tolerable, y la grasa de las velas que aún tiene en las manos. Siente lo que sienten todos cuando se entiende que el viaje va a ser largo: un ardor amargo y la certeza de que el mundo que se ha abandonado ha sido puesto en suspenso, que el mundo abandonado no puede continuar sin uno, sin ella, y que solo basta con volver a casa por encima del mar y a la velocidad de un pájaro para encontrar todo tal como fue dejado:

al relojero retomando la acción en la que quedó inmovilizado justo antes de que zarpara el barco, y que recién ahora les da cuerda a los engranajes que tenía enfrente; a la gota de agua del granjero suspendida en el aire que solo después del regreso reanuda su rumbo y llega al suelo.

Son cuatro, cinco horas de silencio hasta que Catalina despierta por la madrugada por unos chillidos. Son agudos y llegan del piso de abajo. Es solo al principio que piensa que ya es de mañana, que son las sierras sobre las maderas y las tabletas de hierro siendo moldeadas para terminar las rejas de las ventanas. No. Son chillidos agudos que se quiebran repentinos. Mientras se viste, Catalina ve al padre Balvanera desde la ventana: está a trescientos metros del convento, en medio de la noche, con los brazos abiertos apuntando al bosque, acaso haciendo las bendiciones necesarias para traer de vuelta a los hombres, para purgar al grito y a lo que lo hizo. No entenderías la razón de su vigilia, Isabel, y yo tampoco: ahí el padre Balvanera, desesperado porque aparezcan sus soldados, intentando vencer la voluntad de Dios para que vuelvan, ahora, ya, a aplacar la suerte adusta y volverla favorable. Catalina baja las escaleras sin hacer ruido: primero la punta de los pies para apoyar recién después la planta. Cruza la sala de ceremonias y la eucaristía siguiendo el ruido que viene de la cocina, y a medida que se acerca el llanto crece, en volumen y constancia. Y entra.

La jaula está vacía. Sobre la mesa de madera están Facundo y Pedro: entre los dos sostienen al conejo de ágata que intenta escapar, ahora un tanto pelado y con la carne expuesta, blanca como la arena a pesar de la sangre que le brota. Mientras Facundo lo sujeta, Pedro usa una pinza para arrancarle los pelos: a veces agarra cuatro o cinco y a veces un puñado entero, pero siempre con la misma violencia. La sangre salpica las paredes y el suelo, sale eyectada en gotas mínimas que invaden la cocina como un enjambre. Los dos ríen por lo bajo como si se estuvieran divirtiendo. Catalina queda paralizada, no entiende ni la sangre, ni la saña, ni el porqué de, si es que quieren hacer la salvajada que hacen, no lo matan primero. El conejo chilla y de tanto en tanto el sonido deja de ser agudo y pasa a ser un temblor. Las velas iluminan a Pedro y Facundo: son dos figuras arrebatadas frente a algo minúsculo que superan en tamaño por veinte veces cada uno, dándole muertes pequeñas por cada pelo que le arrancan, demenciados como se ven, con los ojos abiertos y sonriendo como si fuera una travesura. Ninguno de los dos ve a Catalina aparecer por el fondo: tal vez por eso siguen en la faena, dejando las hebras que arrancan, de pelo y metal precioso violeta, en un balde con agua, que Catalina ya intuye rojo o rosa. Facundo y Pedro se ríen, se chupan los dedos con sangre, y se dicen que es dulce, así cruda como está, dulce y tibia. Catalina sufre una arcada y vomita. Los dos hombres giran al ruido para ver a Catalina ahora en la cocina con ellos, mientras sueltan sin querer al conejo, que salta de la mesa y se pierde por los pasillos del convento. Ahora están quietos. Te los mostraría. Tienen los brazos cayendo a sus costados: parecen imbéciles, con las caras afeitadas llenas de sangre, con las bocas abiertas, con sangre también en los hombros y el cuello y los brazos y las manos. No les queda nada en la mirada: los ojos viajan por encima de las cosas, sin tocarlas.

No son más nuestros.

Ya no tienen memoria: no recuerdan tu bandera ni el barco que tomaron. Están vacíos.

Pedro chupa la sangre que todavía le queda en los labios.

1888

17 de noviembre

Las reuniones siguen con éxito.

La de mayor valor, hasta ahora, fue con Arthur B. Webb, metalúrgico que pretende invertir en nuestra red ferroviaria. Me atendió en su despacho por la mañana y fue totalmente expeditivo.

Se me reconoce la soltura y destreza con la que hablo el inglés. También la claridad de mis propuestas y lo prometedor de las estrategias de nuestro Estado. A esta altura, no termino de discernir si los elogios son verdaderos o si son otro mecanismo de cooptación; si para ellos somos, en cuanto que humanos, iguales, o si a sus ojos todos los latinoamericanos y yo, por alta que pueda ser la cuna de la que provenimos, somos todavía primates en lento proceso del despertar.

Los funcionarios entendidos de mi viaje me tratan, a mí y a otros argentinos por quienes me he enterado, con una delicadeza que roza lo ridículo y lo payasesco, habida cuenta de lo dantesca que es la vida en la calle —la mugre, los gritos y correteos—, porque saben ellos y sabemos nosotros que Argentina es una de las promesas alimentarias más grandes que tienen para ganarles la pulseada a las potencias nacientes de Europa, con las que conviven en una hermandad frágil, aunque siempre a punto de derrumbarse.

Ceno con Whitehead. Llegó vestido de forma peculiar: una levita violácea con detalles en amarillo y oro, con cordeles verde oscuro, y con un símbolo grabado en el bolsillo izquierdo del pecho, idéntico al que lleva en el bastón: un sol radiante u óvalo astado, tal como las cabezas de los venados y los carneros. A nadie en Londres parece importarle demasiado lo que puedan llegar a pensar otros ciudadanos: es tal el amontonamiento y tal el desinterés que sienten por quienes están en ese momento compartiendo la vereda que hasta un gigante podría pasar desapercibido. Le pregunté por la insignia y dijo que se trata del sello de una organización de notables ingleses y otros países europeos.

Filántropos, dijo.

Le hice notar su cara de cansancio y me informó que había tenido reuniones extensas. Me pregunto entonces si, además de mi persona, y por extensión, de nuestra República, hay otros países nacientes y en desarrollo en el ojo estratégico de la Corona británica o de estas tertulias de notables. Pensar que no, conocidas ya las pretensiones expansionistas de Inglaterra, sería ridículo, pero en orden a planificar mis tácticas diplomáticas debería investigar al respecto. En cualquier caso, prefiero reservar cualquier opinión frente a Whitehead hasta que nuestro vínculo se fortalezca.

Ha habido dos asesinatos más en la zona de Whitechapel. La brutalidad de los ataques, contra todas las posibilidades, se ha acrecentado. El primer cuerpo encontrado fue el de una mujer joven todavía no identificado por el estado del cráneo, hecho astillas por mor de un objeto contundente. Apareció desnuda la noche del 15 con hematomas en la parte alta de la ingle pero sin rasgos claros de abuso sexual, en una de las calles más concurridas, a vista de todos, con mechones de su propio pelo a los costados arrancados a la fuerza. El segundo cuerpo apareció ayer por la mañana. Se trata de un niño, aparentemente vagabundo por sus prendas. Se lo encontró en un callejón poco transitado con las cuencas de los ojos vacías, con hilos de sangre que le brotaban de las orejas y la nariz hasta el cuello, y con la caja torácica abierta y quebrada, con las costillas apuntando hacia arriba de tal manera que daban la impresión, a quienes lo vieron y según se dijo, de que de un cuerpo brotaba una corona de hueso y sangre.

El caso me conmueve, menos por lo escabroso que por el hecho de que no tenga regla aparente.

Sucede, sin más, sin orden ni motivo: es el acto de matar por el mero acto.

Whitehead, por su parte, dijo poco al respecto: o la velocidad de esta ciudad lo ha insensibilizado a la idea de un hombre que, por divertimento, placer o locura, repta en las sombras a punto de dar el salto, o reserva su opinión bajo la idea de que cualquier reacción temerosa de mi parte redunde negativamente en el desarrollo de las relaciones internacionales.

2036

Los días que siguen al diagnóstico los duermo o los olvido. Las pastillas, tan blancas, tan chicas, hacen que confunda las horas y los días: es la mañana y al momento la noche, y después la noche de vuelta, y es la taza que tengo en la mano, que desaparece sin aviso, y es la ropa que llevo puesta, que cambia sin que recuerde el roce de la tela nueva. El invierno llega, y por razón del error, del pino, o de lo que me genera, no puedo moverme clara: me levanto para lo esencial y con los pies descalzos, para que el frío de los mosaicos sirva de castigo y me recuerde que no hay otro lugar más seguro que el de mi cama.

La herencia me da, como había previsto, tres años de inactividad total, suficientes para hacerme cargo de lo que me está creciendo, o para borrarme de a poco. La casa me resulta todavía extraña. A pesar de haber vivido aquí desde nacida y con mis abuelos, para después mudar a las sierras, sola, a los quince, casi no la recuerdo: es ahora más grande, con habitaciones de las que no tengo memoria, con jardines en patios interiores que a pesar del abandono siguen vivos como si hubiesen encontrado un equilibrio autónomo, con pasillos largos con ventanales por donde entra el sol inclinado. Casi siempre desde la cama, miro la avenida: sigo a hombres o mujeres e invento historias sobre cómo llegan a la ciudad: trepados a los barcos o a los aviones, escapados de algún mal que es secreto y que nunca van a animarse a decir; sobre si sus parejas los odian o encuentran en ellos un regalo, e imagino los hijos que han salido de esas mezclas, los destinos que se les adivinan fácil en las caras, ya como varoncitos de honor o lastimados que intentan ahuyentar la idea de que el mundo en el que han aparecido también ha nacido roto.

El Gerält está apagado.

Ahora está prendido.

Así pasa: el tiempo es líquido.

Respondo a todos que necesito tiempo.

Limpio la casa, cada día que puedo, como si mi abuelo todavía estuviese vivo y mirase y necesitase un poco de orden: lo que debería tirarse, jarrones y sillas y cuadros rasgados imposibles de restaurar; lo que podría servirles a escuelas o comedores, y lo que voy a dejarles a mis amigos en caso de hacerse necesario un testamento. Las cajas se apilan en el *hall* de entrada. Ahora forman un castillo endeble. Cada cuarto me lleva una semana, un poco por lo abarrotado que se encuentra, con papeles, adornos, y otro poco por el cansancio y la fatiga, por la falta de aire que se me trepa súbita a la garganta y me obliga a tirarme en el suelo a hacerme consciente de la respiración, del error que me presiona por dentro la parte de detrás de los ojos, y por mi tos, que sale expelida como un estornudo, rosa y con coágulos de sangre, sobre todas las cosas y sobre mi cuerpo.

Las noches se vuelven largas.

La casa hace sus propios ruidos. Los hace esta noche o los hizo siempre y es recién ahora que lo descubro. Es demasiado grande para sostenerse a sí misma en el silencio. La madera cruje por la humedad y el viento que entra por debajo de los ventanales mueve las puertas, que chirrían cuando se abren por lo herrumbrado de las bisagras.

El primer gato que aparece es de color naranja. Llega, o lo veo por primera vez, un sábado por la mañana cuando trabajo en una de las habitaciones. Está sentado sobre los mosaicos negros que dibujan una luna, y mira hacia donde estoy, quieto, como si me conociera hace mucho. Me acompaña hasta la cocina y mientras desayuno le ofrezco queso, pero no quiere. No le pongo nombre. Pasa mucho tiempo en el jardín, sentado en la punta de la escalinata de mármol, de espaldas a la casa, como si fuera una estatua; entra a mi habitación cuando la noche es fría y se acurruca debajo de las frazadas después de oler mi ropa, los libros, las bases de los muebles.

El segundo que aparece es negro, también macho, y un poco más grande que el anterior. Se sube a la mesa del living una noche en la que decido organizar los álbumes de fotos de la familia. Parece entender los retratos: los ojos sutiles siguen los rasgos, para después mirarme a mí con los iris verdes buscando réplicas.

Es de noche y me despierto con sed. Afuera los faroles están tan débiles que podrían pasar por luciérnagas. Algo me había jalado desde el sueño como hacia adentro. La planta baja está oscura: entra apenas la luna por los ventanales y rebota en las arañas del techo.

Camino descalza hasta la cocina, siguiendo las paredes con las manos. Doblo por el pasillo central y me asusto. Hay al fondo ojos verdes y chiquitos que refractan el brillo de la luna. Parecen una constelación. Son siete, ocho gatos, todos de diferentes colores, en la puerta del estudio, que esperan fuera como si su amo les hubiese prohibido la entrada o como si estuvieran cuidando lo que hay adentro. Me acerco despacio a la puerta para que no me tomen como amenaza. Apenas se mueven. Se frotan entre ellos y contra las macetas.

El naranja se me acerca y se arrastra sobre mi pierna.

Quisiera que tenga un nombre. Que lo conocieran entre sus pares por el nombre que le di. No puedo ser yo quien se lo ponga. No tendría sentido.

La puerta del estudio está cerrada. Tiene en la parte baja marcas de arañazos minúsculos. Entonces la abro, y los gatos entran atropellados para subirse a los sillones, oler las bibliotecas y los escritorios, jugar con las hojas del otoño que todavía quedan adentro y que parecen haber entrado por la hendija del tragaluz.

Hago café y vuelvo al estudio.

Las bibliotecas llegan hasta los techos y no hay espacio vacío; quedan todavía libros apilados sobre el suelo y los sillones, muñecos de animales que cuelgan de las repisas, espadas y yelmos, frascos con líquidos amarillentos donde se adivinan cosas pequeñas pero sólidas, tubos de cuero con mapas, monturas y fustas sobre las paredes, ordenadas de mayor a menor y, al centro, en un atril, el libro verde que recuerdo de pequeña y que mi abuelo supo escribir para reunir la historia de la familia y de todas sus obsesiones, desde su aparición en el Japón hasta el desembarco en Argentina.

Quedan algunas horas hasta que aparezca el sol. Quisiera trabajar hasta que lleguen los primeros rayos y sentir de vuelta el peso del sueño.

Creo que lo hago, o sueño con el trabajo.

El Gerält está en mi cama y no sé si se trata de un domingo o un lunes o un viernes. Que sea tan impreciso el mundo puede que sea un consuelo.

Ni siquiera ahora encuentro nada para oponerme a la vida.

El estudio es cálido a pesar de dar por una ventana enorme a uno de los jardines más amplios de la casa. Las telas de araña gobiernan el techo y el espacio entre las bibliotecas y también los sillones y las mesitas de café, desde el mármol al suelo.

Demoro días o semanas.

Separo los libros por temas para ponerlos después en cajas con rótulos; a los que están en japonés, que son un poco más de un cuarto, los separo sin distinción alguna: se amontonan en las cajas como bitácoras de una cultura antigua y olvidada.

Ahora es un día claro.

Ahora no.

El pino crece, lo siento como si lo incubase: empuja las partes del habla y el equilibrio, las partes que distinguen el peligro que llega y las que ordenan las cosas en momentos y lugares.

Las ventanas del estudio están abiertas y veo al sol caer recto sobre el jardín.

Puede que sea la primavera.

Hay algo en el aire que es diferente, apenas dulce.

Puede que sea el centro del invierno y ya no me quede nada preciso para medir el tiempo y las cosas.

El estudio está iluminado y yo transpiro sobre los libros.

Antes de que caiga el sol, asediado por nubes negras de tormenta, encuentro un libro en uno de los estantes vacíos detrás de las cortinas. Es un octavo mayor de tela azul sin notas en el lomo ni en la tapa. Adentro hay una caligrafía apretada que intercala dibujos realistas de flores y pájaros con textos en japonés y en un español duro y pragmático. Las primeras páginas tienen lo que parecen ser citas de poemas o aforismos que no conozco, y un nombre arriba, Yuuki, el del papá de mi abuelo, primer Ishigata mudado a la Argentina.

La brisa corre desde la montaña y entra al valle con olor a menta.

De él conozco poco: sé de su afición por la botánica, de su muerte, de lo mucho que se ha encargado mi bisabuela, Nélida, de las primeras doctoras en

Biología del país, pero sin demasiados frutos, de criar a sus hijos también en la cultura japonesa.

Es un diario, una conversación de Yuuki consigo mismo, pero hay algo en las metáforas, en la disposición de los dibujos y las palabras, con lo que me identifico, como si se tratase de mi propia letra.

Dice que hay en la selva un tigre que habla, y dice el tigre que es el hijo de dios y que fue nacido de una gota que colgaba de un cerezo, y que cobró idea de lo que era, su nacimiento y su destino y sus dientes y su pelo, en el momento en el que caía en la gota corrida por el viento, y también cuando fue atravesado, él ya en la gota como la promesa del equilibrio, por un rayo enviado por el Padre a través de las nubes, para después acabar en un cuenco de piedra hasta que se hicieron los meses de su gestación mientras veía, él, ya desde dentro, el mundo entero, a los animales, a los fuertes y los palacios que hacían los hombres elevados y los toldos que hacían todos los restantes, y el modo en que se amaban entre ellos y se daban la guerra, y dice el tigre que cuando nació la selva hizo una reverencia entera para el gozo de todos quienes lo acompañaban y quienes todavía no estaban anoticiados, porque él, cuando fuera rey, haría un domo de solo pensarlo, como un mago, que los cuidase de los matarifes y los perros, hasta el más mínimo contorno de vida, por pequeño que fuera, las hormigas y sus hojas, los gorriones, suyos de ahora en más y para siempre, la barrera que le habían dicho que comandara y se cerrara a los hombres tristes.

Dice también: *La casa está tranquila y es grande, mi madre dice algo sobre la mañana y su color. Veo el Fuji, blanco y total, es mi idea de triángulo. Parece un cardo, un tallo robusto y apenas decorado con espinas, con una flor violeta por encima en forma de campana invertida, de hojas anchas y capítulos por adentro de cinco o seis centímetros.*

Freno en páginas que me llaman la atención por los dibujos, de plantas y animales y mujeres y varones desnudos, de ríos o montañas o ciudades, o donde se mezcla el español y un japonés fonético, o donde los *kanji* se apiñan como hormigas dejando pocos espacios en blanco.

Casi al final del libro encuentro una flor, tan marchita y aplastada que no parece tener un grosor mucho mayor al de las hojas.

El olor es, a pesar del tiempo que supongo que ha podido estar guardada, fresco: humo o pera dulce.

Toco la planta muerta y entonces hay una descarga, es eléctrica o a la manera de un orgasmo minúsculo, y yo no sé de dónde ni cómo es que nace, más que por el temblor mínimo que empieza en el dedo, después en el brazo y el pecho para terminar en la nuca, avanzando también sobre mi respiración agitada y mis ojos, y después un ruido de agua, y un viento como espuma, y un parque aparecido, cerrado por sauces con plantas haciendo un muro verde para dejar libre solo un camino de tierra que parece ir al pie de una montaña. Suelto el libro y caigo al suelo. Me toco la cara y los brazos y la parte baja de las bibliotecas para entender dónde estoy, pero me vuelvo ciega y no veo otra cosa que el pasto recién cortado. El camino lleva a una plaza, y en el centro de la plaza hay un mirlo. Después, un precipicio que da al mar, y al fondo, casi como una mancha, un faro. Me acerco al mirlo y él me mira. Se convierte en flor, y después en una llave, y después en el mirlo de vuelta.

Siento a dios en el pájaro, o la calma, o una respiración profunda y sin trabas.

Le pregunto por qué y dice que así lo tiene planeado.

Le pregunto si me odia y el mirlo gira para verme la parte baja de la panza y después la cara.

Hija, dice, por qué creerías que lastimaría a mi creación.

1945

El doctor en Historia Javier Nofal había llegado antes que Ishigata al campamento de investigación. Lo hizo una noche de lluvia, menos de una semana después de ser notificada por la doctora Martín de que había sido encontrada en el sur del país una planta no indexada hasta entonces en el campo científico, planta de casi trescientos metros cuadrados, elástica y en movimiento casi perpetuo, que había aparecido sin preámbulos sobre unas rocosas del mar patagónico y que parecía tener la capacidad de expresarse.

El doctor Nofal aseguraba que un evento de tales características había tenido lugar cerca de los Andes, a más de trescientos kilómetros, en el siglo pasado y durante la llamada Campaña del Desierto de Julio Argentino Roca, presidente argentino que, como se le informó a Ishigata y a los otros investigadores extranjeros, había desatado sobre los pueblos originarios del sur de América una caza sin precedentes desde los tiempos de la Conquista con el fin de poblar el país con hombres y mujeres educados en el español y la ética del trabajo. Existían, al menos hasta el momento, dos fuentes directas que verificaban el hecho. La primera, de un valor histórico menor, puesto que cabían ahí las imprecisiones de la metáfora, se trataba de un poema que un soldado había escrito en una carta a su esposa en la Capital. El poema no hacía más que describir, en octosílabos con rima consonante o perfecta como se estilaba en aquel momento en la poesía gauchesca, la existencia de una planta o de un conjunto de hongos más bien bajos que se expandían a más de un tiro de piedra al borde de un cerro cercano a los Andes, que brillaban por la noche y se movían como si estuvieran vivos. La segunda era una fuente tanto más definitiva. Se trataba de la bitácora de campaña de uno de los funcionarios más cercanos a Roca, el abogado Victorino Traverso, que había sido donada por la familia a la Universidad de Buenos Aires por su valor histórico y que el doctor Nofal había conocido por otras investigaciones paralelas. En la bitácora se consignaba gran parte de los movimientos militares del pelotón a cargo del abogado Traverso con una precisión de inventario remarcable. La expresión era metódica y concisa y se intercalaba con apreciaciones políticas y estratégicas sobre el rumbo general de la nación a menudo adelantada para el clima conservador de la época, amén de la renovación liberal que defendían los encolumnados tras Julio Argentino Roca. Respecto del organismo se decía poco: que había sido hallado el 19 de noviembre de 1878 por la noche, después de una reyerta breve con un grupo de mapuches que se habían lanzado a la planta con intenciones de buscar escondite; que los indios habían sido llevados de los pelos de la planta brillante después de que algunos de ellos arrancaran con las manos algunas de las flores y cogollos para metérselos en la boca; que fueron tomados como prisioneros todos pero que murieron a las horas, acaso por causa de una intoxicación; que nunca había visto, decía el abogado Traverso, incluso en las más adversas de las situaciones, una forma de suicidio tan resolutiva y definitiva; que no había soldado que no se mostrase en primera medida fascinado por la planta y, luego de las muertes de los aborígenes, atemorizado, presos como eran, por la falta de formación o por una disposición natural de las clases populares, a la superchería y los paganismos. La planta, seguía Traverso, fue abandonada tal como fue encontrada previo aviso a la capitanía general de su locación para que fuera estudiada por los hombres de ciencia después de que terminaran las acciones bélicas. El doctor Nofal sostenía como imposible que un hombre de carácter tan ordenado y metódico como lo era Traverso hubiese dejado sus crónicas inconclusas, desde los eventos posteriores al proceso de aniquilación aborigen hasta su sabido viaje a Londres por encargo del propio presidente Juárez Celman para el fortalecimiento de las relaciones comerciales con la Corona inglesa; insistía entonces con que, de existir y ser recuperadas las memorias de Traverso, sería posible encontrar nueva información respecto del caso. Fuera de esas dos fuentes no existía nada: los biólogos, zoólogos y botánicos argentinos de la época, todos ellos a la alza por la marcada influencia del positivismo reinante, no se habían expedido siquiera una vez sobre el acontecimiento, como si, de haber llegado la notificación de Traverso, las investigaciones respecto de la planta no se hubieran desarrollado, o se hubieran desarrollado a medias y sin resultados fructíferos, o se hubieran borrado por completo.

1504

Isabel, vieras cómo todo se ha vuelto del color gris. El convento parece un cielo plomizo, y ya es difícil distinguir dónde comienza el cielo y dónde la piedra y dónde la grava. No es el problema mi proyección: es clara y justa como siempre, he triturado el hongo como marca el ritual, y lo he puesto a hervir, y he dicho las palabras necesarias, en ese idioma tan parecido al de la magia y que solo sabemos los que entienden de lo arcano, y lo he tomado hasta quedarme dormido para luego despertar en forma de espíritu del lado más austral de América, a veces prendido a una hoja seca o a una nube o a un arbusto. Puedo verlo todo, como si estuviera ahí. El problema es otro: el sol ha perdido parte de su fuerza, como si no quisiera en verdad iluminar lo que pasa y retrajera los rayos o los comandase con vergüenza.

Vieras cómo Catalina despierta con el padre Balvanera encima. Hija. Balvanera mira la cocina y la sangre y el barro. Hija. Y los cuchillos sucios y las marcas de las botas que se pierden en la sala de ceremonias. Hija. Y Catalina vuelve a acordarse de su cuerpo: primero las piernas entumecidas, después los brazos, y más tarde de la boca, todavía con sabor a vómito.

Dónde están, dice Catalina.

No están. Corrieron hacia el bosque. Les grité, pero no se dieron vuelta.

Dónde están.

Les dio la rabia o la peste. Parecían otros.

Catalina se incorpora de a poco, antes de volver a desmayarse.

La cocina sigue siendo una muestra de odio.

Cae la lluvia y ahora Catalina duerme en la cocina al lado del hogar donde la dejó Balvanera, con unas pieles por abajo para quedar aislada de la piedra fría. A su lado está el padre, que escribe una carta. Cuenta las suertes: la del terremoto o el grito en las últimas noches de marzo, la de los hombres que partieron y la de los pocos que pudieron volver, la del conejo de turmalina y la locura reciente de sus soldados. Juega con las palabras, pero es claro. Insiste en que va a quedarse solo hasta que llegue asistencia del norte: que hasta ese entonces él puede trabajar el huerto, el tiempo que sus superiores determinen, hasta que lo busquen o hasta que le traigan nuevos hombres, que no hay indios cerca, y que a pesar de todo puede que sean en realidad listos, si es que nunca decidieron asentarse cerca porque conocen en verdad la zona y el bosque que perturba a los cristianos.

Entonces hay un nuevo grito, el primero y único que escucha el padre.

El grito es largo y hondo. Suena a fricción y a las partes más graves de los violonchelos. Las leñas en el hogar se mueven y se desploman y crepitan. Si estuvieras acá esta noche de tedio, Isabel, verías el miedo de Balvanera escapársele por la frente en forma de una gota de agua; lo sentirías arrepentido, sabido de que una tarea así debería haber sido encomendada a un hombre más joven, menos atribulado y más resolutivo. Escucharías igual de claro que yo la voz que suena. Nada de lo que dice es comprensible. Viene del bosque y de debajo de la tierra. Parece una plegaria.

Balvanera mira a Catalina, que duerme a pesar del temblor. Así de inocente y alejada, está lo más cerca posible de ser una santa. Balvanera se acuesta a su lado y cierra los ojos.

Verías despertar a Catalina recién por la noche siguiente. La sentirías confundida. Desde donde está no llegan a verse luces ni en las salas centrales ni en los pasillos. Pregunta por el padre en voz alta. El silencio, después, es absoluto. La cocina sigue como la recuerda: manchas en las paredes y los pisos de sangre seca, y un reguero débil que llega hasta los pasillos. Se incorpora de a poco, todavía extrañada, y recorre el convento y son sus pisadas, como globos de agua, lo único que se escucha. No habrás escuchado nunca como ahora cómo suena alguien tan solo en un espacio tan grande: de concentrarte, podrías escuchar los jadeos y latidos de Catalina, que corre dentro del convento, por las barracas y el salón central, por la habitación del oficio y el campanario, ya bajo la sospecha de que se encuentra sin nadie cerca. La verías evitar los ventanales por donde no hay nada que se asome más que el negro mayor de la noche. Catalina sube a las habitaciones. El padre Balvanera no está. Sus cosas siguen dispuestas con el metodismo de siempre: los libros apilados, las ropas acomodadas, la cama hecha. Catalina va a su habitación. Ahora sí se acerca a la ventana para poder mirar desde arriba los campos y buscar las ovejas que faltan, los dos caballos que faltan, y a Balvanera, tal vez rezando a esa hora en el camino del norte.

Desde la ventana se ve el pasto gris que se estira hasta el bloque negro de los pinos.

Entonces aparece entre los pinos una figura brillante. Se mueve lento y a su paso ilumina los troncos y los arbustos. Es un hombre hecho de ágata brillante, idéntico en color al conejo, que camina lento, frenándose cada tanto en los pies de los pinos, agarrando algunos frutos con la mano y llevándoselos a la boca. El hombre de ágata se levanta y mira hacia el convento, y Catalina siente una presión debajo del vientre y un murmullo que parece venir de dentro de ella pero también de fuera, justo de donde está el hombre cuya figura se recorta exacta en la noche, con los bordes claros y definidos y con un aura también violeta que lo acompaña. Deberías sentir lo que siento, Isabel, es como si pudiera vernos, incluso a través de esta proyección, y es como si pudiera espiar la tierra que es nuestra, si es que alguna vez lo fue. Igual que los otros, ya no es nuestro: no tiene nada en la mirada, no tiene memoria: no recuerda tu bandera ni el barco que tomaron, está vacío.

Catalina baja las escaleras y sale al campo. Las nubes tapan la luna. El hombre de ágata sigue quieto en el límite del bosque. Catalina camina arrastrando con el vestido las gotas del rocío, con pasos cada vez más arrastrados, como si la cercanía con el hombre o el bosque o las dos cosas le hicieran perder fuerza, la poca que le queda. El aire en el campo es fresco, sin el olor de la sangre que todavía señoreaba en el convento ni el de la cera de las velas. Hay una brisa que trae un murmullo, ahora sí más claro, que Catalina entiende como una invitación o como una orden. El hombre de ágata se pierde entre los pinos. Catalina lo pierde de vista y ahora quiere llorar, por lo cerca que estaba, porque de ser Balvanera, piensa, podría haberle dado un abrazo y llevarlo de vuelta al convento para que descanse y se reponga, y porque nunca antes vio nada tan hermoso, tan enorme y terrible, como ese violeta en movimiento. Catalina entra al bosque. Siente el aire ahora pesado y húmedo y las ramas que le tocan la cara y los hombros; y la tierra cada vez más porosa y abierta para que sus pies se hundan lento, así durante minutos largos que parecieran ser el paso a otra parte secreta del mundo, porque ya no se escucha el rumor del río ni el del viento. Catalina no escucha ni su respiración ni sus pasos, ni las ramas quebrándose debajo de ella ni su propio pulso porque el mundo acaba de perder todo su sonido. Debería irme, Isabel, de esta proyección. No quisiera que vieras esto.

Aparece, se me hace claro, en el valle al fondo, la figura de ágata.

Ahora levanta los brazos y arquea la cabeza, y Catalina avanza a su encuentro, peleando contra las ramas que terminan abruptas para darle paso a una explanada. La figura es la de Balvanera: su cuello gordo y su cabeza pelada, sus brazos flácidos y las piernas flacas. Suena un eco de voces que vienen en bloque y se hacen indistinguibles las unas de las otras: cantan o eso parece, pero es como si llegasen de forma simultánea de todos lados. La figura de ágata se lanza a la laguna y Catalina se acerca, casi lo toca a quien fuera Balvanera antes de que se tire, y mira después hacia la laguna, que ya no es más de agua sino un hueco, enorme, con una profundidad que podría ser la de otro mundo entero, otro planeta, por donde se ve casi nada, apenas luces, a lo lejos, es decir al fondo, que tiemblan como si colgaran de algo, como si tuvieran vida propia y fueran las puertas del infierno.

Esto no puede ser el mundo, Isabel, y puede que me encuentre cansado, que haya otra fuerza en la proyección que sea la que deforma lo que veo y lo pervierta. No puede ser esto el mundo, porque de ser así deberíamos haberlo sabido siempre. La otra fuerza interviene y confunde, como un espejismo. Pero ahí está Balvanera que cae despacio como si fuera más leve en su peso, y creo ver destellos, de otros hombres y otros animales que caen también con él, derecho al infinito negro que a veces parece latir y moverse, que ahora Catalina identifica, y yo también, como eso que hablaba y que llenaba el aire de palabras viejas e incomprensibles, como la potencia que quiere expulsarme. Catalina cierra los ojos. Hay algo, a un nivel muy profundo, que quiere atacarla. Si estuvieras acá, Isabel, sentirías la fuerza que hace Catalina y lo que resiste su cuerpo. De no ser en ella tanto el amor con vos, ya se hubiera vuelto otra. Es como si sintiera que se está volviendo compacta, más chica y dura, como si alguien estuviese apretándole contra la pared el pecho y la panza y las piernas y la cara, y ya no puede dejar de escuchar al pozo que la llama. Catalina abre los ojos para mirarse las palmas de las manos, ahora con un calor especial, con gotas brillantes que se le expanden de a poco como si fueran manchas de tinta, y me expulsa, Isabel, esa fuerza de debajo del convento; no hay más que pueda ver, me aleja de Catalina como si no fuera más nuestra, como si ya no dependiese del cariño que tenemos por ella que caiga también a lo que existe debajo de la tierra, o que se lance a ese dios otro que no es el nuestro, ya sin América ni Corona ni convento, sin agua en el cuerpo, ya vuelta oscura como las noches sin estrellas.

1888

19 de noviembre

Se me hace llegar vía mostrador un paquete enviado por el Dr. Herschel. La nota que trae dentro es una única palabra. *Wheat.* Trigo. Se trata de tres macetas repletas de tierra negra, cada una identificada con un rótulo de papel blanco. En dos de ellas reza "standard germination" (germinación estándar). La tercera no lleva nada más que una X. Puse las tres macetas sobre el descanso de la ventana: la diferencia de luz que van a recibir cuando caiga la tarde será mínima. A poco de terminar, sospeché que las dos macetas estándar, las de control, podrían tener algún truco. Después de pedir indicaciones en el *hall* del hotel, caminé unas cuadras hasta un vivero y pedí una cuarta maceta repleta de tierra. Pedí también semillas de trigo. Hundí dos, sin demasiado cuidado.

Ahora sobre la ventana tengo cuatro macetas. Un jardín propio.

21 de noviembre

Por interés del Sr. Whitehead, fui invitado de honor a una exposición científica privada en el British

Museum. Se trató de una feria extensa que no llegamos a recorrer en su totalidad, poblada de gente rica y bien vestida —muchos de ellos funcionarios con los que ya había tenido el placer de hablar— que recorría las muestras como si se tratasen de exposiciones zoológicas, tocando las máquinas, los tubos y los metales, acariciándolos para después ruborizarse con los ronroneos, como si entre lo biológico y lo expuesto no existiese diferencia.

Los círculos donde me encuentro obligado a moverme —hombres de leyes, cortesanos, empresarios y diletantes— son adictos a la ciencia. No a su funcionamiento ni a su ley secreta e íntima, sino a sus aplicaciones. La aman, pero no la entienden. La perciben como una nueva forma de alquimia, más rápida y drástica, donde ya importa menos dominar la muerte que exprimir la vida: separarla, dividirla, darle nombres, imbuirla en otras formas.

El acto principal se trató de una demostración que había causado asombro en los Estados Unidos y que la prensa había llamado la "guerra de las corrientes". La presentación estuvo a cargo de un inventor eslavo apellidado Tesla, que después de un preámbulo donde se sugirió a sí mismo, sin cortesía ni decoro, como el inventor más determinante de fin de siglo, encendió su máquina: se trataba de dos bobinas gigantes que en su fricción producían descargas de rayos, relámpagos diminutos, celestes, azules y blancos que después de breves explosiones se disipaban en el aire. Su modelo de corriente, dijo mientras la máquina funcionaba, asegura el gasto óptimo del total del *input*, por lo que previene gastos superfluos y filtraciones, lo que le permitiría conservar, al menos en abstracto, toda la energía inducida. Los rayos se extendieron por el recinto y los invitados gritaron de asombro o de terror. Los chirridos se replicaban con el eco del salón, y la máquina rugía como si el hierro y el cobre hubiesen cobrado vida, como si la invención se tratase de la réplica del pulmón de un coloso hecho de metal. Algunos no tardaron en irse, y se volvió más fácil para nosotros aproximarnos a la máquina y verla de cerca.

El Sr. Tesla hizo entonces algo inesperado: se colocó al centro de las bobinas y de los rayos de electricidad con los brazos abiertos; su piel absorbía los rayos mientras él miraba al público sonriendo y sus pelos se erizaban hasta hacerlo parecer un lunático.

Los aplausos se mezclaron con los latigazos de las descargas.

La cara de quienes me rodeaban estaban a medio camino entre la fascinación y el miedo: las bocas quietas, las cejas arriba, los ojos abiertos. Por un momento sentí que estaba de frente a un dios, y que esa era su palabra, que es lo mismo que decir su creación, la de la electricidad y su velocidad lumínica, y que nos la revelaba a todos y de forma gratuita como la única forma real de la salvación.

Pude ver entre el público al Dr. Herschel. No quise acercarme. Herschel caminaba por el salón y solo a veces se quedaba quieto, casi siempre después de alguna de las explosiones de luz, para levantar la cabeza y verse maravillado con la imagen del aire; no con las bobinas, no con el Sr. Tesla, solo con el aire que momentos antes había sido surcado por un rayo celeste y blanco, como si pudiese ver, sin necesidad de aparatos, lo que había sucedido en verdad en el plano de lo microscópico, ya los daños que había generado la electricidad, la ruptura de la fibra del aire o sus partículas, ya incluso algo más crítico y total, un dato invisible a todos pero que existía ahí flotando como un fantasma.

Herschel se acercó a la máquina.

Al Sr. Tesla, después de verlo, se le transformó el rostro: pasó del éxtasis a un gesto claro de descontento.

Se bajó del pupitre, le dijo algo a Herschel, y apagó la máquina.

Tesla se perdió detrás de las cortinas soltando, cada tanto, chispazos blancos.

La sala se vació.

El museo se abría enorme en corredores y salas con techos de diez o quince metros. Los cuadros y obras de grabado y escultura se encontraban tapados con lienzos blancos, como si lo que estaba sucediendo debajo, al lado de ellos, estuviera muy alejado del arte o pudiese, de alguna forma incomprensible, pervertirlo.

Las otras muestras eran, sin dudas, menos vistosas, pero no dejaban de ser fascinantes. Una mostraba cómo mediante una inversión mínima en un cableado público podían perfeccionarse las telecomunicaciones a través del uso del teléfono, ese invento asombroso que parece haber fascinado a Estados Unidos; otra explicaba con lujo de detalles cómo era posible conectar el océano Pacífico con el Atlántico y así salvar miles de kilómetros comerciales mediante una empresa de ingeniería enorme a situarse en Panamá mediante un sistema de compuertas.

Buscando un baño, me alejé del tumulto. Cuando quise darme cuenta ya no se escuchaban las voces ni las pisadas de los visitantes. Subí unas escaleras en caracol por señalamiento de uno de los organizadores y di a una nueva ala. Cerca del baño, escuché una discusión acalorada. Me atrajo la curiosidad, mi propio y renovado anonimato que hace que me sienta inmortal o inimputable, y la lengua en la que hablaban, lejos de todas las que conocía, percutiva y con gorgoteos, muy lejos de lo que nuestros aparatos fonadores hacen en la normalidad, como si se pusiera a hablar a un anfibio. En uno de los recodos del pasillo, Whitehead y el Sr. Tesla discutían acaloradamente. Whitehead, apoyado sobre su bastón, le extendía al Sr. Tesla una libreta que Tesla se rehusaba a aceptar.

No quise importunarlos y volví sobre mis pasos.

Cuando cayó la noche, el museo apagó las lámparas y nos invitó a retirarnos.

Fui de los últimos en salir. Las salas habían quedado con el color apagado de la luna, y los inventos reposaban como monstruos vivos pero dormidos.

Algo en esa imagen —la de un dispositivo genial con la capacidad de cambiarlo todo para siempre, pero quieto y abandonado a los ojos de todos— me generó cierta inquietud, como si en esas cosas pequeñitas, de metal, de madera, de alambres en posiciones imposibles, pudiesen encontrarse imágenes fugaces de un futuro horrible.

Whitehead me esperaba en el carruaje. Su expresión era incómoda. Se tomaba la pierna, claramente bajo dolor, y tenía el pantalón húmedo, cerca del muslo, por donde se adivinaba una mancha negra. Me dijo que no me preocupara, que eran normales los sangrados repentinos. Hablamos todo el trayecto al hotel sobre el cristianismo: la influencia determinante que tiene en nuestro país y en gran parte de Latinoamérica y el silencio al que está entrando en Europa.

Qué con Dios después de todo esto, de toda esta luz amplificada, de estos automóviles y estos microscopios.

Le pregunté sobre el Sr. Tesla. Dijo que su presentación había sido fascinante, pero que hasta el momento no dejaba de ser un ensayo teórico y que restaría tiempo para ver cualquier forma de aplicación directa de su invención.

Le pregunté cómo era en el trato, pero dijo que no lo conocía y que todavía nunca había entablado conversación con él.

No quise insistir.

Te doy el mausoleo de todas las esperanzas y deseos; será extremadamente fácil que lo uses para mejorar la reductio ad absurdum *de toda la experiencia humana que no puede adaptarse mejor a tus necesidades individuales de lo que se adaptó a las suyas o a las de su padre. Te lo doy no para que recuerdes el tiempo, sino para que puedas olvidarlo de cuando en cuando por un rato y no malgastes todos tus esfuerzos tratando de conquistarlo.*

William Faulkner,
El ruido y la furia

2037

Recuerdo a mi abuelo. Es como si estuviera vuelto de la muerte. Es el primer Ishigata nacido en Argentina, y me cuida entre sus manos, solo, como si yo fuera una perla única. Julia, dice, Julia, podrías sacar los pelos de ahí. Podrías atártelos para que no te molesten la vista. En la manera en que te parás sobre el marco de la puerta me acuerdo de tu abuela. Me asusta. A veces llevaba el repasador encima del hombro y esperaba en silencio atrás mío hasta que yo sintiera que un ojo se me clavaba en la nuca. Era la comida que estaba lista, o la hora de dormir, o la hora de sentarnos uno frente al otro, a practicar la lengua para no olvidarla, y mirarnos hasta poder reproducir con los ojos cerrados cada uno de los rasgos del otro.

No deberías negarles el pasto ni el agua a los animales de la guerra.

Cuando vengan dolidos o lastimados deberías hacerles un lugar.

Esta casa es demasiado grande para que quede sola. Cuando yo no esté podrías hacerla tuya, Julia. Podrías ser una princesa en medio de toda esta piedra. Es tan enorme la biblioteca que incluso si empezaras hoy no la terminarías ni para cuando tengas mi edad. Mirá ahora los caballos, allá lejos, se echan al sol, tan claros. Es el animal más noble que existe. Si en algún momento descubrieras otro, quisiera que me avises. El de blanco es su rey. No es que lo sepa, pero lo siento. Si corrieran hasta la falda de la sierra es el blanco el que llegaría primero. No llores, Julia, tiene arreglo. De eso se trata crecer, la adolescencia. Los varones no entienden lo que te pasa. Ellos tampoco entienden lo que les pasa. Están ocupados en otras cosas. Ahora no entienden por qué le cambian las voces, y tampoco entienden el pelo de animal que les sale. Tienen sueños nuevos, deberías entenderlos: no se parecen en nada a lo que tuvieron antes ni a los que tuviste vos. Ven curvas como montañas que les generan un vértigo terrible, y sienten dolor en la parte baja del vientre, un dolor que también es el deseo de un escape. Una electricidad nueva. Duele pero es dulce, por raro que suene. Vos también vas a entender ese tipo de dolor. A veces las cosas hermosas duelen. Es así como sucede, Julia. Yo no fabriqué el mundo. Ese es el Cinturón de Orión. Las otras brillantes por arriba son el cuerpo del guerrero, y hacia la derecha se arma el escudo. Es lo único que sé. A veces siento que de saltar podríamos caernos al cielo, y me da miedo, porque no es verdad que ahí todo es duro. Lo imagino diferente, reblandecido, todos los elementos juntos como en una sopa. Me gusta cómo decís abuelo, Julia. Estirás la o como si fuera un llamado o como si te estuvieras burlando.

Esta noche es fría.

No ahogues el fuego, necesita aire.

No hay ninguna otra cosa en el mundo que huela como la tierra llovida. Cuando estés triste, encendé un fuego. Intentá buscar en el dibujo que hacen las llamas las cosas que importan de verdad, porque en ese movimiento que excluye el pensamiento y las ideas aparece la forma verdadera.

Julia, no te vayas.

Quisiera que mi forma verdadera fuera la de un animal bueno.

Tu forma verdadera es la de un pez. Es como si te lo viera en los ojos.

1945

Las primeras cinco semanas resultaron fructíferas, pero agotadoras: el geólogo brasileño João Meirelles, de voz profunda y que parecía las más de las veces ser quien gobernaba la discusión, se mostraba molesto por el frío y los vientos, y no perdía oportunidad para hacer alusiones a los climas templados del Brasil y la calidad de sus aguas; algo similar sucedía con César Moreno, el físico peruano, y con Alejandro Schaffer, chileno de nacimiento, aunque con menos ímpetu y tanto más respetuosos.

Ishigata se sentía dividido: por un lado, la tarea emocionante de haberse encontrado con una planta jamás clasificada y con características de lo más peculiares, la gracia del descubrimiento y el regreso a cierta forma de infancia curiosa donde ante cada idea, por descabellada que fuera, valía la pena una reestructuración total del programa de acción; por el otro, las noticias sobre la guerra que llegaban con retardo, los avances de los aliados sobre las nuevas extensiones del Reich como tormenta implacable, la desesperación de los alemanes e italianos, el salto de fe del Japón sobre el territorio chino con la convicción de que esa tierra también les pertenecía, por designio o voluntad, y que como tal debía ser recuperada. Se imaginó los ejércitos desembarcando sobre la arena de las costas, la carrera rápida hasta los morros para esquivar los puestos de vigías y las ametralladoras, los colgantes o pulseras o fotos que cada uno de los soldados cargaba encima para recordar, cuando llegase el momento, por quiénes creían que peleaban; el sol del mediodía arriba borrando cualquier sombra, la sorpresa repentina de un golpe suave de aire para después mirar abajo y ver con asombro que un compañero había sido tocado por una esquirla o desprendimiento, como si las balas hubiesen sido creadas con un nombre y fuera su destino buscar su dueño, y el sabor de la sangre y la caída sobre la playa blanca, sin flores, sin colores más que el amarillo, y el desmayo final antes de ver a hermanos propios correr por la arena hacia un refugio, gritando, cayendo de a tantos, esquivando la lluvia de odio que caía desde los búnkeres sobre los cerros, y después, más tarde, todos echados sobre las costas del archipiélago japonés, sin respirar, perdiendo lento la sangre sobre el agua que a la luz de la mañana parecía tomar el rojo hasta bien entrado el mar.

Ishigata pensaba que el estudio sobre la planta podría ayudar, se mentía y lo sabía, si bien no al ejército, al menos a quienes se habían quedado en casa, las mujeres y los niños y los abuelos: un compuesto que quitara la tristeza, que diera fuerza durante la faena, que removiese el miedo o que pusiera a la población pasiva entera en un sueño con ruido de arroyo y brisa suave hasta que terminase todo.

Cada tres días, se comenzaron a celebrar mesas de enlace donde cada área ofrecía a la escucha de todos los avances obtenidos.

Ishigata expuso en una de ellas que, según sus observaciones, la planta no se trataba, en estricto, de una planta: estaba el verde que las caracterizaba, sí, también la anatomía general —los tallos, los desprendimientos de ramas breves, los frutos, las flores con polen— y su actividad selectiva respecto del momento del día en que realizaba el proceso fotosintético, proceso hasta ese momento no probado más que por la presencia de clorofila en los exámenes de laboratorio; no había en su carácter iridiscente extrañeza, puesto que ya se encontraban catalogados otros especímenes que operaban del mismo modo durante la noche, pero su estructura de crecimiento y desarrollo se encontraba más cerca del mundo fúngico, exponencial como se daba, de un momento a otro y ya en estado completo, del mismo modo que operaba la hifa, el filamento a partir de cuyas redes se componían los llamados cuerpos fructíferos y el micelio, que se escondían el tiempo que consideraban necesario para luego brotar a la superficie en momentos específicos de necesidad de alimento. Si las extremidades no eran estáticas, y por el contrario se encontraban dotadas de cierta capacidad de movilidad e independencia respecto del tallo al que pertenecían; si en verdad la planta había emergido como respuesta a una falta subterránea de alimento, lo que indicaba una imposibilidad autótrofa, es decir, una incapacidad para producir de forma independiente la propia materia orgánica que la nutre, entonces se trataba de un espécimen a caballo de varias especies. Su carácter inclasificable invitaba a todos los científicos presentes, dijo Ishigata, a retroceder en los prejuicios espontáneos: la pertenencia simultánea pero todavía no probada del bionte a dos reinos a la misma vez, el *plantae* y el *fungi*, era indicio claro de la imposibilidad de que se lo descartase también —al menos por los datos para nada perentorios obtenidos hasta ese momento sobre su composición molecular, sobre su independencia de movilidad, sobre el hecho de que necesitase de otros organismos para alimentarse— del reino animal.

La doctora Martín también había hecho avances, esta vez menos hipotéticos que los de Ishigata cuanto determinantes. Una de sus exposiciones, tal vez la que más efectos tuvo en sus pares, fue sistemática y pedagógica, atenta a que nadie quedase al rezago, y volviendo sobre sus pasos cada vez que se percibía que entre los presentes reinaban las caras de desconcierto. El bionte, como empezaron a llamarlo después de la insistencia de Ishigata en la todavía indefinida pertenencia del espécimen a una familia estable, producía cinco sonidos identificables y singulares. Excepto uno —aquel con modo de articulación fricativo y articulación alveolar, similar a la /s/ en el español, mudo en la lengua humana y que en la planta se presentaba como un siseo general que crecía por secciones—, mudo, todos los otros sonidos eran sonoros. Eran vibraciones hondas que no dejaban rastros en las frecuencias superiores a 3600 Hz y que no se alojaban en el oído del oyente sino más bien en sus partes blandas, como los ojos, el paladar y parte del pecho. Tres de ellos podían colocarse en el punto de articulación alveolar en la lengua humana: dos con modo de articulación líquida, la /l/ y la /r/, lateral y vibrante respectivamente, y otro con modo de articulación nasal y similar al sonido de la /n/; el último sonido, parecido a un rugido breve en repetición constante, remitía de forma vaga al fricativo velar sonoro que se tomaba por el sonido /g/. La doctora Martín insistió entonces en dos cosas. La primera, que todavía desconocía los procedimientos a partir de los cuales los sonidos se producían, pero que era su esperanza reconocerlos pronto: solo así podría entender cómo funcionaba el aparato fonador del bionte, dónde alojaba el aire necesario para la expresión articulada, si existía algo que pudiese ser emparentado con pulmones, en qué parte se centralizaba la función alveolar y velar, bajo qué estímulos la planta solía emitir sonidos y con qué función, todos ellos descubrimientos que redundarían de forma positiva en casi todos los departamentos de la investigación. Por otro lado, en lo referido al campo semántico, fue clara: el carácter finito de unidades sonoras disponibles en el sistema de lengua del bionte no impedía que, virtualmente, los mensajes creados tocasen el infinito. Destacó que en el español, por caso, no se contaban con más que diecinueve fonemas consonánticos, apenas tres veces y media los presentados por la planta; y que, al no conocer la función del acto comunicativo —en suma, si utilizaba el sonido para comunicarse consigo misma o con otras especies—, el bionte bien podía realizar enunciados que contemplasen el contexto y el ambiente inmediato de modo tal que el sonido identificado como /s/ pudiera tener dos, tres o miles de significados si acaso se producía bajo el sol, durante la noche, en las noches de invierno, cuando el viento llegaba del norte o del este o en presencia de humanos.

Una noche clara, en el centro del campamento, todos los investigadores cenaron juntos. El doctor Nofal hizo los honores: agradeció a todos su presencia y el hecho de que un hallazgo de esas características, más que separar y dividir, había tenido la capacidad de congregar a tantos científicos de tan diversas nacionalidades. Si bien hacía ya algunas semanas que compartían hospedaje, y con ello, los mismos platos, los mismos cubiertos, la misma comida y los mismos baños improvisados, el bionte seguía conmoviendo a todos, no solo por su hechura y especificidad sino también por su singularidad cambiante, por lo que no había, incluso en los momentos de distensión, conversación que no estuviese mediada por el hallazgo. El doctor João Meirelles volvió sobre un tema que en algún momento había generado cierto descontento para luego pasar al olvido: el de las patentes y señoría sobre los descubrimientos. El doctor Moreno contestó con soltura, y apuntó, tal vez menos por convicción que por el deseo de que esas dudas no interfirieran con el plan de investigación, que el bionte parecía tan amplio, tan extenso en lo que tenía para ofrecer, que seguramente el descubrimiento de valor no sería uno sino múltiples, y que entonces no debía caber bajo ninguno el temor de no pasar a la posteridad en sus respectivas casas de estudio. El clima fue distendido y respetuoso, como acostumbraba en el campamento. Después de la cena, el doctor João Meirelles refirió una historia que, según él, venía recordando de forma involuntaria hacía algunas semanas y que de algún modo estaba emparentada con el campamento. Se trataba de la historia de uno de los pueblos amazónicos del Brasil, y una de las primeras experiencias, según Meirelles, que habían despertado en él cierto interés por lo geográfico y lo geológico.

La historia refería a los *shanenawa*, una comunidad del suroeste del Brasil con larga historia en el trabajo sobre la madera. Eran por lo general pacifistas y meticulosos, artesanos y viajantes que, solo en muy raras excepciones, por lo general para festividades estivales, podían llegar a matar un animal para asar sus carnes. El clima templado pero violento del Amazonas los obligaba a andar en cueros, por lo que toda la extensión de su piel era tomada como un accesorio noble del habla y el pensamiento; así, la mayoría de edad entre los varones de la tribu se iniciaba después de que hubieran compartido lecho con una mujer, acto después del cual se les grababa en la piel con agujas finísimas de acero el recorrido que la tribu llevaba hecho desde el día de su propio nacimiento. Eran grandes cartógrafos y tenían una inteligencia espacial asombrosa, lo que les valió, durante las guerras de la Conquista, una fama de destacar entre las tribus indígenas unidas frente al mal portugués. El único lugar que tenían por casa, aunque más que hogar era considerado centro del reino, era un altar de piedra que visitaban una o dos veces al año, siempre y cuando el cauce de los ríos o las curvas de las montañas los acercaran fortuitamente a él. Allí, en el altar, que se deshacía en surcos concéntricos sobre una explanada enorme que luego desembocaba en un arroyo, se dice, y a pesar de la gentileza con la que parecían desenvolverse en el mundo, mataban a traidores y prisioneros de guerra. Los nativos creían que en el modo en que la sangre caía, en los recodos que tomaba, en las lagunas breves que formaba y en los torrentes que se abrían francos hasta el arroyo estaba el lenguaje con el que el dios expresaba no solo su deseo sino también el futuro cercano, y en esa lectura, que solo algunos sabios de la tribu podían ejercer, se fundaban las migraciones, los colores que usarían las mujeres en sus ropas del verano, hacia dónde torcerían para defenderse de la guerra, el nombre que les pondrían a sus hijos. También estaba dicho, como una constante que aparecía cada vez que la sangre de alguien se hacía rodar, que había un dios único que vivía en el bosque que conducía el destino de todo, desde la caída de cada gota de lluvia a las nubes de tormenta, y que se ocultaba profundo en el bosque y se presentaba como venado, como planta luminosa o como un hongo del tamaño de un árbol solo cuando él lo creía preciso o necesario, que era invisible a los ojos de todos pero cuya presencia podía sentirse, de ser claro de alma quien lo buscase, en cada flor y en cada piedra, y que su aparición repentina marcaría años venideros de oro o el fin total de la tierra.

Los *shanenawa* parecían haber dominado en silencio gran parte del Amazonas hasta el siglo XVI, siendo tomados por algunos colonos como brujos, como viajantes mágicos que podían alimentarse únicamente del aire y de la savia de los árboles y dueños de un sistema comunicativo incomprensible para cualquiera que no hubiera nacido bajo los ojos de la comunidad, hasta que, entrado el siglo XX, y por fuera de algunas pequeñas tribus menores, desaparecieron por completo. La cultura popular del Amazonas insistía en que, tal como les había sido prometido, su dios se había mostrado bajo la forma del venado astado, de la planta luminosa o el hongo, y que habían sido consumidos en su interior, y que ellos habían aceptado el designio, el de desaparecer por completo para unirse al creador del mundo del que, en primera instancia, nunca debían haberse separado.

Ishigata escuchó atento. En cada pausa y en cada silencio, torcía la vista hacia Nofal, quien, como doctor en Historia, podía ser el único que aportase algún dato de valor. El doctor Nofal, sin embargo, se mostraba ensimismado, inmutable al relato de Meirelles, mirando atento el fuego al centro de la ronda. La doctora Martín preguntó si, además de los relatos que habían subsistido de boca en boca, se contaba con registros orales o textos fundacionales de los *shanenawa*. El doctor Meirelles dijo creer que no, sobre todo después del avance de la Iglesia católica sobre las comunidades aborígenes a mediados del siglo XIX, pero que podía enviar un cable a la Universidad de São Paulo.

Al día siguiente, el sol tímido de finales del otoño ya mordía, filtraba el calor a través de las alas de los sombreros y las camisas de algodón. Antes del almuerzo, todos en el campamento estaban callados, sentados o parados alrededor de la mesa principal. Las caras eran de aplomo y serenidad, a excepción de la del doctor Schaffer, que había traído de la zona del bionte, al trote y alertando a todo el campamento con voz firme, dos pájaros muertos que puso sobre las tablas de madera. Se trataba de un hornero y un mirlo, no muy diferentes en tamaño pero sí en color y estructura ósea. A primera vista, nada parecía estar fuera de lo normal. Los investigadores estiraron los cuellos desde sus asientos para reconocer alguna particularidad que fuera digna de la preocupación de Schaffer.

Encontramos esto a cien metros del área, dijo Schaffer, y señaló la mesa. Todos se acercaron aún más y se curvaron sobre la tabla. Los dos pájaros tenían los ojos abiertos, no se movían ni respiraban, y parecían soportar ya el rigor y el frío de la muerte. Acá, dijo el doctor Schaffer, para luego señalar sobre las cabezas de los pájaros, que parecían teñidas de verde, acaso por el musgo y la tierra propios de una caída al suelo, unas coronas de ramas pequeñas. Esto es una malformación, dijo. Creció en la boca y en los ojos, y por eso, creemos, proviene del cerebro, y se expandió, tanto que ya la estructura ósea del hospedante no pudo sino quebrarse. Semeja, dijo, un arbusto breve que podría pasar desapercibido por cualquiera, como una colonia de hormigas o gusanos que se hizo con el cuerpo una vez muerto, pero tiene la misma composición física que un cerebro, con sus vetas y sus zonas pulposas, lo que nos hace pensar lo opuesto, es decir, que este brote no es posterior al deceso sino la causa misma de muerte. Dio vuelta los pájaros: sus lomos estaban dañados, las pieles blancas se encontraban expuestas debajo de las plumas, manchadas con rastros finos de sangre, y con cortes limpios, como si los pájaros hubieran sido atacados por otro animal con garras, más grande que ellos. La doctora Martín, que despreciaba el suspenso que algunos de sus compañeros les imprimían a sus exposiciones, siempre en una forma ridícula de pavoneo intelectual, dijo no entender. El doctor Schaffer, entonces, les pidió a todos que se acercasen a los cortes. No fueron atacados, dijo. Al menos no del modo en que entendemos regularmente un ataque. Schaffer tomó unos fórceps y abrió uno de los cuerpos: brotó del interior una bola pequeña, una bolsa roja y húmeda, en las cual se adivinaban, además de los órganos regulares, ojos y picos y plumas diminutas. Los dos pájaros son machos, dijo Schaffer. No estaban preñados. Se empezaron a duplicar a sí mismos, por alguna razón que desconozco. Los científicos se mantuvieron callados. Schaffer volvió a hablar. La planta no solo muta por su propia cuenta, dijo, acorde a la temperatura, a la estación, a todo lo que sucede cerca de ella, a una velocidad aceleradísima y por fuera de cualquier dinámica regular en los tiempos genéticos; hace mutar también a todo aquello que la rodea, todo aquello que coma de sus frutos, de ahí que puedan explicarse los cambios de color y de tamaño del pasto que la rodea, el color que toma el mar y lo espesa que se vuelve el agua.

Una influencia, dijo la doctora Martín.

Sí, dijo Schaffer. Un vector de dominio.

1504

Vi azul oscuro y después negro, y cada tanto un rayo de sol que iluminaba margaritas y los pastos que de tan verdes parecía que brillaban. Es América, en todo caso, y es gigante, y busqué a Catalina y el convento desde el aire, como si fuera un pájaro. Después se oscureció de vuelta y solo escuché los arroyos que traen el agua del deshielo y los enjambres y los pumas. No es que fallase el ritual ni el compuesto, Isabel. Lo hice igual que siempre con la planta del sur de Asia y con las palabras justas y con los pases necesarios. Es que hay algo que sabe que quiero entrar, mucho más fuerte que yo y que cualquier otro mago, de tu orden o de cualquier otra que conozca, que se mueve a la vez en el mundo concreto y también en el plano de las proyecciones, que me expele y quisiera dejarme ciego; de ahí, sospecho, que perdiéramos a Catalina poco después de verla entrar al bosque y que las imágenes se hubieran vuelto tan confusas como si se tratasen de fantasías o ilusiones.

Vi cruzando el mar los barcos con tus nuevos conquistadores: en todos ellos todavía el recuerdo de tu cara y del beso que les diste en los cuellos y las manos para la buena fortuna. Van llegando de a cientos, y pude seguirlos, con sus mapas y catalejos y las plumas rojas sobre los morriones. Estuve detrás de ellos y de los rumores que se dicen entre los indios: que al sur, muy al sur del continente, cerca de donde debiera estar Catalina, vive el brujo, el rey de amarillo, como le dicen, que tiene presencia en todos lados pero que se esconde en una guarida en el centro de un gran charco de agua, guarida en la que nunca nadie estuvo y que se sospecha queda mucho más al este de donde las montañas se hacen un cordón interminable hasta el fin del mundo; que le temen, y que por eso le huyen, pero que lo aman aunque no lo entiendan, porque lo saben voluntad del mundo, y por eso lo respetan y le ofrendan. Bajé desde el Caribe templado por las selvas sin que nadie dijese del rey lo que yo ya sabía: que podía mostrarse cuando quisiese, sobre todo cuando se hicieran las guerras, para llevarse parte de la sangre derramada que considera suya, entrando a los bosques y a los arroyos que se pierden entre las piedras, a las cuevas y a los valles. Llegué a la ciudad de piedra de los que se dicen a sí mismos incas, y seguí bajando, más al sur, sin intervenir sobre los animales ni los pastos ni las pocas comunidades que entonces me encontraba, mucho más pobres en intelecto y desarrollo, ya nómades como si hubiera sido en ellos la decisión de involucionar, porque era en el convento, donde perdimos la proyección, donde sentía que teníamos que volver, porque algo me decía, la intuición acaso, que ahí, en el convento o en el bosque maravilloso y cercano, o en Catalina, que podríamos, a pesar de que deteste la idea, encontrar tu cura.

Estás volviéndote flaca, Isabel. Están cansados tus párpados y tus brazos y tu carne: las arrugas arrastran tu cara como una vela. Quisiera que viajases conmigo por el aire y que tu panza dejase de hincharse por el carcino que todos sospechan que llevás dentro. Yo pude verlo en las proyecciones, y es un desgarro: es una esfera negra y crispada, adversa a todo, que come lento e idiota y que no entiende que tu muerte será también la suya. Está muy hondo en el vientre, Isabel, y si estuvieras dentro mío sentirías lo que me pasa cuando entiendo que no va a haber en la tierra más hijos tuyos, al menos no de sangre, en suma los que valen, porque es sagrada.

El rey de amarillo que todos dicen vive al sur podría darte la vida de nuevo, hacerte joven o inmortal, o quitarte de adentro ese castigo, con la sutileza de los benditos y de quienes bendicen, como quien remueve un despojo.

Todavía queda tiempo.

Pude encontrar el convento, de vuelta, después de mucha búsqueda. Estuvo un tiempo desierto, cuatro o cinco meses, casi en silencio a excepción del ruido crujiente de las maderas y las bisagras chirriantes por el viento.

El convento ahora está tomado de vuelta por hombres de la ley tuya, que llegaron por haber dejado de recibir los mensajes regulares de oficio y que se acercaron a ver qué pasaba, y que ahora ponen sobre el campanario los símbolos del reino mientras rezan por la mañana en los salones hasta que las voces parecen volverse una. Hacen la alabanza como les es indicado y la templan con las velas. Los vieras: parecería que es el miedo que les provocan las historias que corren, las del mar y también las de cuando tocaron tierra, que los hace parecer más galantes, y se disponen rectos, sin mostrar curvaturas en las espaldas ni signo de cansancio bajo los yelmos y las armaduras, tal si fueran centinelas de algo que no entienden del todo bien pero que buscan de igual manera proteger. Y no salen a hacer las rondas sin antes trancar las puertas y dejar al convento provisto de los víveres y hombres necesarios para soportar cualquier asedio, con los caballos enormes, igual de entusiasmados que quienes los montan, por los verdes nuevos y las sierras y los arroyos. Es tan enorme esto, y lo cruzan como si fuera suyo, con Fabio a la cabeza, el más noble y bravo de ellos, capitán como ninguno, que entiende la letra y las matemáticas y la razón de su viaje y la misión, que cuando llueve prepara los cuencos junto a sus subordinados, que les enseña la Palabra por la noche, que les cuenta historias del otro lado del mundo y de Oriente y sus templos circulares y sus mujeres. No hay señales de ninguno de los hombres que tenían en protección el convento. No están Balvanera, ni Facundo, ni Pedro, ni Catalina. Sospechan entonces de los pumas, pero no había sangre entre las piedras; sospechan de embrujos y hombres extraños que pueden a voluntad volverse monstruos, pero no hay el olor del azufre; sospechan entonces de los indios, todavía desconfiados del hombre blanco.

Ahora pardea la tarde y están los caballeros en la explanada, fuera del convento, a poco regresados de una de las cacerías. Si tuviese la palabra justa, quisiera decirte solo esa, porque es hermosa la hora que hace: a veces es la celeste, que hace parecer a las cosas fosforescentes, y a veces la roja, como si viviéramos dentro de un párpado, por cómo cae el sol, lento, haciendo que todos los colores se muevan. Los caballeros están transpirados y les duelen los músculos de las piernas y los hombros. Ellos dejan caer los estandartes y se quitan algunas de las prendas.

Acaban de llegar de lejos, de un campo largo quemado por el fuego. Es el otoño, y así sucede: prenden los pastos amarillos y secos. Les sobran a estas tierras y por estos tiempos los pajonales negros y quemados y los cadáveres caídos, como higos, de pájaros y animales más grandes. Fue ahí que encontraron a unos escapadores indios recogiendo los brotes que habían quedado intactos de las llamas y llevándoselos a la boca para sentir la frescura solo después de las cenizas. Secuestran a dos varones y tres mujeres: no son más grandes que los monjes de recibida y son más menudos en tamaño, tal que vivieran con lo justo, sin gordura ni grasa achatada.

Fabio les pregunta qué hicieron con los hombres que antes protegían el convento, y qué lengua hablan, y cómo hacen para entenderse entre ellos. Su voz retumba: se pierde grave en el aire y entra al convento, ahora más gris que cuando lo regenteaba el padre Balvanera, con menos velas, con las piedras transpirando humedades. Quién es el dios que adoran, que les riega y les cura la sangre inmunda y espanta las larvas, dice. Quién el que los baña y les da razón sobre el sol y las tormentas y los días de hielo. Y los indios no responden: no entienden lo que se les dice, y lo ven a Fabio, así como están desde el suelo, como un gigante, una montaña que tapa el sol y que grita un enojo del que quisieran escaparse. Fabio se burla de sus rostros y sus pelos duros sobre la cabeza; les dice que no son diferentes a todo lo que vive en la selva, y cosas peores, y le da una cachetada al que parece ser el más viejo: la mano cae seca sobre la mejilla del indio, pero igual pesada por el guantelete, y el indio cae y siente su cara contra la grava y también la sangre en la boca. Es como si pudiese yo también sentirla: no es diferente a la nuestra y arrastra las mismas notas del óxido y del metal. Y el indio se acurruca, cubre sus partes para recibir las patadas que ahora Fabio le da en la espalda, la panza, la cara, astillándole de a poco los huesos, haciéndoselos cristales diminutos, con ruidos tan singulares pero tan por debajo de todo que solo yo puedo sentirlos, así como estoy, invisible y en consonancia con todo, y el indio cede, con los brazos a los costados que ya no puede alzar, para recibir los golpes que tampoco ya siente, que ya no ve venir, con el sol por encima, al que le pregunta en su lengua india que por qué es que así decidió ser el mostrarse de su esplendor, por qué así en la forma bruta de la venganza, si es que se le tenía prometido, por los sabedores de su tribu y por su padre y el padre de él, que la llegada sería de paz y vida y de campos infinitos con lagunas donde la vida germinaría sin freno, con los frutos abriéndose paso entre la tierra después de la pisada de cada zorro y cada ciervo.

Y te emocionarías como yo, y estarías a punto de llorar de la felicidad y de reírte como yo porque justo detrás de la sierra es que Catalina espía lo que sucede en la explanada con otra manada india, que ya parece haberla adoptado cuatro, cinco meses después de que yo la haya perdido en la proyección, que le acaricia cada tanto los pelos rubios como si fueran un milagro de trigo, y ella responde también, con otras caricias, más tímida, porque por entera que haya sido su vida nunca supo de esa forma de amor, tan cercana y del cuerpo y que a nosotros nos resulta de a tanto inapropiada. La verías rara y sucia. Te daría ternura lo diferente que se ve a quienes la acompañan: ella todavía con las prendas del oficio, rasgadas por debajo y marrones de barro seco, y ellos casi desnudos apenas tapadas sus partes pudendas y los pechos como si no les hiciera mella la vergüenza, pero tranquilos en su diferencia. Y Catalina mira, la veo ahora completa, agachada sobre los pastos como están todos los que la acompañan: pareciera que está a punto de dar un salto, se le adivina en los músculos de las piernas contraídas, y dar un grito para que sus hermanos castellanos la vean por sobre la colina e intenten traerla de vuelta, porque por peligroso que sea no habría desastre, piensa, por más fuertes que sean los indios, por mayor que sea la puntería que tengan, porque no pueden contra la velocidad del caballo que ya entienden cómo domar ni la de los fusiles, más vertiginosa todavía. Pero no: es tal el amor que ahora recibe de los indios, y tal el respeto ganado al sol y el aire y el agua de río en tan solo estos meses, y es tal la brutalidad de Fabio y de todos los que los acompañan, riéndose a cada golpe sobre el charco de sangre que deja el indio, cercando también a los otros que quedan para también patearlos y hacerlos vomitar sangre y odiar el cuerpo y la carne que tienen y que ahora sienten peor que las fiebres y que la garra del gato súbito, que le crece el espanto en el adentro. Entonces no. Sentirías su duda si estuvieses acá conmigo, el temor que puede cambiarlo todo: es que a ella ya la tienen por bendita, porque la alimentan mejor que a todos, que a los guerreros y a los sabios incluso, igual que a sus hermanas embarazadas, porque en verdad la aman y no están hechos para las violencias y quisieran que todo el mundo entrase cómodo en una nuez. Volver a verla, así como se encuentra de amada, te llenaría de esperanza.

Entonces Fabio desenfunda la espada. Es tan brillante y tan radical en su aparición que semeja al sol, y parece dividir el aire y romper la imagen: separa como una línea de luz las cosas entre las hechas por Dios y las hechas por nosotros. Tiene un nombre, es Buscadora, y así la bendijo sobre el mar cuando en los barcos, al centro de sus soldados, que aplaudieron y gritaron. Y siento ahora la anticipación del desastre, porque huelo a Fabio, su nuca, las axilas, el aliento que le sale de la boca como una cascada de enojo, y huele a peste y agua estancada. Y Fabio avanza con sus hombres por detrás dándoles los ánimos hasta el mayor de los indios, que cierra los ojos en cuanto ve los de Fabio porque no quiere ser testigo de su propia muerte. Fabio levanta la espada y el sol que queda se refracta en la hoja, y después la baja y el ruido es el del matadero, húmedo y burbujeante. Y rueda la cabeza del indio dos, tres veces, hasta quedar apoyada sobre una piedra, todavía con los ojos cerrados, con dos flores por encima que parecen hacerle una corona. Y quisiera vomitar, porque no es de mi costumbre ver la salvajería de los hombres de armas, pero puedo ver el alma del indio, un humo frágil que le brota del cuerpo decapitado y se esfuma en el campo: es hermosa y es igual a la nuestra, Isabel, debieras saberlo.

En la explanada, las mujeres y el indio restantes lloran la pérdida. Gritan como si hubieran acabado de nacer.

Y son los gritos estridentes y la bronca que les producen sus caras, que los soldados de Fabio enloquecen, como borrachos y dementes, y avanzan sobre el otro indio para picarlo con los estoques y las lanzas hasta volverlo una bolsa rota que se diluye y pierde el color a medida que su cuerpo escupe la sangre, y luego sobre las indias, para desnudarlas y violentarlas de a turnos, sus péndulos entrando con la fuerza del toro, para reírse mientras lo hacen como si fuera un juego, y para después decapitarlas también y dejarlas en la tierra húmeda de transpiración y semen para que inviten la carroña.

El día que mueras, Isabel, que espero sea después del mío, va a ser esto: si avanza tu enfermedad, va a ser la hora salvaje, y no va a haber estado nunca antes tan vivo el fuego, allá donde están los nuestros cruzando el mar, que por el desvelo o el engaño a veces confunden a Dios con el oro, y de este lado también, cuando los hombres menores quieran disputarle a tu linaje nuestra Corona. Si así sucede, no tendría razones para los espejos: ni mirarme ni encontrarte del otro lado ni buscar la pista divina que me enseñe lo que debiera ser hecho, porque esta proyección, así como salva distancias, también me daña, y me llegan cada tanto susurros de cosas que suceden ahora, acá, cerca nuestro en el Reino, palabras entre hombres oscuros, incluso dentro de las capillas y los santuarios, también en francés y en alemán, para armar tu muerte, la mía, la de España entera.

Los soldados vuelven a entrar al convento. Es de noche ahora. Escucharías los búhos y el viento, que insultan en una lengua secreta nuestro cruce a través del mar. Cae pesado el frío del final del otoño. Y Catalina, subida a la colina y escondida, mordiéndose el labio con fuerza, que no entiende por qué el Dios que es de ella es también el Dios de los hombres aquellos, y mira a los costados, a los indios que la tienen prisionera o que la tienen como bendita, que lloran en silencio por los hermanos y hermanas que acaban de perder, aunque no los conocieran, y dispensa las diferencias, porque se sabe ahora otra, o siempre se supo pero sin palabras: que su parte en el mundo es o fue siempre de ese otro lado donde ahora me proyecto, y porque la conmueven, de ellos, la fe que ensayan y el modo en cómo tratan a sus menores y a las plantas y los árboles y los peces del verano, como en una armonía verdadera y justa. Todo el cuerpo de Catalina está sobre el pasto ya mojado por el rocío. Podría tocarla desde donde estoy, pero no quisiera romper el estado: es que me encuentro tan cerca que escucho a la tierra, por primera vez desde que vivo, respirando, y a los musgos que tiene encima y las piedras, y al diálogo que tienen entre ellas, como si hasta ahora yo hubiese estado dormido, y fuera Catalina, y lo mucho que la adoramos vos y yo sin saber por qué, lo que termina de despertarme para siempre. La tierra, Isabel, respira y se mueve, como si lo sagrado fuera allá una presencia más constante, como si hubiera decidido refugiarse en aquella otra parte, lejos del ruido de las ciudades y de los cañones y las cortes.

Los indios hablan entre ellos. Les noto el temor y la admiración en las voces y los gestos: señalan el cielo, el bosque, las flores, el convento, el bosque de vuelta. Entienden algo que nosotros no.

Tal vez sepan del rey de amarillo que va a curarte.

Vieras ahora cómo se acercan en silencio a la explanada allende el convento y cómo les tapan los ojos a sus muertos: lo hacen lento y recitando unas palabras a nuestros oídos una igual a todas, tan percutidas y trabadas; pero lo hacen, igual que nosotros, creo menos por respeto que por el hecho de que crean que, aun muertos, los ojos siguen en funcionamiento, y nadie sabe qué o quién podría estar mirando desde el otro lado las cosas que hacen los vivos, y así lo hacen, porque siempre están abiertos por más que encima les caigan los párpados. Vieras cómo los ordenan: les oponen las plantas de los pies a la dirección del mar, para que si el agua sube lo último que quede sumergido sean las cabezas. Son cinco los cuerpos, abiertos por las lanzas y las dagas en el pecho y las caras, con rastros de sangre que llegan al suelo, y que parecen dormir, tan tranquilos.

Después de las caricias y los llantos bajitos, vuelven detrás de la colina. Ahí esperan escondidos. Y están inquietos. Se ponen en círculo, frente a frente, y murmuran algo y lo repiten hasta el cansancio, mientras dibujan con los dedos un óvalo, como una gota de agua, como un ojo o un vientre, con rayos, algunos rectos y otros ondulados que le brotan de los bordes.

Entonces, al rato, arrecia un viento enorme, y Catalina y todos los indios a su alrededor levantan las cabezas sobre las colinas y miran hacia el bosque, de donde parece alzarse una especie de tormenta. Pero no es tormenta, es una explosión apenas audible de colores: son chispas diminutas violetas y amarillas y verdes. Sentirías el mismo asombro que por los fuegos de artificio de los hombres de la China. Vuelan por el aire como luciérnagas. Los indios se miran entre ellos y se dicen algo, y después repiten sin freno una misma oración hasta que Catalina es también capaz de reproducirla.

Entro ahora en sus ojos. Vieras el cariño con que mira las cosas: las ve de Dios y derivadas de su factura, cada cambio de color, cada accidente en los troncos de los pinos como el producto de una decisión consciente, sin lo aleatorio, porque todo es necesario, así fue dicho, incluso lo que crece por encima de los pinos, que ahora puede ver claro, como nunca antes, ni siquiera cuando espiaba desde las ventanas superiores: un tótem único que triplica en tamaño a todo lo que la rodea, y que crece a cada respiración, con sus ramas o extremidades flotando lento en el aire, llegando a tocar las nubes, en ocho, diez veces el tamaño de la estatua más grande que hayamos construido nunca, con una capucha gigante como la que tienen los hongos. Es la bestia más grande que haya visto o de la que haya leído jamás. Si no fuera por la noche, podría verla mejor, pero solo adivino su figura terrible. Y de sus extremidades, vieras, brotan las chispas de colores que viajan como comandadas hasta el convento para finalmente entrar por las puertas, las hendijas, las chimeneas, para iluminar desde adentro los vidrios con los motivos de la Virgen sobre las ventanas. Puedo seguirlas a cada una de ellas. Las luciérnagas gobiernan ahora los pasillos y las habitaciones y la sala de ceremonias, se posan en los lomos de los caballos, en las armaduras, en los párpados de los nuevos soldados dormidos.

Entonces se hace el silencio. El negro de la noche es infinito. Solo el convento brilla como una perla.

1888

25 de noviembre

En solo dos días la semilla modificada ha ganado siete centímetros. Ya parece doblarse sutil por su propio peso, el de las hojas verdes que tiene a los costados. Las otras, las semillas naturales, no muestran más que un pequeño brote, algo más chico que una lenteja, amarillas y casi transparentes, demasiado débiles para soportar en la intemperie una tormenta de fuerza. Pido una cita inmediata con Herschel vía Whitehead. Si en verdad es esto una invención de su nombre, y no una treta o engaño, estoy frente al despegue total y definitivo del país en materia agrícola-productiva. No puedo todavía, sin embargo, saltar a conclusiones apresuradas. Se haría necesario, por ejemplo, esperar al tiempo de la cosecha, para revisar la calidad del fruto. En todo caso, no deja de ser sorprendente.

Cuál es el secreto, acá, el de romper la vida, para encontrarle el atajo o una salida anticipada.

29 de noviembre

Ayer por la noche sucedió algo increíble.

Negar que en estos últimos días no fantaseé más de una vez con presenciar en carne viva uno de los asesinatos que se están sucediendo sería mentir. Es tan poco lo que me une a los ingleses, en idiosincrasia e ideología, más aún a los extranjeros hacinados, tan poco en historia y modales, que la posibilidad imaginaria de encontrar cuerpos en la calle, tendidos bajo la lluvia y brutalmente atacados, no me provoca nada, al menos no en un nivel sentimental, ni despierta en mí forma alguna de conmiseración o dolor, solo asombro y seducción policial.

Cenamos con Whitehead en los suburbios a pedido mío. El bar era oscuro y estaba repleto de marineros sucios y embarrados. Tardé en acostumbrarme al olor agrio de la transpiración y a la bola de humo que colgaba sobre las cabezas. Pedimos pescado frito y papas.

Whitehead es un hombre gracioso: encuentra en la vicisitud un espacio para la risa y la comedia. Toma los temas con aparente liviandad, pero sin dejar nunca de ser ingenioso y claro. A pesar del bullicio y de los gritos borrachos que incluso a mí, preso todavía de la fascinación turista, empezaban a molestarme, no dijo nunca una palabra desagradable sobre las gentes que nos rodeaban.

No volví a traer el tema de Tesla a la mesa.

A mi pedido, por el contrario, habló de Herschel. Entiende el efecto que el funcionario austríaco genera en la gente y no esconde su opinión. Dijo que se trata menos de una figura respetada cuanto temida. Desconoce por qué fue expulsado del gobierno austro-húngaro, pero intuye que tiene que ver con lo mismo por lo que la Corona británica lo adoptó: su persona estrafalaria y su obsesión infantil con las ciencias botánicas.

Es reconocida la influencia de estas ciencias en el conocimiento contemporáneo, pero el abordaje de Herschel es tan lateralizado, tan oblicuo en su proceder, que pareciera estar más cerca a lo que los pueblos originarios de Latinoamérica y el sur asiático entendían y entienden por Naturaleza que a las maneras estandarizadas del proceder científico de la civilización europea. Se lo toma, entonces, por un anacrónico y un excéntrico, como el último defensor autoproclamado de un mundo ya muerto y desplazado por la fuerza del vapor, la luz y las máquinas fabriles.

Dijo que Herschel se encontraba, al menos hasta hace unos años, trabajando en un compuesto con la capacidad de matar bacterias para hacer más llevadero el paso por la fiebre tifoidea y la diarrea, y que, hasta el momento, había logrado reducir los tiempos de incubación y desarrollo de algunas enfermedades hoy por hoy mortales en la clase trabajadora.

Herschel está seguro, dijo Whitehead, de que la ciencia aplicada al desarrollo del capital era siempre subsidiaria de otro objetivo mucho más determinante, pero que no era reconocido en la actualidad con la seriedad que ameritaba: la perfección de las condiciones de vida humana en la contemporaneidad. Es de esperar, siguió, que en el contexto en el que nos encontramos, el de una guerra silenciosa pero igual de determinante que las otras, y que apunta a la competencia por el monopolio de la producción industrial del continente, las ideas e intenciones de Herschel, más cercanas a la ilustración médica y a las ideas liberales del bienestar de los pueblos, se encuentren cuando menos relegadas a un plano secundario.

El bar se fue vaciando a medida que pasaban las horas.

Tomamos whisky y fumamos tabaco dominicano.

Cerca de la medianoche, salimos y volvimos a pie hasta el hotel bordeando la cañada del río. La cojera de Whitehead nos hacía avanzar lento, lo que me permitía detenerme en los umbrales adornados y la confección de los adoquines. Poco antes del puente que marca el ingreso al barrio de mi hotel, escuché un grito apagado y breve. Whitehead siguió andando como si nada, ya por temor o por estar demasiado acostumbrado a esas experiencias en la ciudad. Yo, al contrario, y acaso por la sobreestimulación, supe al instante que algo andaba mal. En la calle no quedaba nadie. En la apertura de un callejón que se abría a nuestra derecha, a unos cuarenta metros, vi una figura negra que se cerraba sobre una mujer con el torso desnudo. La figura, alta y gruesa, la abrazaba por las caderas y le hundía la cabeza en el cuello y el pecho, como besándola. Por un momento pensé que se trataba de una prostituta, y que tanto los jadeos como la manifestación explícita de la cercanía podían ser algo normal en esa zona, pero, a medida que nos acercábamos, los movimientos de la mujer comenzaron a ser cada vez más frenéticos, muy lejos de cualquier forma de sensualidad, y sus quejidos pasaron de suaves a gritos abiertos que inundaron todo el canal.

Me figuré uno de los vampiros de las historias fantásticas del Este comiendo despacio el alimento de su subsistencia: un monstruo doblegando en fuerza a alguien, casi a la vista de todos y a la vez invisible, venciéndolo en el suelo hasta vaciarlo.

Mientras Whitehead salía del ensimismamiento en el que se encontraba y daba una voz de alarma, yo corrí al encuentro de la mujer.

Corrí hacia adelante sin medir consecuencias.

La figura se sobresaltó y giró. Llevaba una gabardina con las solapas alzadas y era al menos veinte centímetros más alta que yo. A pesar de que la luz del alambrado público llegaba tenue, pude verle el rostro: era moreno y llevaba el pelo largo, una marca le surcaba toda la frente como un tajo. Su pecho también estaba desnudo, y estaba cubierto de tatuajes oscuros imposibles de identificar.

Algo en su mirada, por demás vacía e inexpresiva, me dio pena.

No pude hacer otra cosa más que quedarme parado allí, paralizado, mientras el hombre me miraba, oyendo por detrás los gritos de la mujer que ahora caía rendida al suelo. No tardaron en escucharse otros gritos, otros ciudadanos que pasaban por la zona y veían el espanto, y el hombre moreno se echó a correr hacia el fondo del callejón oscuro, no sin antes lanzar al suelo una cuchilla que yo no había visto. Se desplazaba como sospecho podría moverse una marioneta gigante, con los pies y los brazos independientes a la marcha, libres, fuera del centro de gravitación que era su tronco.

Saltó a través de una medianera y se perdió en la noche.

La mujer seguía rendida en el suelo. Me acerqué y le tapé el pecho con mi levita. Se encontraba en un estado catatónico, reacia a cualquier forma de contacto, y temblando. Una línea gruesa de sangre le brotaba del cuello y le inundaba el abdomen y las piernas. Su aspecto era, por lo demás, deplorable: estaba poco abrigada y sucia, con manchas de barro en el pelo, la cara y los brazos, y nada indicaba que no fuera una indigente. Repetía algo que no pude identificar ni como inglés ni como español, una lengua trabada que bien podía ser de origen ruso, y se tapaba la cara con las manos.

No tardaron en llegar otros hombres y mujeres que sin éxito intentaron contener a la mujer y extraerle algo de información, y poco más tarde, dos oficiales de la Scotland Yard, que la transportaron, según nos dijeron, a una dependencia cercana para poder organizar la investigación.

En la central nos hicieron algunas preguntas de rutina. Fui el único testigo confiable y los oficiales se mostraron más que reservados para hacerme saber si mi descripción encajaba o no con las características fenotípicas del hombre que están buscando, si es que en verdad se trató del hombre que conocen por *Jack*, y no un mero copiante que, haciendo uso del revuelo, quiso también probar cómo se siente asesinar a alguien, independientemente de que ya se sepa, como saben todos, que se trata de alguien con el descuido, el descaro o la valentía suficiente para hacerse con las víctimas en la calle y a la vista de todos, sin la necesidad de atraerlos al interior de su casa, de tenerla acaso, para luego soltar los cuerpos sobre el empedrado.

No volvimos a ver a la mujer. Desconozco qué hará la justicia con ella.

Hasta donde entiendo, por lo que resta, no parece haber ningún plan serio por parte de las fuerzas del orden por capturar al culpable, siquiera para colocarle al asesino alguna forma de cebo, como si Londres, esta ciudad maravillosa, supiera de algún modo que el *trade off*, el pago obligatorio que tiene que hacer por haberse erigido de la nada, es soportar estas manifestaciones espontáneas de la locura. Sospecho entonces, porque de otra forma no hace sentido para mí tal nivel de negligencia, que la policía maneja ya diferentes hipótesis que el público general desconoce y que es la que en definitiva la coloca en un lugar de inoperabilidad absoluta: que es desordenado en su proceder, que no hay método de elección de las víctimas y, finalmente, que no se trata de un único hombre, como la prensa ha considerado, sino de varios, parecidos en contextura y en vestimenta, en fuerza y destreza, que atacan simultáneamente.

2037

Me muevo por la casa y confundo las horas y los días. Los libros que hacía un tiempo estaban desperdigados sobre el suelo aparecen de pronto en los estantes, sin polvo y en un orden meticuloso. El jardín también muta: se hace limpio y recortado y con formas cuidadas. Veo exaltado lo rosa. Creo, sí, que se trata de la primavera.

Sueño con un faro. Es blanco y está sobre una isla de piedra. No lo ven los hombres ni los barcos: le pasan cerca sin advertirlo, como si no existiera o no hubiera en él nada de valor. Hay una voz que empuja desde algún lado y que suena a lo que imagino son piedras frotándose entre sí. No se parece a la del pájaro que me habló en el estudio, pero se trata de lo mismo.

Siento al pino morder adentro: avanza con la misma velocidad que la medicación, como caballerías contrapuestas.

Los gatos me siguen como si yo fuera el centro de gravedad: a la vez la estrella que los mantiene unidos y la cosa seria. Busco faros en el Gerält. Son millones, en todas las costas: sus lentes, las válvulas solares, las habitaciones de los torreros, son todas diferentes. No encuentro el de mis sueños.

Pienso en el amarillo. Todo es amarillo. Incluso la noche.

Rara vez es todo tan violento.

Hija, dice de vuelta algo por debajo de las cosas, de las paredes, por qué creerías que lastimaría a mi creación.

1945

En los tiempos libres, Ishigata prendía la radio de onda larga y sintonizaba radios internacionales que ofrecían información certera sobre la guerra. Japón se desangraba a la velocidad del rayo: las tropas transpiradas caían de a cientos, miles, por el calor, el hambre y el bicherío, por la desidia de los generales, que ya no guerreaban por el Imperio sino por su propio delirio de grandeza al querer ser tan grandes como el Fuji, o de humildad, al saberse parte de un mundo que tenía que ser por entero suprimido para dar lugar a una nueva y última fundación. La selva al este de Asia, como una boca siempre abierta, comía los restos de hombres y metales, los hacía de vuelta parte del mundo.

Al interior de la isla no sucedía nada muy diferente: las montañas soportaban la violencia de la dinamita para que se las extirpara del carbón que más tarde prendería las destilerías, las fábricas, las habitaciones silenciosas de los soldados jóvenes. Las mujeres movían entonces las palancas arriba y abajo y ocupaban los puestos en los palacios desde los cuales tomaban decisiones sensibles, únicas conocedoras en verdad de la desintegración que sufría el país, no por el avistamiento de la sangre ni los gritos de socorro, sino por los informes que llegaban cada vez con mayor regularidad, y que mostraban listas interminables de nombres de familia que de ese momento en adelante quedarían truncas, como última marca de un animal recién extinto. Ishigata dudaba entonces de su propio trabajo, tan lejos de casa, pero mantenía aún la esperanza de que las investigaciones pudiesen ofrecer algún tipo de asistencia a la situación crítica del país, ilusión que entendía como tal, como mera figuración y expresión de deseo puesto que, sumado al avance lento sobre el bionte, no se tenía previsto al corto plazo ningún régimen de aplicación posible; así cruzaba, Ishigata, una batalla contra el tiempo que parecía dirimida incluso antes de haber empezado, sabido él de su abandono, consciente de la decisión que había tomado, la idea de la ciencia, tan abstracta, por encima de la del honor, por poco que pudiera hacer su cuerpo a medias ágil pero enjuto, por poco que pudiera más que una palabra de aliento o valor, más que una caricia a los niños a su cuidado. Hubiese bastado tal vez morir en gloria, en la isla o en el frente, pero con alguien al lado, antes de que fuera demasiado tarde, antes de ver que donde antes estaban las calles empedradas en alza, los gatos durmiendo en la punta de los *torii*, las montañas nevadas con el sol amable encima, el Yakushi-ji bañado de crisantemos, ya no quedaba nada.

Ishigata entonces se recluyó. Dejó de almorzar de forma regular con sus compañeros y declinaba toda invitación por fuera de las estrictamente científicas, a caminatas y juegos y avistajes, siempre con la seriedad y educación que lo caracterizaban. Todos lo entendían, o así parecía, porque no había nadie entre el grupo de investigadores que conociera de qué se trataba una guerra más que a través de los libros de historia, las películas y las novelas. A excepción de sus reuniones con la doctora Martín, con quien había desarrollado un vínculo amistoso y con quien compartía un café por la noche de forma regular, Ishigata dejó de hablar en público; se reservaba para las mesas de enlace, donde sí se mostraba activo y crítico, tomando notas de todos los avances de las diferentes áreas que pudiesen serle de utilidad, haciendo preguntas incómodas pero válidas y atinadas, dando y recibiendo consejos sobre las hipótesis, las estrategias de observación y los dispositivos de análisis. En la misma medida en que se recluía, Ishigata comenzó a desarrollar un vínculo especial con la planta, y sentía la necesidad de acercarse a ella solo, cada vez que podía y en la intimidad, para no alentar la sensación de amenaza que podían provocar las hordas de investigadores, y para que entendiera, en su composición química o como fuera que sea, que entre ellos no había disputa ni enojo.

Una madrugada la visitó solo, antes de la salida del sol. El camino por el valle fue amarillo. El otoño persistía en su desnudez y los desprendimientos de los árboles hacían del sendero una alfombra húmeda y dorada que Ishigata cruzó lento, consciente del ruido de las hojas que se partían a sus pies, de las otras que caían, consciente también del frío que hacía, de su cuerpo en movimiento, del vapor que largaba por la boca a cada paso. Cruzó la colina y la vio: dormía o así se mostraba, quieta como nunca. Una vez cerca, la planta pareció percibir su presencia. Los tallos y las flores cercanas se arrebujaron apenas en sí mismas. Ishigata les habló en su idioma. Les recitó dos haikus, uno del poeta Bashō y otro de invención de su propia madre, que rezaba: *No te pierdas nunca, acaso tu falta me hiele de invierno*. La planta permaneció contraída; solo a veces alguna de sus extremidades se desplegaba para acercarse al rostro de Ishigata, para rozarlo sutil en la frente y las orejas, y olerlo. La planta se inflaba y contraía, al menos así se percibía más hacia el centro donde estaban los tallos mayores, como si también respondiese a los movimientos de la sístole y la diástole o al fenómeno pulmonar de gran parte del mundo fáunico. Ishigata tocó la planta por primera vez: extendió un dedo que se apoyó tímido sobre uno de los frutos, similar a las frambuesas pero de color cambiante. La flor se sacudió como en un estornudo breve para después dejar caer sobre el suelo partículas de color también brillante. Fue esponjosa y fresca al tacto, como las frutas del verano.

A Ishigata se le nubló la vista: el ocre que se adivinaba lejos en el mar y que anunciaba la salida pronta del sol se le volvió más oscuro, y sus manos parecieron perderse en una bruma negra. No se sobresaltó ni se preocupó, como si de algún modo supiera qué era lo que le esperaba o como si su cuerpo supiese por arte de un lenguaje natural y profundo cuál sería el efecto de tocar la planta. Ishigata vio el pie de una montaña, después una estatua a lo lejos, enorme, en el desierto, un campeón olímpico sin cabeza, después una jungla bajo la lluvia, después el interior del mar, oscuro y en silencio, después el Fuji, mirado desde sus faldas. Las visiones desaparecieron tan rápido como se presentaron, e Ishigata volvió a la costa patagónica, temblando sobre su lugar. Otros científicos también habían tocado el bionte, pero nadie había discutido en las mesas de enlace ningún tipo de proyección, ilusión o lisergia. Podía ser que, por temor a ser tomados por irrespetuosos, crédulos o supersticiosos, no se hubieran animado a exponerlo, pero también existía la posibilidad, pensaba Ishigata, y en su deseo de sentirse digno, de que la planta produjera ese efecto solo en quienes eran merecedores.

Entonces la planta comenzó a moverse de forma conjunta, ya no sus extremidades dueñas de sí mismas sino hermanadas en un movimiento pendular y lento, para después comenzar a emitir el sonido que había sido identificado por la doctora Martín como cuando percibía el peligro, el murmullo grave y rasposo con intermitencias cada tres o cuatro segundos. La flor que tocaba se retrajo y volvió al cuerpo mayor. Ishigata se desconcertó: no había hecho ningún movimiento brusco ni había tomado su cuerpo forma alguna de amenaza, incluso más, si así de especial como se la veía era la planta y por arte extraña podía también ver dentro del espíritu de quienes se le acercaban, no había habido en él pensamiento intrusivo violento, al menos ninguno por fuera de la imagen repentina de su propia madre, todavía joven, hacía muchos años, de espaldas a él y sobre el ventanal de la cocina que daba al Fuji, refregando las ollas del almuerzo mientras que en el camino al centro caían las flores de la lavanda.

Ishigata recordó que en el campamento, si todo seguía según el cronograma, ya debían de haberse terminado las muestras que se harían durante el día —de cal y potasio, de sal, penicilina, pólvora, petróleo y gasoil— para exponerlas de forma intercalada y con el fin de indexar qué era reconocido por el bionte como amenaza y qué no, pero, si no había reconocido a Ishigata como peligro, ni en sus gestos ni en su pensamiento, entonces lo que restaba era que la planta tuviese una capacidad de proyección y previsibilidad muy por encima de la esperada, bien a través del aire y por función de una capacidad auditiva que todavía no habían identificado, bien por debajo de la tierra, como toda planta y todo hongo, como si aquello que ellos veían fuera solo la expresión sensual de otra red que permanecía invisible. Miró entonces el suelo, negro y poroso con el pasto ralo y al oeste, donde empezaban las montañas, y al este donde empezaba al mar. Hasta dónde llegaba, entonces, la red.

Ishigata miró la flor que antes había acariciado.

Se dirigió a ella como si se tratara de un rey antiguo.

Podés sentir a lo lejos, le preguntó Ishigata, justo antes de que a través de la colina llegasen, como estruendos a través del aire, los pasos de los investigadores restantes, pisando la tierra como conquistadores, apareciendo al sol, con sus aparatos y sus metales, con su deseo de exprimirlo todo, incluso sus propias vidas a cambio de designar cada cosa, de ponerle un nombre hasta a la partícula más pequeña de la Tierra.

1504

Veo a Catalina. Te llevaría a la dulzura cómo duerme y lo sucia que se encuentra, con el ceño fruncido como si estuviera soñando su muerte o recordando la de los suyos, la de los soldados y el padre Balvanera, cuya fuerza ya no siento, ni su olor ni su voz grave. Ella duerme y a su alrededor hablan los indios, señalan el arroyo que varios días de viaje sobre el torrente desemboca en el mar.

Deciden hacia dónde, así de desaprendidos de cualquier asentamiento, de los ladrillos y los templos y los castillos y las camas.

Ni el bosque ni el convento están lejos. Se ven de solo asomar las cabezas entre las colinas. El bosque parece que vibra y se mueve, ya no sus puntas separadas e independientes sino entero, como si todo él fuera una única fuerza viva. Las puntas se inclinan al viento acompasadas y es hipnótico, quisiera que lo vieras, y la brisa que llega de adentro, que huele a pera y también a podrido. Ya no tiene por encima esa capucha enorme que salió cuando las luciérnagas: ha desaparecido o ha vuelto a un tamaño menor. Si pudieras proyectarte conmigo, Isabel, verías el bosque por dentro, apenas su comienzo, porque no puedo extenderme más, como un pulmón que se mueve, más que encimado, como si no quisiera dejarle espacio a ninguna otra cosa, con las esporas que caen de las copas y los venados que pastan y se frotan contra las cortezas y se dejan caer para las siestas; vendrías conmigo y sentirías el olor agrio de la vida y el rocío formarse en la punta de las flores, y el vapor sobre todas las cosas como un manto gigante. Es hermoso este jardín. Todavía no decido si podría ser sano para nosotros. Podríamos mudar el reino, Isabel, si así quisieras, dejar esta tierra que no es de nadie más que nuestra pero que adolece todavía la guerra, y yo te seguiría. Cruzaríamos el mar montados al viento y en cuanto apoyes un pie de este otro lado sería todo tuyo. Buscaríamos al rey de amarillo y curaríamos tu enfermedad. Verías el equilibrio del bosque: hay arroyos que brotan de las montañas y no hay distinciones entre los indios y los jaguares, viajan todos a arrodillarse y tomar del agua clara, sabiendo que en cuanto se alejen van a volver a ser cazados o cazadores, pero no se lastiman, se miran tomar, las lenguas y las manos armando los cuencos, como una armonía justa; pero hay algo, y es lo que me intimida: no puedo entrar a su interior, como si algo no quisiera mi presencia, no puedo entrar al corazón del bosque, a la fuente negra, el pozo que encontramos cuando vimos por vez última a Balvanera, que de ser verdadero y no una confusión de mi proyección en la fase, podría ser adverso a nuestra búsqueda, dispar a nosotros en composición y deseo, como si no nos prefiriera cerca o no fuéramos dignos.

Los indios, sin embargo, lo entienden.

Se adornan los cuellos y las frentes y los brazos con amatistas y oro, y hacen los dibujos del óvalo, como si todos ellos fueran sus súbditos, su heráldica viva o defensores únicos de un secreto; los sentirías como mensajeros, tal como soy yo de vos, pero de otro código, oculto a la superficie y tanto más violento pero igual de sagrado.

Te llenaría de dudas la magia de la que está hecha América.

Verías ahora que se acercan a Catalina algunos indios de la tribu. Tienen los músculos duros y las piernas desnudas, que se curvan como los animales al ataque. Se mueven en el silencio. No quisiera verlos contra nuestros hombres: siento que podrían, si quisieran, saltar muros y tensar los arcos hasta justo antes del punto del quiebre, que podrían no amainar en el avance, incluso con daños severos, contra las huestes y convertirse incluso, de ser necesario, en tigres y pájaros y confundirse con las piedras, el pasto, los árboles. No hay nada que me diga que somos diferentes: veo en ellos también la creación, porque les puedo sentir el alma vibrando en lo profundo como una vela, y el aliento cuando hablan y los humores que llevan dentro, pero también su diferencia: el modo en el que ven el sol y besan el suelo y se acarician y se quitan los abrojos de los pies y se bañan. No aceleran cuando la lluvia ni cuando el hambre: saben que la tierra es su hermana y la bendicen porque es imposible que los traicione. Verías todo esto, Isabel, y no dudarías de que aquí también hay Dios, el mismo que el nuestro, pero en otra mostración u otra fuerza, que no reside como en este lado en cuerpos o símbolos, en las catedrales que le hemos construido, en vos y tu linaje, en la guerra al moro, sino en todos lados pero con una modulación menor: lo siento atravesarlo todo como una fuerza invisible y no cortarse en pureza en el paso de la raíz a la piedra, de la rama al pájaro que la toca.

Catalina duerme. La rodean como si fuera una montaña o un Cristo desplomado. Entienden todavía poco de su cara y su color pálido y sus ropas pero es tan frágil que la ven, así dormida, y se asombran. Le tocan la frente y el pecho. La aman, pero no entienden qué, o así lo veo en sus caras: qué con estos hombres que llegaron, en monstruos de madera desde el mar, cubiertos de placas que refractan las luces, que brillan como los cuarzos y son blancos, tan blancos como las nubes, con los ojos claros y las voces violentas, trayendo a cuestas las bestias tremendas del buey, de las remolcadoras, del carro, que los aterra.

Siguen, todavía, un poco, con el miedo a tocarla como si su color fuera contagioso. Es que lo blanco de su cuerpo los asusta porque así es que se ponen los hombres antes de la muerte, lánguidos, difíciles en el movimiento, perdiendo la espesura y lo bravo, cosa de distinción para ellos, que no acostumbran como nosotros a nuestras camas y a nuestras vidas largas, sino a vidas breves y por eso más veloces, corriendo sobre las llanuras en busca del gato herido, del ave herida, que les resuelva el día o la semana.

Vieras uno de ellos. Lo llaman Tahiel y es el menos robusto de todos. Lo saben guerrero y astuto.

Tiene los brazos largos y es el único de todos sus hermanos que mira con miedo el horizonte, para quienes no se trata de otra cosa que promesa y comida y refugio, como si supiera él de alguna otra cosa más que todos desconocen, algo roto, y se imagina, así puedo sentirlo, que puede un día descubrirse lejos una polvareda hecha por los cascos de los caballos que traiga encima más hombres blancos, con los hierros que llaman espadas y los otros hierros que largan humo y hieren profundo en la carne, para castigarlos por lo que decidieron ser aunque ellos no hayan decidido nada; y no saluda al sol por las mañanas, tal si hubiera nacido corrido o descreído del mundo, incrédulo a que los dioses de los que le hablaron sus padres y abuelos fueran así de benévolos como se los narra y pudieran bajar un día, en la forma que prefirieran, a decir es suficiente, deben ahora volver a la tierra a la que pertenecen, y hacerlos polvo. Pero es él quien se levanta y dice algo, y todos aceptan, un poco por temor y otro porque sienten que así debería ser hecho.

Tahiel está parado, le cuelgan los brazos a la forma de los primates. Así con la luna, parece un monstruo o una pantera. Entonces dibuja sobre el suelo el óvalo y después se acuesta al lado de Catalina: trae el olor del vino robado y la transpiración.

Veo lo que está por pasar. Es como una cosquilla o una turbulencia que crece lento.

Así debe sentirse perderlo todo.

Tahiel envuelve en los brazos a Catalina y la hace mínima, y en una forma de premonición, ella se despierta y se convierte en una piedra rígida. Tahiel le saca de a poco el vestido, despacio y en silencio. Todos miran mientras se le pone encima. Te daría pavor lo que siente Catalina: la sensación de la inminencia, que es por igual propia de la adrenalina y el vómito.

Los ojos de Catalina no ven más que el pecho desnudo del indio, los collares que tiene, de aljaba y mica y plumas, que le tocan la nariz y la frente; su cara oscurecida por la noche, el pelo largo apelotonado por la grasa y el sudor.

Tahiel le abre las piernas y entra.

Ya no queda miedo ni placer: es una dilatación progresiva y constante, como una explosión en cámara lenta. Cada tanto Tahiel le lame el cuello. La despeina y la empuja desde los hombros. Catalina quiere cerrar los ojos pero no puede, ya no es de ella el cuerpo ni el cerebro que la controla. Alrededor, las mujeres cantan en voz baja. Catalina está fría y quieta y no entiende: ni el movimiento repetitivo que la empuja hacia arriba, ni la sensación de despojo, tal como si le estuvieran arrancando desde adentro algo invisible pero fundamental. Isabel, sería horrible que sintieras en el cuerpo lo que siente: por qué para ella el castigo de alejarse obligadamente de la ley, si no hizo la guerra ni la maldición ni las cacerías. Por qué, si su cuerpo es de Dios, lo usurpa otro. Y sentirías también, y a pesar de todo, lo bien que se siente: el placer como una descarga y la certeza de que ese acto es lo último que la termina de volver también india. Estarías confundida y presa de un mareo. Igual que ella. La contradicción se siente como un río por dentro. Como cien caballos cayendo por un acantilado. Se siente como el vértigo; como el pájaro más viejo del mundo viendo desde el cielo y antes que cualquiera el despertar de los volcanes.

1888

2 de diciembre

Herschel se apersonó en el hotel sin previo aviso. Tocó la puerta de mi habitación cerca de las ocho de la noche. Quería ver él mismo, dijo, el crecimiento de las semillas. Su aparición repentina no me permitió esconder la cuarta maceta. Cuando la vio, soltó una carcajada.

Me parece justo y precavido, dijo.

Me invitó a cenar a su casa. Acepté, aun con mi cansancio.

Fuimos en un carruaje vistoso. A pesar de la niebla, subimos al pescante. Uno de sus criados, africano como todos los suyos pero vestido con la más alta fineza, manejó en silencio.

La mansión estaba a oscuras. A pesar del clima, todas las ventanas se encontraban abiertas. Fuimos a la biblioteca y comimos sobre nuestras faldas, en pequeñas bandejas de plata.

Después de la cena, se levantó. Se mostraba ansioso por explicarme los procedimientos de sus experimentos y el tipo de alcance que podían llegar a tener de recibir un flujo de financiamiento más amplio. Su estudio estaba cálido como siempre, y sobre una de las mesas había colocadas, en paños blancos de seda, un juego múltiple de semillas de todos los tamaños y colores. Las fue nombrando una a una, la soja, el trigo, el maíz, el algodón, la papa, así, y describiendo sus capacidades y sus ciclos de crecimiento. Dijo que su estrategia era "enloquecer" a la planta, y que lo había descubierto después del estudio de dos hongos fundamentales: el *ophiocordyceps* y el *entomophthora*. Ambos, dijo, se reproducen mediante el contagio a otras especies, por lo general insectos que funcionan como huéspedes.

Ambos procedían de forma similar. El *ophiocordyceps*, por caso, suele atacar específicamente a las hormigas. Una vez filtradas las esporas en sus cerebros, las hormigas enceguecen y, en búsqueda de la luz solar, se sienten obligadas a trepar sobre las nervaduras de las hojas y arbustos a una altura aproximada de treinta centímetros del suelo en zonas temperadas del bosque. Luego, en una segunda fase, y bajo la influencia de una sensación de persecución o de peligro de vida, el hongo les indica a las hormigas que deben morder los tallos. El mordisco es tan fuerte que el exoesqueleto de las hormigas se fractura, ocasionándoles la muerte. El hongo, así, brota de las cabezas ya muertas de las hormigas para seguir escalando con otras presas hasta convertir bosques enteros en redes de micelio. Él, Herschel, entonces, se había dispuesto a darles, mediante una única inyección química, dos órdenes concretas de "demencia" —así lo dijo— a las semillas con las que trabajaba, y que no diferían mucho de las que producían los hongos: la primera, la de una especie de ceguera, similar a la de las hormigas, que hace que la semilla resguarde en su interior cualquier influencia solar, temerosa a la oscuridad y a una posible noche infinita, para poder crecer independientemente del ambiente; la segunda, la de la paranoia de la extinción, que obligaba a la semilla a poner en acto todas las capacidades de crecimiento para centrarse solo en los frutos, dispensando su color, su aroma, su ramificación prolongada en raíces.

La explicación no era complicada, pero era difícil salvar el espacio que existía entre una fórmula del orden químico y una acción concreta de un ser viviente en el mundo real. Herschel convino en que la objeción era correcta, y que hasta que no se avanzase en los estudios, su capacidad de intervención en la vida botánica era más que limitada.

Pregunté si era posible replicar el método en seres de mayor complejidad biológica.

Herschel se mantuvo un rato en silencio.

Luego dijo que sí, que lo había logrado a medias en animales pequeños sobre los que infundía órdenes concretas y breves replicadas de las directivas químicas que daban los *ophiocordyceps* y los *entomophthora*. Lo que lograba infundirles a mamíferos pequeños eran sensaciones de terror y miedo que se traducían, con retoques mínimos, en un conjunto cerrado y finito de actitudes repetitivas y concretas: celo y reproducción, escape, inmovilidad o ataque a cualquier entidad que considerasen amenazante.

Herschel me preguntó si me interesaba algún día acompañarlo en uno de sus experimentos con mamíferos pequeños. Dije que sí. Dijo que la visión podía ser un tanto perturbadora, pero que era suya la tarea de, como hombre de ciencia, cruzar los límites que otros habían trazado como infranqueables.

Afuera comenzó la lluvia y aprovechamos para hacer un paseo por la galería. Los criados de Herschel permanecían despiertos, jamás uno cerca del otro, manteniéndose parados en posiciones firmes como si fueran centinelas, y dándonos saludos de cabeza cuando los cruzábamos. Sus caras son irremediablemente africanas, y no puedo no pensar que, a pesar del carácter ilustrado de Herschel, de su discurso francamente humanista, pueda estar manteniendo con ellos contratos, si es que pueden ser llamados de ese modo, de clara índole esclavista.

Durante el paseo, le comenté a Herschel acerca de Tesla, sobre quien no se expidió más que con una cara de desgano, y le dije también que, si las semillas realmente mostraban su valía, el Estado argentino estaría dispuesto a transferirlo a la ciudad de Buenos Aires para que estuviera bajo la órbita del nuevo Ministerio de Agricultura, para que continuara con sus investigaciones. Se mostró entusiasmado y dijo que, en cuanto austríaco, tenía pocos vínculos emotivos con Inglaterra, con sus formas de organización política, con sus ídolos y símbolos, y que bien podría mudar su vida al sur de América, donde, además de proseguir con sus estudios químicos y apoyar a una nación naciente, podría vivir en un contexto un tanto más rural, alejado del bullicio de la ciudad.

Volvió a preguntar por la Patagonia pidiendo de antemano perdón por su insistencia.

Me preguntó si contaba con mi confidencialidad, y le dije que sí.

La conversación no giró en torno a las comunidades aborígenes, cosa que agradecí en silencio puesto que desde nuestro último encuentro al día de hoy ha quedado algo, lo admito, en mi parte más profunda, que persiste en la incomodidad, como si estuviese yo necesitado, de algún modo, de una observación ajena, extranjera, no determinada por la vida política de nuestro país, para entender que lo que hicimos fue en verdad una salvajada, en nada diferente a lo que hicieron los conquistadores en los siglos pasados, bajo un manto de autocomplacencia ilustrada que ahora siento corrida o fuera de lugar, sabiendo además que ellos, los indios, entre los cuales se cuentan los tehuelches, los mapuches, los tobas y otros con los que tuve el gusto o el disgusto de entrar en contacto, fueron también determinantes para la liberación nacional del yugo español durante las campañas de la independencia.

Contó estar obsesionado con una especie de planta u hongo que parece existir solo en las tierras patagónicas. Una especie que, según ciertos relatos indígenas, al menos los que él conoce, aparece y desaparece a voluntad en diferentes partes del terreno; que es tomada por las poblaciones locales como alguna clase de divinidad que, según las tradiciones orales y una vez terminado una especie de ciclo, va a florecer y quedarse quieta para alojar a todos sus fieles en su interior, marcando el fin del mundo. Duda incluso de su existencia, pero asegura haberla visto consignada en las memorias de un capellán de la reina Isabel de España, en documentos de hace más de cuatrocientos años, y se le tiene prometido que, en cuanto cumpla con satisfacción las tareas que para él tiene reservadas la Corona británica, podrá partir con un barco propio, con una tripulación propia y con una agenda relativamente libre para costear el Atlántico en búsqueda de la planta que, siempre según él, tiene la capacidad de cambiar el destino de la investigación científica mundial.

Reconocí, si no la planta, al menos sí el mito, puesto que fue parte obligatoria de nuestra campaña, al menos en lo que refiere al pensamiento bélico, estratégico y diplomático, profundizar en el conocimiento de la idiosincrasia aborigen: el modo en cómo entendían la naturaleza, los propios vínculos que mantenían, los familiares y los que no, sus mecanismos de producción de bienes, sus dinámicas de intercambio, sus lenguas y gestos.

Pregunté si valía la pena perderse en búsquedas mitológicas. Pregunté también si valía la pena arriesgar todo un programa entero de inversión, intervención y trabajo transatlántico por una planta o un hongo.

Contestó que sí, a secas.

Expliqué lo paradójico que resultaba que, confiando en que la planta pudiese tener un rol determinante en el desarrollo venidero de la ciencia, fuese tan relajado en su confesión. Cualquier cazador de recompensas, que también abundan en el campo de la ciencia, podría encontrar la forma de zarpar antes y sin previo aviso y hacerse con la planta antes que él y, con ello, quitarle el mérito de su investigación y la gratificación del reino británico. Herschel se rio y respondió que, por un lado, para los ojos de cualquiera que no fuera un especialista la planta podía ser tomada como mundana, o en todo caso una planta vistosa, pero de aplicabilidad nula, y por otro, que era el único que poseía las memorias del capellán, único lugar donde, aparentemente, se había hablado en extenso de la planta.

Sería, dijo, mandar a alguien a la sabana en busca de un tesoro, sin avisarle cómo luce, ni qué función tiene, ni cómo darle uso.

Cuando volvimos al estudio, Herschel se dirigió hasta un atril amplio de bronce, cerca del hogar. Me mostró ahí un incunable restaurado, ahora separado por folios.

Estas son las memorias del capellán, dijo, mientras abría el volumen.

Un castellano antiguo se apretaba en una caligrafía minúscula. Incluso yo, hablante nativo del español, avancé lento en la lectura de los dos o tres párrafos que revisé, tal como si se tratase de otro idioma. Me impresionó la obsesión prolija, las marcas a los costados de Herschel —casi todas en alemán, supongo—, las referencias a otros libros cuyos títulos, incluso aquellos que parecían de fantasía, desconozco por completo. Justo debajo del atril, en un escritorio pequeño, vi copias a mano del texto, con tachaduras y reescrituras infinitas, con más anotaciones a los márgenes, esta vez de símbolos, ecuaciones y dibujos, como si el texto en verdad fuera el acceso a otra cosa, muy por debajo de la grafía obvia. El ataque al texto era tan minucioso que no pude imaginarme otra cosa que a Herschel inclinado sobre él como una gárgola, a altas horas de la noche, manipulando las palabras como máquinas, doblándolas y recomponiéndolas a su antojo, ya febril y ciego, como estilaban los judíos y otros hombres del clero para encontrar en la palabra de Dios el código secreto del mundo, de su fin, de la segunda llegada.

Miré a Herschel. Tenía los ojos muy abiertos.

Cuenta los últimos años de la reina Isabel la Católica, dijo, muerta por un cáncer de útero en 1504. Cuenta también el contexto político de la época, tanto de Europa como de América.

Herschel abrió el libro en una página marcada por una guía. La hoja mostraba dibujos circulares concéntricos, dibujos de hongos con cortes longitudinales y párrafos breves que semejaban un procedimiento o una receta.

Herschel volvió a mirarme.

Esta entrada se trata de un método, dijo. Pude resolverlo hace algunos años.

Un método para qué, pregunté.

Es una forma interesante de la hipnosis, dijo.

No se explayó más, y yo no insistí.

2037

Sueño con el faro. Es un dedo pálido sobre el fondo negro del mar. Podría ser la mano escondida de un dios de piedra sepultado bajo el agua. Ya se vuelve una imagen solapada a las horas de la vigilia.

Dejo la casa, el jardín, los gatos.

No voy a volver. Ya no importa.

Viajo al sur, lo más al sur posible, de donde siento llega la voz.

Voy por tierra. Mientras avanzo, la tierra se hace chata: extensiones gigantes de sembrados hasta donde llega el ojo. Es todo de un único color. Veo las cosas, las rutas, los pueblos, los pájaros, como si fueran las últimas formas de algo que está a punto de ser destruido.

Es como ver una casa justo antes de entrar en llamas.

Nada en esto es ahora parecido a lo que soy.

Subo al barco.

1945

El 2 de mayo de 1945, por la tarde, Ishigata se encontraba en su tienda escribiendo sus avances. De la radio de onda larga que descansaba en el escritorio, y configurada para captar el registro de los cincuenta kilohercios, brotaba una canción popular del norte del Japón que narraba la historia de un zorro que, una vez llegado por azar a un castillo, se convertía en hombre y posteriormente en emperador. La canción se cortó abrupta, para darle paso a una voz grave. El Ejército Rojo había entrado en Berlín, y las fuerzas alemanas se habían mostrado insuficientes para darle freno. Se trataba de las primeras horas de un mundo sin el Reich, sin su líder ni sus tapados negros ni la velocidad de sus tanques livianos. Ishigata subió el volumen: la guerra había terminado, y solo restaban días hasta que todas las cadenas de mando les informasen a sus subordinados que ya no, ya no existía la guerra, ya no había el sueño de un imperio teutón total. Ishigata se reclinó sobre la silla. Nada, entonces: Japón recapitularía del mismo modo en las próximas horas, todavía con la isla intacta, pervivirían los hijos, las montañas, los gatos silvestres, dañados en la parte honda del orgullo, pero todavía dignos y prestos a la reconstrucción.

En el campamento, y muy lejos de la calma por el final de la guerra, los científicos, después de descubrir las mutaciones de los pájaros y de que se hubiese vuelto corriente la búsqueda neurótica de cualquier otra manifestación extraña de una naturaleza modificada, dejaron de tomar agua del arroyo y sumaron a los pedidos de víveres del puerto bidones sellados y traídos de otras zonas. Una preocupación solapada y silenciosa se hizo con el espíritu general del campamento, cada vez que a los debates de costumbre se sumaban las reflexiones acerca del posible carácter nocivo de una permanencia tan prolongada junto al bionte. Qué, se preguntaban, era capaz de provocar a nivel molecular, de forma tan silenciosa, pero total, en un cuerpo humano; qué, de prolongar todavía más el contacto, podía estar gestándose, al igual que en los pájaros, al interior de todos los investigadores. Ishigata seguía las conversaciones con la liviandad a la que estaba acostumbrado: le interesaba menos la patente, su propia fama y gloria que el descubrimiento definitivo y singular, por más que le costase su forma de hombre, que podría ayudarlo a él a volver a su país y ayudar a las tropas japonesas entre las cuales debería haberse encontrado. A medida que las conversaciones discurrían, Ishigata se figuraba al bionte como un límite o un umbral, como un espacio a medias familiar, conocido y cercano, pero sobre el que se imprimía un muro negro de desconocimiento. El bionte, entonces, inerte como parecía gran parte de las veces, se aparecía como una esfinge o un centinela que podía mostrar, una vez que se lo cruzase, nada, la repetición infinita de lo mismo, pero en una mostración fabulosa, o todo, un punto de quiebre silencioso que habría de abrir una puerta al terror y a la verdad del mundo.

Las reuniones de Ishigata y la doctora Martín se volvieron más frecuentes.

Acaso por la edad que tenían, mucho más jóvenes que los otros científicos del campamento, o acaso por el temor que la doctora Martín sentía por ser la única mujer en el grupo, lo cierto es que las charlas se extendían, primero después de las mesas de enlace para poner en común acuerdos básicos o el calendario de los experimentos posibles, y después sí, sin regla ni objetivo claro, para hablar sobre sus familias, lo que habían querido ser de chicos, lo que pensaban de los perros, los duraznos, los ríos entre montañas, para mirarse cuando uno u otro no encontraba las palabras, para permanecer callados alrededor del fuego.

Se besaron por primera vez una noche de lluvia. Estaban solos en una de las tiendas y de fuera no venía más que el repiqueteo de las gotas.

Ishigata sintió lo que se siente cuando se vuelve a casa.

Cuando no dormía con la doctora Martín, Ishigata daba paseos por la noche, justo después de escuchar que sus compañeros se despedían hasta el día siguiente para volver a sus carpas. Entonces salía, a tientas las más de las veces, con un sol de noche pequeño las otras, para descubrir que el campamento estaba desierto, con algunas brasas hacia el centro que indicaban la presencia reciente de hombres y mujeres como él, de ciencia como él, tan solos como él y alejados de sus propios afectos y familias, siempre detrás de una verdad confusa con la que todavía no se habían hecho y que podía, incluso después de mucho trabajo, conducir a nada. Ishigata entonces caminaba hasta que las piernas empezaban a dolerle, solo para recién ahí emprender el camino de vuelta, y encontraba en esos recreos una forma genuina de descanso aunque supusiera durante el día siguiente el cansancio y el achaque propios de las pocas horas de sueño, pero se aventuraba en el campo, siempre para terminar por sentir diversas modulaciones de una forma más concreta de conexión con la tierra, ya no a través de la repetición hasta el lavado de todo sentido, como en su país, de los poemas que hablaban acerca de la escucha y del ruido de los árboles y del recuerdo de las éticas ascetas que habían forjado el espíritu del Imperio en los siglos pasados, sino a través de la constatación empírica, directa, del contacto del cuerpo con lo natural: la Patagonia, enorme, tan sola, tan oscura y vaciada de todo, pero a la vez tan segura y de hierro, con cada árbol y cada arbusto clavados con el aplomo de quien se entiende resistidor del viento, tan constante y sibilante que, de a momentos, no existía, para Ishigata y para nadie, ninguna otra cosa que se escuchase, ni la respiración propia, ni el propio pulso, ni el propio masticar.

Fueron varias las veces que, cuando emprendía el regreso, empezaba a clarear. En uno de esos regresos, se desvió sin querer del rumbo que ya había fabricado con los pies, y que de día parecía una línea recta cortando el pasto a la mitad. El campo estaba en la hora mágica, el momento en que las cosas abandonan el color plomizo del azul triste y parecen ganar apenas, un gramo, el vigor del rojo y el amarillo y el verde con el que fueron hechas, cuando los primeros haces del sol, todavía detrás del horizonte, las tocan. Ishigata vio que, en la ensenada allende el campamento, sobre la playa, y casi desnudas a pesar del clima, había dos figuras arrodilladas en la arena. No se tocaban o no parecían tocarse, y estaban tan quietas que parecían estatuas. Bajó por un sendero y se acercó lento pisando hondo en la arena mojada. Entre las dos figuras creció una luz, no mucho más grande que del tamaño de un puño, e Ishigata se detuvo. El objeto crecía y decrecía en luminosidad e iridiscencia a un ritmo acompasado, tal como si fuera un pulmón, y de igual forma que el bionte a casi un kilómetro de distancia. Las dos figuras se tomaron de las manos, encerrándolo en un círculo, y cantaron una melodía grave en una lengua que no conocía. Ishigata se agachó y avanzó encorvado. Todavía el sol no se había mostrado y los pajonales y las dunas le daban cierta cobertura. Era probable que los hombres en la playa fueran habitantes de la zona, pero en las semanas que habían llevado hasta entonces las investigaciones, no se habían cruzado nunca con un lugareño por fuera de los hombres ya reconocidos por todos que solían traer en las camionetas algunos de los víveres obligados. Ishigata se recostó en un pequeño accidente del terreno, y esperó. Cuando el sol rompió el horizonte, pudo identificar las figuras. Una era el historiador Nofal, con su característico pelo marrón y enrulado, pero suelto, y el otro era el geólogo brasileño Meirelles, y sus voces, que avanzaban juntas sobre la melodía, se escuchaban a pesar del viento que había crecido desde el mar. Al tiempo, los dos, siempre desnudos, se desanudaron las manos y empezaron a manipular el objeto, que no parecía ser más que una de las flores en pleno desarrollo de la planta: le arrancaban gajos pequeños que todavía titilaban y parecían moverse como peces desesperados por volver al agua, y se los llevaban a la boca, sin dejar de cantar nunca, tarareando cada vez que tenían la boca llena, sin perder el hilo de la melodía. Ishigata tuvo un asco repentino. Se imaginó el sabor de la planta brillante, su rugosidad raspando las cavidades blandas, su luminiscencia en el recinto oscuro del estómago dando color vivo a las paredes rojas y húmedas; la sensualidad violenta de la desnudez y la melodía, y pensó en la todavía no probada inocuidad de la planta, en la irresponsabilidad que suponía probar con el propio cuerpo sus cualidades, en la falta de ética científica que suponía haber descubierto de qué se trataba la planta y cómo estaba compuesta y qué era capaz de hacer, y no haberlo compartido con el grupo mayor. Ishigata se levantó y, sin oponer la espalda al mar para no ser descubierto, trepó la duna y volvió al campamento para descansar los cuarenta y cinco minutos que le quedaban antes del comienzo de las actividades.

1504

Es antes del amanecer. Fabio se despierta con náuseas. Siente haber soñado con una cortina de fuego que barría el mundo, con animales que salían del mar a hacer de vuelta suyos los castillos y las casas y las torres. Tarda en recordar dónde se encuentra y en reconocer los ladrillos oscuros de su habitación del convento, el espejo, la ventana que da a la explanada. Cree estar confundido, entonces se friega los ojos, pero no, están ahí: luces diminutas rojas y violetas, como luciérnagas, titilando en el suelo. Cree estar todavía dentro de la pesadilla o en un espacio liminar, entonces se levanta y mira por la ventana al bosque, donde se ve un resplandor suave de luces azules y verdes, igual como dicen se ven las boreales al norte, y lo invade un miedo antiguo, y la posibilidad de que en verdad sean ciertos los rumores de los libros: los faunos, sus astas curvadas y sus pelos, la música que hacen y que endulza y las ninfas y el Diablo en la forma de la mariposa. Cuelgan sobre los percheros las prendas del padre Balvanera, a quien Fabio no conoció; están sus libros y su diario abierto, la carta que escribió antes de desaparecer, y te daría pena el arrepentimiento, Isabel, tan repentino, que siente Fabio de haber llegado ahí, poco después de que un mensajero dijera, mucho más al norte, que el convento del sur había quedado desierto, de un día para el otro, sin los hombres de la labranza, ni el cura ni la hermana que traían con ellos. Fabio se levanta. Si estuvieras acá, reina, escucharías el Credo que le sale por la boca como un aliento mudo, verías cómo se viste con los ojos cerrados buscando la concentración, y cómo, después de ponerse el jubón y la brigantina, grita un comando que sale rasgado, y cómo lo repite, más fuerte y seguro, para que ninguno de entre sus hombres reconozcan el temblor. Nadie contesta y Fabio sale al pasillo, también inundado por las luces pequeñas que después de un rato se apagan y parecen volverse ceniza. Lleva la espada en una mano y la rodela en la otra. Te haría cobarde lo que imagina: las sombras se le ensanchan y se le achican y ve manchas por el rabillo del ojo, cruzando de un corredor al otro, y cree adivinar en la oscuridad indios vueltos para la venganza o monstruos salvajes con caras grandes y ocultas bajo máscaras de ramas y hojas. Vuelve a gritar. Atención, grita. Despiertos. Pero nadie responde. Puedo sentirle el corazón acelerado. Querrías abrazarlo a pesar de lo que hizo. Nadie merece ese miedo. Fabio llega a uno de los recodos y avanza. La habitación de su contramaestre se encuentra abierta y es poco el resplandor que queda de las luciérnagas. Y entra. Huele a pera dulce, como siempre en esta parte, y a horno. El contramaestre duerme en su cama. Las frazadas aparecen desordenadas como si hubiera habido una batalla o dormir de pesadillas. Fabio se acerca para despertarlo y lo ve de cerca. La piel está blanca y arrugada, más que la que deja el agua después de estar sumergido mucho tiempo, más que la de los ancianos: es blanca y parecería poder quebrarse al solo contacto. Simula el pergamino. El cuerpo está tan duro y consumido que parece haber perdido veinte, treinta kilos, como si lo hubiera fulminado un rayo y estuviera a punto de volverse hueso. Los ojos, abiertos, ya no tienen nada adentro y semejan un pozo hondo. Fabio grita y deja caer la espada: el metal reverbera por las galerías y poco después se escucha el aleteo de las palomas del campanario huyendo de la amenaza probable. No quisiera contarte esto, Isabel: cómo Fabio grita y baja por las escaleras viendo por los ventanales, a medida que desciende, las esferas de luz que salen del bosque, y entra a las habitaciones de sus hombres para encontrarlos a todos en formas similares, muertos y blancos, con luciérnagas de colores a veces posadas en las frentes y los pómulos flacos; una habitación tras otra, muertos; cómo encuentra a dos de sus soldados, también flacos y débiles pero todavía vivos, y los lleva a la sala de ceremonia para cuidarlos hasta que haga el sol; el fuego que hace con las maderas de los asientos para darles calor. Cómo grita el Padre Nuestro, ahora enojado. No hay pistas. Sintieras la desesperación. Cómo golpea las puertas de madera con la espada, quitándole el filo, cómo vuelve a la sala de ceremonias pensando en la mujer blanca que vio por la tarde escondida en la colina, con otras cabezas marrones asomando, y cómo ahora la detesta, porque la sospecha aliada de ellos, traidora, monja convertida y asesina de los propios. Se la imagina entrando sigilosa con los indios, moldeando embrujos sobre las camas de los soldados, haciéndolos cuerpos blancos y secos. Se me hace una bruma, Isabel, por el odio que tiene, quebrado un poco lo que de Dios había en él, y ya me siento presa cerca suyo, al hacerme con su conciencia o sus ojos, porque hay algo que está a punto de cortarse: el hilo que lo unía con nosotros a pesar de las diferencias. Lo veo ahora, lejos, desde la puerta de ingreso, sobre la sala de ceremonias agachado sobre los dos hombres que le quedan. Los hombres tosen. Dicen como les sale y pueden los sueños que tuvieron. Que vieron al rey de amarillo del que hablan los indios, que se muestra solo cuando quiere y que no es posible encontrarlo. Que es del tamaño de las montañas. Que no puede vencerlo el hielo ni el mar ni el sol hirviente.

Fabio está por convertirse en otro, en un nuevo terror para el mundo. Está hecho de ira. Ya no puedo verlo claro.

Se me hace oscuro, Isabel.

La demencia.

Ahora es otro.

1888

4 de diciembre

Hubo un incendio en Whitechapel. Una iglesia fue tomada por las llamas e iluminó la noche despejada. Las llamas se alzaban como lenguas desde la cúpula y los vitrales y la gente se amontonó alrededor a esperar por los bomberos zapadores, en la esperanza de que pudieran rescatar al padre, cuyo nombre me repitieron varias veces pero olvidé, y que nadie había visto escapar de la capilla. Fue ver, a pesar de que suene contradictorio, un acto de amor enorme a Dios. El fuego crecía y lo único que podía verse entre tanto rojo eran las estatuas de piedra, de los ángeles, los querubines, de la Virgen y Cristo, imperturbables y definitivas.

Yo me encontraba cerca porque, lo admito, parezco haber perdido el miedo a pesar de las constantes precauciones que me ofrecen mis colegas. Viajo cada noche o noche de por medio a Whitechapel y me pierdo en el barrio, doblando donde sea que mi espíritu lo determine, como si a pesar de lo que sucede ahí hubiese algo debajo, encantador a la vez que horrible, como si la posibilidad del peligro me volviera más lúcido e hiciera más puro el aire, con el deseo idiota de volverme un rastreador por ajena que me resulte la ciudad, con la confianza de que nada puede pasarme, tal vez por no identificarme con el tipo de víctimas que suelen ser escogidas, tal vez por mi porte, que es distinguido y robusto y que miente respecto del real estado de mi cuerpo, ya un tanto abatido por las pocas horas de sueño y por la humedad eterna de Londres. Un *voyeur* invisible, entonces, como un gato inofensivo pero lo suficientemente ágil para escaparle a cualquier cosa, para poder escabullirme como el agua entre los pasillos angostos, saltar imperceptible de una sombra a otra, con la esperanza todavía confusa para mí, ya de ver el acto del matar, el momento en que una forma cobra vida desde dentro de un corredero para saltar sobre la yugular de una joven distraída o sola, ya con el deseo de ver no la muerte, sino el método, la brutalidad con la que domina los cuerpos, para saber si en verdad se trata de un hombre o de un monstruo.

5 de diciembre

Se me hace llegar por la mañana y vía mostrador del hotel una carta del Dr. Herschel. Es corta y precisa. Lee: *Si quiere conocer el método, venga a mi casa el 9 por la noche.*

La dependencia gubernamental que trata mi asunto, la Biblioteca de Londres, me recibió por la tarde con cierta pomposidad. El notario, Shaft de apellido, no dejó de preguntarme acerca de mi estadía y sobre el rumbo de mis negocios. Una vez hechas las cordialidades de rutina, y tal vez por mi cara cansada, Shaft quiso liberarme y no tardó en entregarme la cartera con los chelines que reponen parte de mis viáticos.

Se dijo avergonzado por los asesinatos en Whitechapel. Me pidió disculpas, como si él fuera responsable de lo que sucede y como si fuese yo alguien en la altura para juzgarlos. Parece molestarle menos la muerte aleatoria y salvaje cuanto el hecho de que Londres, fruto de la producción industrial, se comience a parecer más a una cloaca o una chimenea enorme que a una ciudad europea.

Le pregunto por los empresarios con los que vengo manteniendo relaciones diplomáticas, muchos de ellos portadores de apellidos de renombre en el país y con larga data de participación en la política de la región. No hubo ninguna palabra de valor para ninguno: Shaft parece un hombre atascado en el tiempo, parece odiar el capital y todo lo que produce. Sin embargo, respecto del Sr. Whitehead, Shaft se deshizo en elogios, no solo hacia él, sino también hacia la familia a la que pertenece que, hasta donde explicó, parece haber funcionado históricamente como aliada diplomática de primera línea de la Corona.

6 de diciembre

Ayer por la noche se celebró la segunda y última jornada de la exposición científica. Fui sin acompañantes, solo, para poder ser nadie y perderme entre la multitud fanatizada por las máquinas.

En una de las salas mayores se agolpaba una cantidad insoportable de gente. Los perfumes y el humo del tabaco formaban un caldo espeso. Se trataba, como decía el programa, de una muestra de electricidad aplicada. Había una gran mesa de madera sobre la que reposaban pequeños frascos y jaulas en tamaño ascendente. Todos los frascos y las jaulas contenían diferentes insectos o animales: una hormiga, luego un escorpión, luego una cucaracha, una serpiente, una rata, hasta llegar a una paloma y una gallina.

El joven que hacía la presentación no tenía más de treinta años. Alegó que, por razones de salud, su maestro, de nacionalidad italiana, no había podido salir del país. Calzaba una túnica violácea, similar a la que le vi llevar a Whitehead en una de nuestras reuniones, con volados y cordeles amarillos y dorados que le daban la imagen de un Inquisidor, y un parche en el pectoral derecho con el símbolo del sol o el óvalo coronado.

La exposición fue menos teórica cuanto práctica. El joven se desenvolvió con soltura, con oraciones cortas y taxativas que, si bien lo hacían parecer un pedante, le daban cierta imagen de firmeza y seguridad. Insistía en que, en Italia e inspirados por los trabajos del señor Tesla, habían encontrado una forma hasta ahora efectiva de realizar descargas eléctricas sobre diferentes organismos vivos sin comprometer el funcionamiento general de los órganos.

El joven puso los frascos con la hormiga, el escorpión y la cucaracha en una caja de cristal atravesada por finos caños de bronce que largaban vapor espeso. Explicó que se trataba de un sistema de refrigeración que mataría por congelamiento a los objetos de la muestra. A la forma de un mago, nos dejó acercarnos a la caja para observar cómo, lentamente, los insectos dejaban de moverse. Mientras nos aproximábamos, el joven incorporó los reptiles y los mamíferos pequeños a la cámara de refrigeración. En poco tiempo, la rata empezó a rascar la jaula en la que se encontraba. Idéntico comportamiento tuvo la serpiente, que empezó a retorcerse dentro de su caja transparente, y la paloma, cuyos aleteos desesperados inundaron el recinto. Sonidos reprobatorios sonaron a lo largo de la sala. Algunos hombres y mujeres rumiaron su disconformidad y emprendieron la retirada. El joven no hizo más que mirarles las espaldas mientras se perdían en los pasillos, con las cejas apenas levantadas en un gesto calmo, a punto de convertirse en una sonrisa.

En menos de diez minutos todos los insectos y los animales estaban quietos: la rata había quedado arrebujada sobre sí misma, del mismo modo en que se acurrucan los gatos, y la paloma había caído, desmayada, sobre su propio pecho.

El joven acercó a la mesa un dispositivo montado sobre ruedas del tamaño de un hombre. Contaba con cientos de perillas, manivelas y correas, y unos cables con terminales de aluminio o hierro que semejaban pinzas. Con una lentitud insoportable, o de quien se sabe infalible, como después comprobé, sacó los diferentes insectos y animales y los colocó, duros como estaban, sobre la mesa. Avanzó lento a lo largo de la mesa por orden de tamaño. A cada muestra le correspondía un instrumental diferente: para la hormiga y el alacrán usó las terminales más finas, mientras que para las presas más grandes utilizó terminales del tamaño de una cabeza de martillo. A cada animal le otorgaba una descarga eléctrica, al comienzo indistinguible en el caso de la hormiga y el alacrán, apenas un chispazo o una línea azul, y después sí, fogonazos que sonaban como disparos y rebotaban como gritos en la cúpula de la sala.

La sorpresa fue de todos, y también mía, cuando los animales empezaron a moverse otra vez. Al principio fueron los insectos, con espasmos en las extremidades y, después, los animales más grandes, que comenzaron a caminar desorientados y agitados.

La paloma alzó vuelo y se perdió por la puerta de arco.

Hemos descubierto que, dijo el joven, bajo circunstancias específicas y siempre que no estén comprometidos los sistemas nerviosos centrales y de irrigación sanguínea, es posible regresar a la vida a muestras recientemente muertas. No hay pruebas claras, siguió, de que este procedimiento no se pueda repetir infinitamente, siempre y cuando las condiciones no funcionen como límite. La aplicación con humanos todavía no se ha podido comprobar. Pero no tardaremos mucho tiempo más.

El joven rodeó la mesa y se puso al frente de la multitud. Hizo un breve gesto con la cabeza y la gente se abrió al medio, como si fueran aguas. Caminó hacia la salida con un paso decidido. No hubo aplausos; en todos tal vez: el reconocimiento de la perversión de la regla de la vida según Dios. El salón quedó en un silencio absoluto.

2037

Entonces veo el faro blanco como una lanza, y su luz apuñalando la bruma y las nubes y el ruido del mar como un rugido y las olas reventando contra el acantilado. El bote se mueve de lado a lado y al remero se lo escucha jadear por debajo del piloto, todo su cuerpo en movimiento como una bestia, las venas del cuello hacia afuera, también en los muslos y la nuca, rompiendo por encima de la superficie irregular del agua como si fuera descreído de dios y el mar fuese suyo, o él el dios y el agua nada, y el viento mojado en la frente y en la barba, y su cara recia que a veces aparece entre su capucha. El cielo se ilumina cada tanto por relámpagos y adivino, en cada haz, por debajo de lo revuelto y de lo oscuro del agua, figuras que parecen barcos del tamaño de ciudades, pulpos con ventosas largas y cabezas enormes que podrían estar mirándome o estar mirando más hacia abajo, igual que yo, por el miedo compartido a lo que podría estar dormido, en verdad enorme, en el fondo entre el barro y el silencio. Cada tanto el bote se alza y quedamos sobre la punta de una ola, casi a la altura de la luz del faro, flotando juntos, el remero y yo como las últimas personas vivas, antes de volver a caer para estrellarnos, él con los ojos cerrados para sentir menos el coletazo del choque y los salpicones en la espalda, y yo siguiéndolo a él, de vuelta a sus gestos, su cuello, sus piernas en flexión, como si hubiese un secreto para atravesar la tormenta y él lo supiera.

El negro es total y no hay nada que ver excepto la espuma que se trepa al bote.

Tocamos tierra. El remero, siempre con los ojos cerrados, siente la barca liberarse de mi peso. Dice algo que no escucho, pero que sale de a borbotones, y vuelve al mar. Mis piernas se hunden en el barro mojado y me arrastro como puedo, uno, dos minutos, hasta unas escaleras anchas de piedra: las trepo a gatas mientras le descubro surcos y ribetes amontonados que corren prolijos en el ascenso, que acompaño con los dedos como si de seguir esa caligrafía única y prolija pudiese también yo aprenderla y decirla, y subo, para ver abrirse al fondo, detrás de la niebla y la lluvia enorme, el faro como un oasis invertido.

La lluvia cae pesada y absoluta.

Desde arriba, veo perderse el bote a lo lejos y al remero y al amarillo de su piloto, el único color que queda que no es negro ni blanco, y más atrás todavía, el perfil del barco ballenero que nos permite, después de muchas discusiones, navegar a la deriva.

La base del faro está adornada con estatuas, gárgolas enormes y esferas que parecen planetas y manzanas y espadas. Es liso en la fachada y no parece haber puertas. Subo por la escalera de metal que sigue circularmente la estructura y encuentro, a poco de andar, una ventana que supongo da a la habitación del torrero, y cierro las manos sobre la frente para apoyarme en el vidrio, pero no hay luz ni nada, apenas el reflejo de mis propios ojos y mi aliento que los empaña y les hacen perder la forma.

El cielo es tan negro que semeja un hueco.

Nunca sentí las cosas así de violentas.

Al llegar al balcón del faro, muy arriba, veo una gaviota. Parece haber estado esperándome. Es tres o cuatro veces más grande que las que estoy acostumbrada a ver. No buscó refugio bajo los techos ni bajo las piedras ni en la costa. Abre las alas como si recibiera la lluvia como un regalo y se mantiene quieta a pesar del viento, con las garras apenas moviéndose en los caños del barandal. Me mira y abre todavía más las alas y pienso, no sé por qué, que puede tratarse del torrero, pero bajo otra forma, haciéndose más grande para simular una guardia, como si perteneciera a una familia secreta castigada por alguna fuerza mayor, a la que se le supo encomendar la tarea, al padre y luego al hijo, y así, de ahuyentar a cualquiera que no sea digno.

La cúpula está también vacía, no hay nada más que regueros en el techo que gotean sobre el aceite y la llama ya demasiado grande para sentirse amenazada, y también sobre el juego de espejos que acumulan la luz y la hacen salir atropellada por la linterna, pero veo a través de los vidrios y ventanas, justo detrás del caldero, una escalera que baja, vieja y de madera, a un negro idéntico al de la noche arrasada por la tormenta.

Entro por una de las ventanas rotas.

La madera de la escalera está mojada y podrida y vuelta porosa con el tiempo. Es mucho más vieja que yo. Los escalones ceden breves a mi peso y la bajada es circular y la oscuridad ya come el brillo que llega de la linterna mayor. Cada paso por la oscuridad es como un acto de fe: el de encontrar, después, otro escalón y no un precipicio, igual de viejo y endeble que el anterior, y la continuación de la piedra, y también la continuación mía, de mis piernas y brazos. El ruido del mar desaparece. Siento mi respiración y el crujir de la madera a mis pies livianos y después, a medida que bajo, e igual que antes, olor a humo o a pera dulce, y toco el suelo.

Ya no hace frío ni viento.

Hay ahora un silencio incómodo.

Me siento en el suelo y abro la mochila. Las pocas cosas que traje están mojadas o estropeadas. Me desvisto y cambio la ropa, apenas menos húmeda que la que llevo puesta, y saco el Gerält. Está intacto y con la batería casi completa. La pantalla muestra que no hay señal y que no hay mensajes desde la última vez que estuve en el puerto. Uso la función de la linterna para que la luz blanca se proyecte en el cuarto.

Este silencio es de verdad incómodo.

La habitación no es grande. Sobre las paredes se replican los grabados circulares que hay en el ascenso y la base del faro, cada tanto tan hondos que no se llega a ver el fondo. Vuelvo a tocarlos y a seguirlos con el índice, y camino, hasta dar con la ventana que vi hace un rato desde afuera. Apoyo la mano en el cristal y empujo, pero no cede. Hay un escritorio de madera, tan chico que resulta raro que alguien pueda trabajar ahí, repleto de hojas amarillas y gastadas y carcomidas y que siguen en una caligrafía apretada los recorridos de algunos barcos, sus altitudes y sus latitudes, incluso algunos muy lejos y en otros mares, sus descripciones, los hombres que traen a bordo y su procedencia, y otras tantas sobre la posición de las estrellas en el cielo. Entonces un ruido parece mover el suelo. Suena a un trueno subterráneo o al momento antes de que se quiebre la tierra, que después reverbera en la punta de la cúpula, y entiendo que se trata de la flor que toqué en el libro y la voz a veces abrumadora.

Suena a rugido grave y hondo, a cadenas pesadas y oxidadas.

Rodeo la habitación, corriendo los pocos muebles enmohecidos que hay, los pocos cuadros que cuelgan de las paredes y que representan a Cristo, o a la Virgen sobre un río, o a un fauno con su flauta, hasta que encuentro, casi llegado todo mi cansancio, mis ganas de dormir, mi dolor detrás de los ojos, cubierta de polvo y de telas de arañas, como una anticipación del desastre, una elección ya tomada, una puerta de madera.

1945

El hallazgo de las mutaciones en plantas aledañas y animales de la zona, sumado a los resplandores que cada tanto aparecían sobre el mar, del mismo color que el violeta y verde de la planta, y a las conversaciones entre los científicos, cada vez más acaloradas y violentas, acaso producto de los giros en falso por hipótesis progresivamente más descabelladas, produjeron en todos desconcierto y preocupación. Cómo era posible, decían, la existencia de un espécimen que contase con un único ejemplar en toda la Tierra, y a la inversa, cómo era posible, de haber muchos otros ejemplares, no haber visto otras plantas hermanas. Las propuestas de Meirelles, cada vez más drásticas, apuntaban a que, de existir un núcleo que explicase su hechura, este debía encontrarse hacia el centro del bionte, a más de cien metros de las zonas de exploración y a donde nadie se atrevía a ingresar, y que era necesario, a pesar de la normativa del gobierno argentino, que para ahorrarse incordios burocráticos prohibía a los investigadores cualquier ingreso al perímetro hasta que los trajes de protección por riesgo biológico no fuesen enviados, llegar a como diera lugar al corazón de la planta. A sus ofrecimientos, en su mayoría secundados por el doctor

Nofal, se le oponían los reparos sensatos de los doctores Martín, Moreno y Schaffer, que alegaban todavía desconocer, a pesar de que sus avances personales su hubieran estancado, el efecto que podría tener el contacto prolongado con el bionte.

El viento caía arrasante y robaba las pocas voces que quedaban en el campamento. Ishigata estaba sentado en su escritorio con un café en la mano, sabido que iba a tener que atravesar la noche, como de un tiempo a esa parte, solo y despierto, escribiendo poemas, avanzando en el diseño de nuevas estrategias para extraer información novedosa del bionte, redactando las entradas de su informe.

A pesar de su soledad, Ishigata se movía con cautela. Nada había dicho, ni a la doctora Martín ni a ningún otro, sobre lo que había visto la noche de la playa. Tampoco lo había escrito en su bitácora de investigación, al punto de que había empezado a dudar de si lo visto durante esa noche había efectivamente sucedido o había sido poco más que un espejismo fruto del cansancio y la falta de sueño, pero no dejaba de seguir a Meirelles y a Nofal con una obsesión casi evidente, al menos con la mirada, en cada mesa de enlace y cada vez que los encontraba en las mediaciones del campamento: sus gestos, cómo hablaban, cómo hilaban su pensamiento, sus caras que, por cansancio u otra cosa, a veces tomaban un rictus idiota, con las bocas abiertas y los ojos apagados.

Ishigata volvió, después de muchos días, al libro de Herschel.

La fascinación que el científico austríaco sentía por la *bunga bankai*, la "flor cadáver", excedía en mucho las características intrínsecas de la planta. Sostenía que su sola presencia había, en un salto conclusivo un tanto irresponsable, modificado por completo la forma en que las culturas originarias de Sumatra llevaban su vida. Tanto era así que estas comunidades no se colocaban espontáneamente, como sí había hecho la cultura griega en un gesto que después se traspolaría a todo Occidente, en la punta de la *scala naturae* o cadena del ser. Por el contrario, se encontraban convencidos de que la única distinción de valor para percibir el mundo era binómica y fatalista: de un lado, aquello que vivía, que se alimentaba y movía, que amaba y hacía las guerras, y aquello que estaba yerto, que podía haber tenido vida o podía tenerla pero que no se encontraba aún en estado de gracia. Así, la palabra que ellos tenían por "montaña" (*mura*) no se componía sino a través de un sufijo (*vem*) que indicaba el carácter vivo del objeto referido. Herschel encontraba en la palabra (*vemmura*), "ser montaña" o "montaña que vive", y puesto que el concepto de montaña incluía no solo los minerales yertos, sino también las hormigas y sus surcos, los topos, las águilas que anidaban en sus acantilados, el carácter idiosincrático general de estas comunidades, que no pretendían en absoluto leer el mundo a partir de la posición centralizada y centralizante del primate sino, por el contrario, como comunión confusa de vínculos superpuestos entre organismos vivos. El caso de la *bunga bankai*, planta que Herschel no tardaba en catalogar como nematófaga, era especial por esto mismo: parecía abandonar la tierra para replegarse sobre sí misma y sobre sus raíces que podían estar internadas cinco o seis metros bajo tierra, para salir solo durante las sequías extendidas, cuando ya no se filtraban a través del suelo y por acción del agua los minerales necesarios para la subsistencia; solo entonces volvía a emerger para hacer efectivo el equilibrio milagroso, la de su propia supervivencia y la del control de la expansión innecesaria de otras especies, sin excedentes ni desperdicios, señero lo necesario. Era tal la conciencia y el respeto por el equilibrio sagrado que las comunidades sumatras la ponderaban incluso por encima de la conciencia de la finitud humana, probablemente el único reflejo intelectual que separaba a los hombres de cualquier otra presentación de lo vivo, y que los hacía recibir a la muerte como un regalo: así las guerras terminaban antes de tiempo y las hambrunas duraban menos que nada y los exilios no terminaban decantando nunca en la construcción de imperios lejanos que después volvían a asentar las venganzas.

Para Ishigata el efecto de la lectura de Herschel era embriagante. Tanto así que sentía que para llegar a descubrimientos significativos era obligatorio emular su pensamiento, no su método ni su pluma, sí su forma, sus gestos, su capacidad elástica para saltar de un problema a otro y de una conclusión a otra, libre de toda preconcepción heredada en la ciencia y liberado de la restrictiva rigurosidad científica, en una nueva forma de entender lo vivo, en un estudio a caballo de la metafísica, la antropología, la botánica y la zoología. Las mesas de enlace, por lo menos hasta esa instancia, no hacían más que oxigenar los desconciertos; nada en ellas, a excepción de los estudios lingüísticos de la doctora Martín, auguraba avances significativos, e Ishigata pensó, siguiendo el gesto de Herschel y de las culturas antiguas del sur de Asia, que podía ser más simple, al menos a fines metodológicos, proceder a la inversa de como se estilaba en las ciencias duras, esto es, y por ridículo que pareciera, con un pensamiento universalizante, para afirmar de la planta casi todo y de forma simultánea, para poder asirla en un rodeo más extenso, pero también más seguro, que facilitara, con el tiempo, eliminar todo aquello que resultase accesorio: así, la planta tenía que convertirse, de algún modo y siempre hipotéticamente, en el mundo entero, y por ello, el bionte más importante de la tierra, incluso más determinante que las abejas, que todo cuanto sucedía en el mundo era su afección, por lo que no había brisa o llovizna o garúa que no pudiese percibir, que era la única especie viva que pertenecía simultáneamente a todos los reinos, que para entenderla era necesario sumarse a su flujo vital, habitar en él, y no dividirlo ni segmentarlo.

Ishigata escribió una carta breve a la embajada del Japón en la ciudad de Buenos Aires, para que después fuera enviada a su país. Refería ahí su sorpresa y asombro, las características generales del bionte, lo fascinante de su factura y la esperanza en encontrar en su particularidad un campo novedoso y revolucionario en la ciencia contemporánea. Hacia el final, escribió lo que en verdad quería. La pregunta sobre por qué el Japón todavía no se había rendido; por qué, si Italia y el Reich habían caído, Japón insistía en una guerra que ya no le correspondía y que no traería, cualquiera fuera la forma en que se resolviese, otra cosa que dolor; por qué los medios nacionales habían dejado de comunicar las noticias sobre el frente y por qué solo los medios europeos, y nada más que en acotaciones breves, seguían narrando lo que sucedía en las costas del Este.

Cerca de las cinco de la mañana, Ishigata tomó otro café y fue a visitar a la planta. El camino por el valle fue oscuro, a excepción de las luciérnagas que colgaban de las flores con rocío, de los árboles, del aire, volviendo al campo un reflejo espontáneo de la Vía Láctea, y de los destellos breves de la planta que se veían por encima de la colina y refractaban en las nubes del cielo. Ishigata prendió un cigarrillo sentado en la colina. Desde ahí podía verse la planta que brillaba en verdes y violetas y amarillos con las flores abiertas y estiradas y moviéndose lenta al compás del viento. Eran manos al cielo con dedos finos rozando el aire y buscando algo.

Entonces un ruido en el camino lo puso en alerta. Era el doctor Nofal que se acercaba a la planta con paso decidido. Ishigata decidió no molestarlo. Nofal, ya cerca, prendió la linterna del casco y sacó un cuaderno. Miró los tallos y los frutos y los tocó, primero con cierto pudor, apenas un dedo índice que se deslizaba lento por las ventosas, acariciando los frutos en formas circulares, y después con confianza, como si se tratase de algo domado y entendido, de algo propio que acepta el toque de la intimidad, esta vez haciendo presión, escarbando la tierra de debajo y desnudando las raíces para después olerlas. Nofal tomaba notas y volvía a las caricias y los toques e Ishigata no podía sino imaginar, allí escondido como estaba, en lo que podía haber sido el primer encuentro posible de dos especies vivas, sintientes y conscientes de su entorno, de su cuerpo, del cuerpo otro que no era el suyo y que tocaban. Se figuró entonces un mono y un cuervo en un mundo repleto de verde, con las columnas de hiedra que dominaban la prehistoria como torres u obeliscos que tapaban el sol, uno frente al otro, quietos y en posición de bienvenida, el mono como un buda, el cuervo siendo un grifo soberbio pero con la cabeza gacha, mirándose a los ojos, sabidos de su propia mirada y sabidos también de la mirada inteligente del otro, y el acto de misericordia de no matarse, solo verse y saberse vivos porque es otra la entidad que lo confirma. Ishigata entonces entendió: si hasta ahí el avance en la botánica se había centrado poco más que en la separación de la *qualitas* distintiva de cada ser autótrofo y fotosintético, haciendo de ella un evento meramente químico que podía, eventualmente, serle de ayuda a los hombres, esto no era sino porque entre el observador y su objeto se había sedimentado, como principio epistemológico basal, una diferencia ontológica radical; acaso la respuesta, pensó, y con ella el avance integral de sus investigaciones, podía estar menos determinada por las diferencias cuanto por las similitudes entre todo ser vivo en diferentes instancias y cadenas de la evolución. Ser, entonces, la planta, y pensar como ella.

La planta parecía reaccionar lento a los estímulos del doctor Nofal: se movía de lado y bailaba, lento, como si estuviese rodeada de otro fluido, más parecido al del agua y viscoso, acaso con la fuerza para sobreponerse a la potencia de la gravedad. Los tallos mayores se irguieron como nunca antes, se alzaron y tomaron el tamaño de cuatro o cinco hombres, y el doctor Nofal levantó la cabeza para verlos como nunca antes, engrandecidos y enormes como flechas apuntando al cielo, y brotaron desde el suelo esporas en una explosión silenciosa que llenó la zona de chispas violetas y amarillas. El doctor quedó envuelto en los colores, que al rato desaparecieron en la noche o cayeron a la tierra para titilar desde abajo mortecinas, y bajó la cabeza para entonar una melodía, similar en el ritmo y en sus pausas a la que había cantado la noche de la playa.

La planta creció en tamaño y pareció abrirse hacia el centro, a unos ochenta, cien metros de donde Nofal estaba, para darle el paso a una capucha, similar a la de los hongos, un domo negro que se elevó y dominó el cielo y que hizo a Nofal mínimo, apenas una mancha blanca, como un suplicante pequeñísimo frente a la arquitectura ominosa y oscura del bionte. Ishigata se levantó, ya bajo el temor y la fascinación, y gritó el nombre del doctor Nofal, que giró lento y miró a la colina, donde no distinguió a nadie, pero habiéndose sentido de todas formas llamado, convocado por una voz humana como la suya, la de sus hermanos o hermanas, la de sus padres, y sonrió con una paz que a Ishigata le hizo doler en la parte baja del estómago, y avanzó despacio al centro de la planta, que entonces se abrió para darle paso como si se tratase de un rey o de un enviado, coronándolo con hojas y devolviéndole también las caricias en las mejillas y la frente y los hombros para después encerrarlo en un abrazo verde.

1504

Veo a Fabio como a través de una película blanca. Le adivino los bordes, a él y a los dos hombres que lo acompañan, que ahora entran con antorchas al bosque con la sospecha de que ahí se encuentran Catalina y los indios que habrían vaciado no una sino dos veces el convento. Avanzan a paso firme con los machetes, rompiendo cada enredadera, cada rama verde, como si en la savia encontrasen también la sangre de los traidores brotando lento. El bosque es enorme y aprieta y la humedad es un peso constante. Fabio grita el nombre de sus padres y el Ave María e insulta a los pájaros que ve en las copas y que lo miran con lástima. No hay chozas ni asentamientos ni aquelarres ni fogatas apagadas pero tibias, nada que indique que ahí se encontraba la partida de indios durante la noche. Caminan hacia el centro del bosque hasta que se hace de noche, pero no escuchan más que sus propias pisadas.

Si estuvieras acá, Isabel, entenderías por primera vez de qué está hecho el silencio.

No hay nada que se mueva salvo los hombres y sus armaduras, como si todos los árboles y los arbustos tuvieran miedo de moverse, un milímetro siquiera, porque sienten en Fabio un odio que no habían visto nunca, que brilla como las placas que lleva encima y que podría crecer en tamaño hasta consumirlo todo.

Los hombres llegan a un claro cerca de la medianoche. Lo iluminan con sus antorchas. Hay un hueco en la tierra del tamaño de nuestros castillos. El pozo está dañado e irregular, como si lo que estaba ahí hubiese sido borrado por el viento, como si algo hubiese sido arrancado de cuajo.

Cuelgan todavía de los rebordes las luciérnagas violetas y rosas.

No está, Isabel. Eso de lo que hablaron los primeros hombres cuando volvieron al convento y que Catalina pudo escuchar a través de las puertas. Ni lo que vimos siguiendo al padre Balvanera ni la mole gigante con la capucha de los hongos. No hay rastros de nada, como si no hubiera existido nunca o como si hubiera decidido suprimirse y fugar.

Los hombres se sientan alrededor de un fuego. Ninguno tiene hambre, no despelechan las dos liebres que llevan en los morrales: es como si estuvieran afiebrados o presas del asco.

Comía estrellas, dice uno de ellos.

Quién, pregunta Fabio.

El rey de amarillo. Todo lo que necesitaba, y después desaparecía y se hacía espuma.

Por qué.

Dijo en los sueños que cuando sentía que el mundo estaba por enfermarse, comía estrellas y árboles y leones y ovejas, y después se escondía por siglos para dormir en paz.

Y qué más.
Nada más.
Qué más.
Nada más.

Toman el alcohol que les queda y deciden hacer la noche ahí, porque por grande que sea el odio de Fabio no podrían cruzar el bosque así a oscuras con el peligro de ser adivinados entre las hojas. Los dos soldados se acurrucan sobre sí mismos: están flacos y consumidos y rezan en voz baja. Fabio se acuesta sobre la tierra con la armadura puesta, no le interesa sufrir durante el día siguiente el cansancio: prefiere estar listo para cualquier tipo de combate en caso de que se los despierte repentinos.

Justo antes de que abandonen la vigilia, un viento se levanta por encima de los árboles y aparece un temblor. Es pequeño pero constante. Los soldados no lo perciben o lo confunden con las imágenes que empiezan a aparecerles en el sueño de las costas de España, de sus mujeres, de tabernas tibias y vasos de vino. Fabio lo siente en todo el cuerpo: le pone en movimiento los intestinos como un masaje profundo. Desde el hueco donde está parece sentirse más fuerte, entonces apoya la cabeza contra la tierra: el rumor brota de los huecos donde antes debía haber raíces y troncos más gruesos y se prolonga como una conversación hacia el fondo. Fabio piensa que se trata de un eco que llega desde una bóveda muy debajo, enorme y con las piedras picadas, bóveda a la que se llega por una entrada oculta en algún lugar del sur del continente, donde hay cientos, miles de indios arrodillados, con los ojos blancos como los chamanes de Oriente, frente a un rey de amarillo gigante con los rasgos igual de duros que ellos, con plumas como cascos y con colgantes de araucaria, con pulseras de oro y un cetro también de oro que emite una luz que parpadea violeta y roja y azul, y que les explica cómo hacerles la guerra a los cristianos, dónde duele más la lanza y la piedra y cómo se hace para quebrarlos en su fe frágil.

1888

7 de diciembre

El Dr. Herschel me hace llegar una carta al hotel. Cancela mi visita de esta noche por el método. Alega tos y cansancio. Me pide disculpas y reprograma para la noche del 11 de diciembre.

En su lugar, dejó un volumen. Se trata, según la carta que tiene adjunta, de un conjunto de notas de botánica sobre algunos descubrimientos de plantas curiosas de Sumatra y el Sudeste asiático que le permitieron, si no encontrar avances concretos en sus propios estudios, al menos sí desarrollar hipótesis tanto más arriesgadas y bastante alejadas del encorsetado panorama, como él lo llama, de la ciencia contemporánea.

Las plantas, por su parte, siguen el recorrido que se les tenía previsto. Tanto las dos macetas que me fueran dadas por Herschel y que contienen las semillas estándar, como la maceta de control en la que planté la semilla del vivero, muestran plantas mínimas, verdes brillantes que no llegan a los cinco centímetros. La planta modificada, por el contrario, ya se encuentra en franca adultez: tiene las hojas gruesas y torcidas por su propio peso, y ya se le adivinan las espigas que, por el ritmo en que crecen, sospecho, llegarán a su tamaño deseado en menos de una semana.

Es, sin lugar a dudas, trigo.

Entiendo el vapor y la electricidad; entiendo la gravedad y las luces ultravioletas, el viaje de los proyectiles, la esfera que es el mundo. Se tratan todas de fuerzas ocultas pero existentes, a las que la ciencia no tiene más que ponerles nombre y traerlas a flote, a la vista de todos, para nuestra utilización y favor. Esto, las plantas, Herschel, lo contraintuitivo que resulta pensar en saltear etapas del desarrollo natural, el uso de la energía para volver a prender un corazón, son otras cosas, *other things*, como si en verdad el mundo hubiera dejado de ser mundo, o al menos ese al que estaba acostumbrado, como si acá, en esta ciudad y en estos hombres, estuviera viva la idea de que es posible pervertir, para bien o para mal, el ordenamiento divino.

Paseé por Whitechapel cerca de la medianoche. Esperaba encontrar de vuelta alguna pista o indicio de violencia, a la forma de un agente de la Scotland Yard: cruzar la noche hasta ver un bulto inidentificable que, al acercarme, se convirtiera en un hombre mancillando un cuerpo, un vampiro alimentándose de alguien, ya desnudo y en una posición imposible. Pensé en el joven italiano de la exposición de ciencias, en la posibilidad de usar los avances de ese grupo de científicos para revivir, por escabroso que resulte, a algunas de las víctimas recientes, y por poco que dure el embrujo dadas las condiciones de los cuerpos abiertos y chorreantes, para que arrojen claridad alguna sobre el hombre que les da la muerte. Las calles, sin embargo, estaban vacías, a excepción de algunos pasillos angostos donde se amontonaban cuerpos dormidos. En una de las esquinas vi una mujer durmiendo sola. Se le adivinaban por encima del trapo que llevaba como frazada la frente amplia y los pelos rubios. Entonces, del mismo modo como alguien piensa a veces en saltar al mar cuando se encuentra demasiado cerca de la borda, y en un desacople breve pero fundamental de todo lo que me vuelve un hombre de civilización, pensé por un momento en ser yo quien pudiera replicar o seguir con los asesinatos. La sensación fue extraña y difícil de explicar. En todo caso, funcionó como el peso de una certeza: que aquello que nos distancia de vidas más salvajes, incluso de culturas menos desarrolladas que la occidental, es apenas nada, un velo breve de determinación educada y basada en la mera costumbre.

El empedrado, húmedo por la lluvia suave, refractaba sutil el alumbrado de las calles, y los vapores subían de las cloacas dándole a todo el barrio un aspecto de cementerio vivo. La mujer dormía y no había notado mi presencia.

Me miré las manos, en el centro de la calle, un rato largo.

Cuánto puede costar abandonarlo todo, en serio, todo.

11 de diciembre

La casa de Herschel me pareció, a diferencia de la primera vez, monstruosa. Mi sugestión se debió en parte, creo, a mi ya no del todo cómoda estadía en Londres y al desarraigo que nunca creí que pudiese llegar tan temprano.

Las gárgolas y estatuas que poblaban el jardín ya no parecían estar defendiendo nada ni a nadie; parecían, más bien, ser una división a punto de avanzar sobre la ciudad de Londres con los dientes y las garras afiladas, con las alas expandidas en clave intimidatoria, con los cuerpos duros y musculados.

Toqué la puerta. Un criado me llevó en silencio a la biblioteca.

Ahí estaban sobre la pared, y como en una réplica minúscula, las bobinas de la exposición del Sr. Tesla. Estaban prendidas, esta vez a baja potencia, y largaban chispazos parecidos a luciérnagas. La máquina ronroneaba suave en una cadencia rítmica e hipnótica.

Esperé por poco más de diez minutos hasta que Herschel entró por la puerta trasera. Trajo encima olores químicos y una cara de abatimiento y cansancio.

Me estuvo costando dormir, dijo. Estoy cerca de un nuevo descubrimiento.

El silencio en toda la casa era mayúsculo. Pregunté con quién vivía. Respondió que con nadie, que bien podría estar solo, si así lo quisiera, pero que lo tranquilizaban los pasos de sus criados moviéndose de acá a allá, limpiando el polvo, preparando la comida, enderezando los adornos y las cortinas. Le pregunté por su familia y dijo que ya no tenía, que cuando fue echado de su posición de ministro de Relaciones Públicas y posteriormente expulsado de Austria perdió también a su sobrina y sus hijos. Pregunté a razón de qué se lo había exiliado, pero prefirió no responder.

Le mostré mi sorpresa frente a la planta de trigo. Dijo estar orgulloso de ese descubrimiento. Siguió después con que toda la potencia de Dios ya está almacenada en la tierra y en las plantas, que él no es otra cosa que un observador asombrado y devoto de la obra divina. Dijo también que el campo de aplicabilidad de la nueva genética de Mendel todavía era inmenso, y que no le resultaría curioso que, del mismo modo como existían los hongos con los que había trabajado, pudieran existir otros, en algún otro lado del planeta, que operasen de forma inversa, en vez de apresurando, retrasando la vida, para finalmente ensanchar las expectativas de longevidad de toda la ciudadanía europea.

Herschel me pidió que me acostase en un diván que daba a una de las bibliotecas.

Me ofreció té chai, y acepté.

El olor picante de la infusión y su sabor dulce me quitaron parte del nerviosismo.

Dijo que las bobinas eran invención del Dr. Tesla, al día de hoy el único hombre capaz de entender en verdad la electricidad; que si bien su relación con él era ríspida, había conseguido comprarle a través de un tercero parte de su prototipo.

Herschel repitió que en las crónicas del capellán de Isabel la Católica se hablaba, además de la planta patagónica, de un método milenario de proyección astral desarrollado por brujos del sur de Asia. Utilizado históricamente para ingresar en estado de claridad y elevación espiritual lejos de las determinaciones de lo material, el método, cuyo orden, sistema y funcionamiento le había llevado más de diez años comprender, ofrecía resultados asombrosos. Pregunté por qué, si él venía ejercitando el método hacía tiempo, era necesaria la invención de Tesla.

Respondió que el uso justo de la electricidad potenciaba la proyección.

El hongo, una variable indonesia de la familia de las *Hymenogastraceae*, había sido utilizado con fines alucinógenos por los campesinos del sur de Asia durante siglos hasta la llegada de la Inquisición, que luego, y con razón, intentó borrarla de la existencia mediante el rastreo y la quema. Siempre según Herschel, era evidente que incluso los hombres del clero habían reconocido la potencia y la utilidad del hongo, y que por eso trasladaron todos los ejemplares que habían encontrado a una abadía en Huesca custodiada por jóvenes aprendices del catolicismo. El hongo, entonces, vuelto de repente monopolio de la Iglesia, desapareció de la faz de la Tierra.

La introducción había acalorado a Herschel; transpiraba y sonreía, y explicaba los hechos históricos y sus propios procederes y descubrimientos como si se tratasen de una gesta épica.

Pregunté si la experiencia iba a ser violenta y que, en ese caso, prefería no hacerlo. Herschel dijo que no, que no había ninguna alucinación, y que el método era un ejercicio de "visión aumentada". Pregunté de vuelta de qué trataba. Herschel me miró con una sonrisa. Dijo que le quitaría toda la sorpresa, que este era un regalo para mí, y que no quería arruinar nada con anticipaciones; que el método era inocuo y que el resabio de confusión que dejaba después de llevarlo a cabo desaparecía en cuestión de horas; que el método tenía una aplicabilidad casi infinita, que podía ser activo de valor tanto para voyeristas y soñadores, como para funcionarios y altos cargos militares, y que solo una claridad de voluntad centrada podría darle buen uso.

El error garrafal en que cae nuestra época, dijo, es el uso que parte de los hombres notables les quieren imprimir a nuestros avances científicos. Tesla, por ejemplo, dijo, solo persigue la fama y el dinero, y si no fuera por su genio, no mostraría diferencias de valor con cualquier otro dueño de una fábrica textil.

Este es el hongo, dijo, después de buscar en un cajón al lado del diván una pequeña lata de metal. Era un polvo amarronado apenas más oscuro que la harina. El hongo se tritura, dijo, y luego se mezcla con otras soluciones químicas que bloquean la producción excesiva del flujo gastroesofágico, pero sin repercutir en la expansión y aceleración neuronal que produce. Después tomó una cuchara de azúcar y la llenó del polvo del hongo. Me lo extendió. Yo no entendí a qué se refería. Hay que aspirarlo, dijo.

Pensé que si con este hongo la cultura hispánica y la cultura eclesiástica y ahora Herschel, contemporáneo mío, habían experimentado de forma sistemática, no habría peligro alguno de muerte. La muerte no era, sin embargo, el problema esencial. Era otra cosa: la sensación de un umbral que se corría, la razón por la cual aquí en Londres, y sospecho que en otras partes de Europa, todo parece desarrollarse con olvido total de las cosas de la vida que en verdad importan, por fuerza de ese delirio sensual y obsceno que se tiene respecto de la exploración en áreas extrañas de la experiencia humana.

Algo en Herschel no dejaba de intimidarme. Podía ser cordial en el trato y amable, hospitalario y risueño, pero entonces, con su cuerpo enorme inclinado sobre el mío, sosteniendo la cuchara con el polvo y mirándome a los ojos seriamente, me sentí indefenso. Herschel acercó aún más la cuchara y yo aspiré y sentí una descarga suave que me enfrió las fosas nasales y que después subió hasta el cerebro como un disparo de hielo. Creo que me dormí o entré en un estado de sopor parecido al del delirio febril. Sentí de repente olores agrios y el ruido de la máquina de bobinas, que entonces colmó todo mi cerebro, ya no un ronroneo suave sino un rugido desatado, y escuché a Herschel decir palabras, oraciones largas y rimadas, en un idioma muy por fuera de mi conocimiento.

Vi un mar revuelto por la noche. Vi un sol rompiendo un horizonte e iluminando unas montañas con puntas finísimas como estoques. Vi un río violeta. Podía escuchar la voz de Herschel. Llegaba del cielo o de alguna parte de mi propio interior. Adelante, decía, vas a volver como lo hacen los perros, siguiendo tu rastro.

Me hice vapor o bruma. Dejé de recordar lo que era un cuerpo, lo que podía o su alcance, y no me atacó la necesidad de mover mis extremidades, acaso de sentirlas; sentía ser un mero ojo, una conciencia viajando a la velocidad de mil caballos por paisajes de agua y ciudades y bosques que se intercalaban constantes provocándome una sensación de mareo.

Más lento, dijo Herschel, y la voz sonó desde todas partes, como si se tratase de Dios.

El viaje se hizo calmo. El ojo que yo era se nubló y solo sentí viento y el sonido de un arroyo, lejos, y un murmullo de gentes. Vi entonces, como un recuerdo o en un sueño, el pueblo donde me crie y que no visitaba hacía ya mucho tiempo, después de la muerte de mis padres. Reconocí el corte de la ruta y los nogales a los costados, la iglesia amarilla y la estatua de San Antonio de Arredondo, pero no estaba mi casa, al menos no como yo la recordaba, porque ahora se le imprimía encima otro piso y el jardín se había vuelto más ancho, tanto por delante como por detrás.

Me costaba entender si se trataba de un sueño, de una visión del futuro o del pasado.

Tuve miedo y quise salir. Mi cuerpo, ya lejos de mí, debe haberse movido de forma brusca, porque casi al instante escuché la voz de Herschel bajar de las nubes. No se asuste, es normal. Lo que ve es verdadero, dijo, tan cierto como que me encuentro sobre su cuerpo y que escucha mi voz amplificada. Quise responder, pero no recuerdo haber ordenado ningún pensamiento. Esos árboles, esos caminos, estos animales, esos hombres, dijo, son verdaderos y existen al mismo tiempo que nosotros; el método es la visión, nada más, y fue utilizada por los monjes y los hombres del clero para seguir a sus enviados de América; es seguro y sin sobresaltos: es ciencia y magia a la vez, su síntesis.

Sentí entonces pena. Nada de lo que había sido en mi infancia quedaba a la vista en el pueblo que ahora observaba desde arriba, sino solo su estructura: el camino y su recodo, el arroyo calmo, los pinos por detrás como guirnaldas flacas, sin mis padres, sin mi yo de niño, mis juegos o aventuras, mis expediciones por la sierra, extirpado de ese espacio, nada de mí.

Empecé a desplazarme sin orden como si fuera un pájaro, sin nido al que volver ni nadie a quien alimentar. Herschel se hizo entonces más presente y guio el vuelo y, a pesar de que en la proyección yo tenía cierta soltura de movimiento, no había decisiones drásticas que pudiese tomar, como poder acercarme a Buenos Aires para verla desde arriba como nunca, para poder espiar sobre mis compañeros de campaña, mi mujer, mis hijos jugando con sus caballos de madera.

No, decía Herschel. Al sur, decía.

La sensación de pena y confusión pasó a ser de fascinación extrema. Me había vuelto, por artes que todavía no comprendo, en una conciencia surcando el cielo, un espíritu libre con la velocidad de los linces. Un pájaro sagrado. Recordaba los valles por los que viajaba, los cortes abruptos de los ríos y las montañas a lo lejos; los ranchos aislados que aparecían de a tanto derruidos y con los techos rotos, con árboles brotándoles desde adentro como si dos formas de vida estuvieran empeñadas en ocupar la misma porción de tierra.

Herschel me guio todavía más al sur, cruzando el arroyo Valcheta, el lugar de nuestro asentamiento principal durante nuestra campaña al desierto y donde vimos por única vez la planta brillante, y desde donde emprendimos el viaje para hacer correr la sangre del indio.

La planta, decía Herschel.

La planta.

La necesito.

Respondí, sin saber cómo, que a la planta la habíamos encontrado cerca de la cordillera, del cordón pequeño que se abre unos kilómetros antes y que los mapuches llamaban *rucamalen huemul*, casa del ciervo, y ahí viajé a la velocidad del rayo empujado por Herschel y su palabra, sintiendo el viento en la cara, el olor de los campos verdes y florecidos.

Acá estaba, dije, cuando llegamos al valle, pero no había nada salvo rastros pobres de lo que alguna vez había sido la planta brillante. Nada: un páramo desolado, gris y amarillo con un cráter en el suelo. Me acerqué hasta donde pude para ver de cerca la tierra: tenía orificios pequeños al estilo de un hormiguero, como si la planta hubiese sido succionada desde su interior. Quise entrar al agujero y no pude: otra fuerza, acaso la de la tierra misma u otra cosa, le ofrecía resistencia a mi intención, a la intención de él, y la doblegaba. Pude sentir el esfuerzo del Dr. Herschel por empujar, pude sentir también su agotamiento.

No puedo entrar, dije, hay algo que no me lo permite.

Herschel gritó algo que no llegué a entender.

Y después gritó más.

Y mi proyección se envolvió en palabras de ira.

Entonces desperté de vuelta en la biblioteca, sudado e incómodo, con los rayos de la bobina tomando el techo como telas de arañas, moviéndose sin guía por las paredes, los libros, mis propios pies, con Herschel con la cara roja e inflamada, transpirado y agitado, inclinado sobre sí mismo por arcadas que le doblaban el cuerpo.

2037

Después de la puerta de madera hay una escalera de piedra. Es desprolija en las paredes y el corte, mordida e irregular, al menos lo que llego a ver por la poca luz que genera el Gerält, también con las inscripciones curvas sobre los costados, y que a cada escalón se hacen más profundas. El olor que llega no es el del mar, ni el del agua estancada, es dulce y agrio como un durazno. Los escalones se hacen ahora cada vez más altos y separados. Me acuesto en el suelo y pongo el cuerpo al vacío, para después descolgarme hasta la próxima base. Las escrituras en las paredes también cambian: se hacen más largas y se toman su tiempo en la piedra para replicar figuras y formas que ya pude ver en las partes superiores.

Todo muta, como si los fabricantes también lo hubieran hecho, como si en el proceso de excavar, tan alejados del sol y de la tierra, se hubieran vuelto más grandes, o la forma inversa, como si en el proceso de buscar la superficie desde el centro de la Tierra se hubieran vuelto más breves, con las manos más cortas y los pies del tamaño de los nuestros.

Muy arriba queda el faro.

Debe estar recibiendo ahora todo el enojo de la tormenta.

Ahora bajo. El pino que llevo dentro parece despertarse. Hace que las venas de la sien retumben y se vuelvan gruesas. Se acerca a algo, el pino o yo, a algo, que es de alguna forma, para los dos, determinante. Es tanto el tiempo que bajo que ya no entiendo si soy lo que hago o si veo lo que hace alguien. Es como el delirio que aparece antes de dormir. Como quedarse dormida.

1945

El desayuno se adelantó. Ishigata los despertó a todos, uno por uno, pidiendo un encuentro de urgencia. En el centro del campamento contó lo que vio. Fue directo y claro. Creyeron al principio que se trataba de una broma, para sorpresa de todos, sabidas la seriedad y mesura del doctor japonés, pero con el tiempo, cuando comenzó a transpirar y se le trabaron las palabras, la asamblea se hizo silenciosa.

Se evaluaron los protocolos en casos como ese: la obligatoria aparición de la policía forense, las cartas a los familiares, los informes a los institutos involucrados en el trabajo, la desvinculación mandatoria de algunos financistas. Ishigata escuchó sorprendido lo irrespetuoso del trato con la vida que acababa de irse, alguien de ellos, de su terruño y sus universidades, además del desinterés, en este caso científico y, dada la circunstancia, de menor valor, por la nueva facultad que había mostrado la planta, esta vez más drástica y definitiva, lejos en todo a lo que los tenía acostumbrados, la pasividad y el sopor que parecía caracterizarla. Se evaluó si Ishigata había visto en serio lo que contaba, si no se había confundido, si se había tratado de un suicidio, si había confundido la planta en acción con el doctor Nofal cruzando por sobre ella para luego entrar al mar.

No fue un suicidio, dijo Ishigata. Fue el bionte.

La policía, que llegó por la tarde, fue expeditiva y vaga. Las cartas pertinentes fueron enviadas a familiares y centros de altos estudios. A los pocos días, y con la sospecha de que el bionte podía significar un peligro biológico, parte del financiamiento quedó, como era de esperarse, reducido a miserias, al menos hasta que pudieran crearse trajes especializados. El campamento se vació: ya no se escuchaba el tumulto de los aparatos ni los murmullos amplificados por el acto del viento, ni la batería de cubiertos cada vez que se hacían las horas del comer. Los que quedaron fueron pocos, algunos incluso en desacato respecto de sus propios equipos de investigación, y mudaron sus carpas al centro de la explanada, acaso para sentir que todavía eran una comunidad.

Los doctores Schaffer y Moreno continuaron con sus investigaciones. Sus ayudantes, asistentes y doctorandos respondían a las tareas con presteza y tenían la vitalidad propia de los jóvenes científicos que se saben cercanos a un descubrimiento fundamental. Meirelles, sin embargo, actuaba diferente. Ishigata lo miraba durante las cenas, el tiempo que tardaba en llevarse el alimento a la boca, el modo en que miraba el cielo negro, y llegaba incluso a seguirlo durante largas caminatas, siempre con prudente distancia, en las que el doctor brasileño parecía adentrarse en la noche sin rumbo alguno. Existía la posibilidad de que su falta de concentración, su desgano o apatía tuviese que ver con la desaparición del doctor Nofal, con quien había generado algún tipo de amistad, pero Ishigata desconfiaba: era su vínculo con la planta, su obsesión, pero sobre todo su ingesta lo que lo había cambiado.

Para confirmarlo, esperó una noche a que Meirelles saliera en uno de sus paseos, y entró a su tienda. Se encontraba limpia, incluso a pesar de la tierra que traían los vientos del otoño, y acomodada. Se apilaban en los rincones libros, carpetas y cajas con fotografías en torres regulares y perfectas, cada una de ellas organizadas por rótulos enormes que las dividían según una letra mayúscula y un número. Hacia el centro de la tienda había un escritorio y, sobre él, un cuaderno de tapas de cuero que Ishigata había visto más de una vez en las mesas de enlace. El cuaderno contenía notas, todas en portugués, y sobre los márgenes, lo que parecía ser un sistema de notación o índice que unía las diferentes observaciones con sus respectivas evidencias alojadas en las carpetas y colecciones fotográficas. Hubo un ruido afuera, e Ishigata se exaltó. Permaneció quieto diez, quince segundos, hasta que identificó los ruidos como gruñidos breves, pero graves, propios de los zorros o los perros que aparecían por la noche a comer los restos de la cena que llegaban al suelo. Ishigata hojeó la bitácora, hasta que vio que, casi de forma repentina, la caligrafía cambiaba: las últimas semanas no se parecían en nada, al menos en forma, a las primeras entradas. Se trataba sin dudas de la misma mano, la misma tinta, la misma pluma, pero algo en la disposición de las palabras, en el espacio entre ellas, en el respeto por los renglones y los márgenes, se perdía, como si de repente la escritura se hubiera vuelto apresurada o frenética, y aparecía ahora acompañada por dibujos desprolijos de animales de todo tipo, de plantas de todo tipo, con trazos fuertes que hundían las hojas y remarcaban una y otra vez los contornos, y por un símbolo que se repetía como un mantra: un círculo, ensanchado hacia los costados, del que salían rayos, a la forma de un sol.

Ishigata se recluyó entonces todavía más, tanto por la desconfianza que les había generado a algunos de sus compañeros como por el reconocimiento de que el bionte parecía mostrarse mucho más activo y definitivo de lo que se creía y que, por ello, su estudio requería toda la concentración posible. Su relación con la radio de onda larga se había vuelto enfermiza: por qué el Japón no se rendía, si ya no había nada, ni en China, ni en Corea, ni en Manchuria ni más al oeste que pudiese resultar suficiente para cubrir la herida que todos sentían en la isla se les había hecho; por qué habrían de insistir, con las tropas diezmadas y las mujeres abatidas en las casas y en los campos, si ya una parte enorme del mundo festejaba la liberación y el cese de la violencia. Las voces que salían del parlante eran acaloradas: mezclaban la idea del deber con la idea de una piedra, como si la decisión de haber entrado a la guerra, por la razón que fuese, fuera causa suficiente para continuarla hasta volver todo cenizas.

Era por las noches entonces que Ishigata avanzaba en sus estudios, bien visitando la planta, hablando con ella y tomando notas, bien en su carpa con sus aparatos de observación, a veces acompañado por la doctora Martín, que hacía esfuerzos enormes para mantenerse despierta y acompañarlo en la vigilia, a veces con ella ya dormida en la cama que momentos antes habían compartido.

Una noche de cuarto menguante, Ishigata hizo un descubrimiento fundamental. Saltó de su silla cuando lo entendió y giró para ver a la doctora Martín, que dormía desnuda sobre la cama pequeña. Se trataba de algo radical, pero a la vez simple: lo que hasta entonces era por todos tomado como las estructuras vasculares de cualquier planta conocida, presentaban, como una burla al diseño de la naturaleza, una especie de patrón. Más evidente todavía en los tallos que en las hojas breves, los filamentos a través de los cuales se transportaban agua y nutrientes, y que podían verse con claridad frente a la exposición de la luz, mostraban cierta regularidad: surcos de un verde más intenso que formaban arabescos, cada tanto con cierto registro de la discontinuidad, con espacios claros entre cada uno de los segmentos, con figuras que se replicaban cada tanto, a la forma de oraciones.

Ishigata despertó a la doctora Martín.

Habla, dijo. Está diciendo algo.

Una carta del Japón llegó al comenzar junio. La carta era breve e insistía en el regreso inmediato de Ishigata al país: se le agradecían sus funciones y se le informaba que no había para el Imperio otro deseo más claro que el del avance científico, pero que la coyuntura ameritaba su presencia en el terreno nacional, bien para brindar apoyo a las tropas mediante su organización en el centro de operaciones, bien incluso tomando las armas. No era alarmista, a pesar de lo que Ishigata había escuchado en la radio y leído en las cartas breves que otros profesores de la universidad le habían enviado, pero era clara: debía volver y no se aceptaría un no como respuesta.

Ishigata tuvo el deseo de volver, por el Imperio, su honor, su familia, dispuesto ya, como tal vez lo había estado siempre pero sin notarlo, a darle la muerte a otro hombre por enormes que fueran las diferencias políticas con quienes entonces gobernaban, con el objetivo simple de hacer subsistir al primer reino que veía la salida del sol, el primero también donde caía la noche, el único donde existía una isla, Miyajima, donde él mismo había nacido, en la que convivían en un equilibrio total los *Chōyō* abriéndose; pensó también en el bionte, en el que Ishigata creía, más por intuición que por cualquier otra cosa, se escondía la clave específica de la vida, la puerta de acceso a una forma de comprensión nueva del mundo, y por ello, a su reestructuración definitiva. Podría volver y hacer la guerra, esconderse en las trincheras con compañeros con los ojos como él, las caras como él, igual de pálidas, con los saludos característicos y los cantos de guerra, o esperarlos en la retaguardia, con remedios y poemas sobre mujeres y bosques hermosos; podía también volver solo cuando fuese necesario, una vez que el Japón se rindiese, ya él con las respuestas necesarias de la planta para la sanación de los cuerpos heridos, acaso con la doctora Martín, de quien ya se había enamorado, y con algún nuevo fruto hecho entre los dos.

Ishigata envió al gobierno del Japón una respuesta corta. No iba a volver. No habló del miedo que sentía por la tierra mezclada con sangre, por la tromba de los bombarderos iluminando las nubes por la noche, por los estoques perforando la carne, por la muerte. Refirió solo que se encontraba al borde de un descubrimiento que podría poner en jaque el avance científico de la época. De fallar, de no encontrar lo que él esperaba, volvería, sí, solo cuando terminasen las acciones bélicas, para ser juzgado por desobediencia. Ishigata trazó los dibujos haciendo presión, acaso para darle a su mensaje otra altura, la de la convicción o la del temor auténtico por el desarrollo de la guerra.

Una caja con documentos llegó al campamento. Ahí se reunían, a razón de un pedido que había realizado el doctor Nofal unas semanas antes a la familia heredera, fotocopias del archivo personal del funcionario argentino Victorino Traverso, todavía no catalogado por el Estado argentino ni por ningún otro centro de investigación en actividad.

El corpus, compuesto de cartas, diarios personales y libros en varios idiomas, llevaba una carta escrita por quien fuera la bisnieta de Traverso. Allí se decía que la familia seguía sin hallar el material de Victorino respectivo a su estadía en Londres en el bienio 1888-1889. A pesar de eso, se decía que estaba bajo su poder un códice castellano de finales del siglo XV que Traverso había protegido siempre con mucho recelo durante toda su vida, presumiblemente adquirido en su estadía en Londres según referencias cruzadas en sus cartas, en la que un capellán de la corte de Isabel la Católica diseñaba un plan para la conquista de América siguiendo de cerca la información que tenía respecto de sus enviados al nuevo continente. En ese códice se hablaba de forma recurrente, siempre según la familia, y de ahí lo relevante del archivo, de la existencia de una planta que brillaba, que murmuraba y titilaba durante la noche, que era capaz de tomar a animales grandes como presa, humanos incluso, para su propia alimentación; que solo había sido encontrada en el sur del continente y que incluso los indios, a pesar de la adoración que le tenían, desconocían por qué, cómo y cuándo emergía a tierra.

Ishigata entonces se dispuso a reconstruir la historia: especímenes de muy similar factura habían aparecido, hasta donde se sabía, y según el código del capellán castellano, en algún momento de principios del siglo XVI en una región mesopotámica del sur de Argentina; luego, según el funcionario Victorino Traverso, a finales del siglo XIX cerca de la cordillera de Los Andes durante la campaña de aniquilación aborigen; y una tercera vez, ahora, a mediados del siglo XX, en la costa argentina en dirección este-sur. La falta de datos que confirmaran que la planta existía o había existido también en otras partes del mundo empujaban a Ishigata una hipótesis fundamental: se trataba, obligatoriamente, de la misma especie. Podía tratarse de una especie característica de la Patagonia, pero los comentarios del doctor

Schaffer indicaban que no había trayectos acuíferos, eólicos ni registros migratorios de aves que pudieran encargarse de la tarea de la polinización a una distancia tan amplia, desde los Andes hasta el Atlántico, de modo que las hipótesis volvían a reducirse: las tres apariciones del bionte en la historia podían no corresponder a tres manifestaciones de la misma especie sino, por imposible que pareciera, a tres manifestaciones del mismo ejemplar, lo que implicaba que la planta que todas las noches Ishigata visitaba era en verdad un superorganismo subterráneo con una extensión micelar de más de trescientos kilómetros cuadrados. En esa línea, era posible entonces considerar a la planta como una entidad antiquísima, de al menos quinientos años, que subsistía en estado de sueño o actividad pasiva bajo tierra hasta que por alguna razón de orden todavía desconocido emergía a la superficie. Ishigata insistió en las mesas, ya cada vez menos pobladas, en que con esta hipótesis era imposible descomponer analíticamente el micelio sin considerar la totalidad del espécimen; en el caso del bionte, como sucedía también con los hongos, el micelio no era sino absoluto, a cada vez, siempre completo y definitivo, y que una herida infligida, un cambio mínimo, un movimiento pequeño y diminuto sería obligatoriamente percibido por toda la estructura en una reacción en cadena con la capacidad de llegar hasta el núcleo, de haberlo, para que desde allí se articule y se propague como una orden un nuevo plan de contingencia. El micelio, entonces, como cuerpo vivo, a la vez piel y condición del crecimiento, se habría visto empujado a lo largo de la historia a tomar otros caminos de expansión, e incluso, existía la posibilidad, a mudar su centro. Así, el centro podría ser, en efecto, el bionte expuesto, tal como lo veían entonces sobre la costa, expulsado de la tierra, cada cien o doscientos años, o podía encontrarse en otra zona, mar adentro o muy por debajo de la superficie terrestre.

La respuesta general a las hipótesis de Ishigata fue negativa. La existencia misma de una formación biológica estable y no perturbada por el tiempo sería menos un descubrimiento interesante cuanto la redefinición absoluta del concepto de la vida y sus ciclos acorde a los principios reinantes de la ciencia. Se barajó, tal como se venía considerando, que fuesen plantas diferentes, acaso sí características del suelo argentino, pero de ningún modo un único ejemplar; en todo caso, un holobionte, un conjunto abierto y siempre en crecimiento de diferentes especies que habían creado a lo largo del tiempo un espacio de resguardo seguro para su multiplicación, pero bajo ningún término un único ejemplar, del que se derivaba obligatoria la hipótesis de la posible inmortalidad, por un lado, y la consideración, por otro, un tanto incómoda para la magnitud de los cuerpos humanos, de los edificios y las pirámides construidas por la especie, pero también en relación al tamaño de las ballenas azules antárticas y los árboles *fusion giant*, de que existiese, opuesto a toda norma, un ejemplar que cubría la distancia desde la cordillera al mar, volviéndose así el ser vivo más extenso de la historia natural.

1504

Porque si es de Dios este mundo, como lo sé y lo creo, y es de él también cada capullo y cada tallo y estas venas y mi cara, y esta cara tuya y hermosa, y es también el soplo escondido en las piedras que funcionan como casa o castillo para los animales del arrastre, y también la nube y la gota solitaria que promete tormenta, y lo húmedo del amor y el sol total, entonces por qué deberíamos temerles a estas nuevas formas de vida que hemos encontrado. Si es de Dios el mundo y soy yo del mundo y vos del mundo y estas palabras que digo y el hongo que uso para proyectarme en el astral entonces no temas, en nada, que es bien abierta a Cristo la América hasta ahora, ya para él todo el campo, las montañas y las alas de las moscas, los hombres y mujeres que ahí viven, los fuertes que vamos a hacer con las manos de los nuestros, los hijos para poblar el jardín; que en verdad es parecido a lo que entiendo por Edén, así lo siento, y que es acá donde podríamos, de entender de verdad cómo funciona esta naturaleza, encontrar solución o freno a tu enfermedad, para que no envejezcas nunca, Isabel, y nos subsistas a todos en gracia y orden.

Quisiera prestarte los ojos, Isabel. Quisiera también que tu cara no sea de desagrado, que se trata de verdad de ella, de Catalina, porque volví a encontrarla, rodeada de los indios que la cuidan y la acarician y le enseñan su propia lengua.

Ahora comen campo adentro, semanas lejos y a pie del convento, junto al fuego y crujen las maderas del toldo que armaron por la tarde y se escuchan de lejos los aullidos de los lobos. Te siento nerviosa. No lo estés, no hay nada para temer. Catalina está con la cabeza en alto y sonríe agradecida. Así lo hacen también quienes la acompañan. Ya no los odia, nunca lo hizo, aunque no entienda si le hicieron lo que tuvieron que hacerle como una forma de castigo, por ser ella blanca e igual a todos los hombres que les dan la muerte a los morenos, o porque querían volverla también suya, en un acto de amor, convidándole la semilla.

No los odia porque ahora siente la vida dentro de ella, creciendo lento.

Su panza ahora es diferente y crece como una loma.

Tiene a Tahiel al lado, que la abraza por encima, y es una pausa verdadera: ninguno tiene la cara terrible de los animales acosados, ni el vértigo de saber que ahora hay algo más grave que el lince y que la fiebre y que bajó de los barcos con pelos largos y ondulados, con las piernas anchas y los hombros más todavía, con ojos que de tan claros parecen aire. Pareciera que por un momento lo olvidan. Se sientan todos alrededor del fuego y hablan, primero los más viejos, dicen cosas sobre las estrellas y las aureolas que se les nota alrededor, y después sobre el rumor de los arroyos y la lengua del mundo. Catalina entiende apenas de qué se trata. Aprende de a poco las palabras que designan las cosas que existen, las que designan cosas que existen pero son invisibles a los ojos; las palabras que indican movimiento, las que se usan para todo lo que está por venir o todavía no se adivina en el horizonte, las palabras que no se dicen en voz alta y solo se dibujan en la tierra porque están malditas.

Querrías que Catalina ya no esté tan lejos, pero no es tu culpa ni la mía. Es un poco como si se sintiera hecha de bruma y flotase y hubiese encontrado a Dios en esa otra fase, más liviano, menos cargado de palabras y candelabros y oro y cuadros de guerra y caballos avanzando sobre las huestes y la sangre de Cristo brotando del flanco. Todavía nos recuerda. Vieras cómo te imagina: sentada como estás ahora, iluminada por encima, pero con la cara en sombras por tu pelo y la corona, encima de un mapa intentando averiguar dónde se encuentran tus enviados.

Su Dios es el nuestro, solo que prefiere buscarlo sola y no con la violencia que llevaron los nuestros cuando cruzaron el mar.

Los indios hablan. Desde lejos parecen un punto minúsculo en la noche total. No hay diferencia entre los pastos y el cielo porque es bien entrado el invierno, donde todo parece volverse más oscuro.

Están en un equilibrio perfecto, con todo lo que es y sienten que existe y se mueve, por encima y por debajo de ellos, por más que no lo vean.

Dicen que tienen que viajar hasta el mar, que es abajo del mar que se encuentra el rey de amarillo, que no van por consejo, sino para que se le dé freno al hombre blanco, o al menos se haga sobre el campo una línea imperturbable o un domo mágico, por poco sea el espacio que les quede a ellos, para que no tengan nunca más que correr como escapantes ni dolientes, para que puedan dormir tranquilos, en una armonía de misterio, sin conocer a fondo las cosas, pero sin pesadillas de muerte.

La cena termina y se echan a dormir.

Catalina y Tahiel siguen abrazados. Sobre los dos caen las gotas de la lluvia. Se ríen a pesar de que no se entiendan.

Sabrías de qué se trata la ternura con verlos hablarse con los ojos.

1888

13 de diciembre

Hace dos días fue el viaje, la proyección o el sueño. Todavía no logro reponerme. Se siente como resaca: duele en la panza y el esófago y detrás de los ojos, que ahora mantengo apenas abiertos mientras escribo para no correrme demasiado de los renglones. La pieza tiene las ventanas bajas para no dejar entrar al sol, aparición insólita en Londres que me lastima los ojos y hace que mi piel se irrite. Las cosas después del viaje se han vuelto de otra manera, o es mi cuerpo el que está cansado: los objetos parecen dejar una estela breve y brillante y todo se me hace, simultáneamente, el mundo en el que vivo y el del pasado inmediato que acabo de abandonar. Vuelven a veces imágenes del viaje con el Dr. Herschel: la Patagonia como la conocí, con sus arroyos y su tierra, sus plantas y sus montañas, pero tal como se encuentra ahora, creo, vaciada de indios, por fortuna o por desgracia corridos más al sur o al país vecino o ya en forma de esqueletos posando infinitos en las mesetas.

Si no fue el pasado el foco del viaje, puesto que vi las marcas que nuestra campaña dejó en el suelo, y si tampoco fue el futuro, porque no había edificios nuevos, ni postas, ni árboles talados ni carpas de campañas ni asentamientos, entonces el viaje se trató de una proyección verdadera y simultánea. La noche del viaje en Londres fue, pues, un día claro en el sur de Argentina. No podría explicarlo, y temo que hacerlo pueda llevarme el tiempo de una vida, cuando en verdad mis ocupaciones son otras.

No entiendo, sin embargo, la razón de la importancia de la planta. Cualquier conclusión, por fundamentada que pueda estar, no va a ser sino apresurada. En todo caso, sentí el enojo de Herschel cuando no pude ubicarla. Su voz me llegaba desde lejos como un látigo que me lastimaba, como si yo ya no fuera carne sino mero nervio expuesto, un espíritu débil y blando siendo usado por un otro para fines que todavía desconozco. Si fue capaz de sintetizar ese polvo, esto es, capaz de replicarlo punto a punto al del capellán de la Reina Isabel, y no solo eso, sino también darle el uso debido, esa forma de expansión de la conciencia, la de un ojo enorme que cruza el cielo para verlo todo, cuánto más podría hacer por el ganado y la industria agrícola de nuestro país, cuán rápido podría a través de sus artes intervenir en los procesos naturales y madurativos de nuestros bienes con el fin de abastecer con nuestros productos, en un tercio de lo que lleva, a todo el mundo.

Usar a Herschel, entonces, a pesar del temor y la desconfianza que me genera. Permitirme, por lo menos por ahora, la irresponsabilidad de llevarlo de regreso a Argentina, de dotarlo junto con la Corona de Inglaterra de una inversión científica para que sea libre de armar su propio itinerario y organizar su obsesión, de sus propios medios de transporte, de su propio equipo, para abandonarlo luego a su propia locura en el desierto patagónico con la condición de que nos retribuya nuestra buena fue con invenciones químicas de la más confusa creación, siempre y cuando esta planta, sobre la que debería entender tanto más, y su investigación, claro, no supongan un trastocamiento radical de los principios nacionales.

16 de diciembre

Tuve un sueño. Estaba en la Patagonia y yo era igual de fuerte que entonces, sobre un caballo blanco. Era la noche y andaba detrás de un general que no podía reconocer. Solo veía su figura bambolearse adelante, sobre otro caballo, negro o cerca del negro, que se perdía en la oscuridad y hacía parecer que el jinete flotaba. Detrás de mí no había nadie ni nada: un negro total que parecía comerse el cielo, las plantas de abrojos, y los cardos a medida que los cruzábamos. Y adelante, un fuego, pequeñísimo como una luciérnaga, que auguraba asentamiento de indios o nuestro campamento. El hombre de delante no decía nada, solo avanzaba, y a mí no me salían las palabras de urgencia: mi boca se trababa cada vez que quería levantar la voz, como si un conjuro aborigen la hubiera sellado, y avanzábamos, yo ya sin esperanza de poder actuar ni mover el cuerpo o darle a mi bayo la orden para la huida, sin esperanza tampoco de que el general delante viese a tiempo el fuego y ordenase cargar los fusiles o decidiera otro rumbo, y en silencio, pero con un terror absoluto que me enfriaba, sabiendo que en cualquier momento, de atrás o de los flancos, vendría el hacha que podría borrarme para siempre del mundo.

Solo cuando desperté recordé algo, sin dudas a razón de la hipnosis de Herschel.

El margen de error es enorme, claro, debido en parte a que no hay cultura arcaica o precivilizatoria que no haya hecho del sol o de una flor un símbolo de sus devociones, y en parte a mi cansancio, que ya me hace ver a cualquier hombre londinense como sospechoso de alguna bajeza. Pero lo cierto es que el bastón de Whitehead, su grabado, semeja en mucho a aquel que algunos de los caciques del sur llevaban pintado en la frente o en algunos de sus collares y prendas: un sol coronado, hacia la derecha, por tres rayos rectos y, hacia la izquierda, por otros dos, uno ondulado y el otro semioval.

17 de diciembre

Día de lluvia torrencial encerrado en mi habitación. El frío no es el problema. No es demasiado diferente del nuestro. El problema es la humedad y la garúa que cae como lanzas minúsculas y entra a traición a través de las mangas y de la nuca de los abrigos.

Me trajeron los periódicos y los leí con la esperanza de encontrar un nuevo asesinato. No entiendo de dónde nace mi morbo. Y me avergüenza. No solo tenerlo, sino también no comprender a razón de qué ha nacido. Puede, sí, que provenga del simple hecho de no considerar hermanos a los ciudadanos de Londres, y encontrar en esa forma de bestialidad alguna manera del goce, siempre en clave vicaria: la de ser muerto por alguien, ver mi cuerpo siendo vulnerado y corrompido justo antes de dormirme; o de ser quien mata con ese encono, no a la distancia y con fusiles, como me acostumbré durante la guerra, sino cuerpo a cuerpo, sintiendo el olor de la sangre, los órganos todavía moviéndose al ritmo de las palpitaciones, las caras estiradas de las víctimas, confundidas por lo que sienten, por la vida que saben que se les escapa como un reguero desde los cortes y los tajos. Las notas periodísticas sobre Whitechapel son hoy, como en los últimos días, bastante pobres. No destacan sino lo obvio: que se ha roto o excedido en mucho, en algún momento de las últimas décadas, el carácter obligatoriamente social del humano; que la vida en sociedad es sana siempre que exista un entorno también sano en la que se enmarque, y no esto que es Londres, o al menos esa zona, su humo, su grasa, sus tabernas y cabarets, sus vagabundos rondando como fantasmas, los vapores hediondos del Támesis que parecen hacer nido en el East End como si las imperfecciones del terreno, hundido y a ras del río, los invitasen. Los asesinatos, sin embargo, continúan, y la Scotland Yard bien se ha desentendido del caso, o bien lo aprovecha, como si se tratara de una especie extraña de castigo a las clases populares de la zona.

Las autoridades parecen seguir confundidas: sospecho que ya desconocen si son acción del mismo asesino o si son otros ciudadanos que, en el caos y la confusión, pueden estar aprovechando para saldar cuentas con algunos de sus enemigos. Lo cierto es que las copias aparentes tienen mucho que ver con los originales. Digo esto como si el asesinato fuera acaso una forma específica del arte, pues que así lo parece, en verdad, por la posición en la que se encuentran los cuerpos, por la brutalidad con la que se los desmiembra, por las manchas que dejan sobre el suelo y las paredes de las casas.

El último caso, de hace dos noches —justo una en la que me encontraba demasiado cansado para salir a caminar—, se trató de una niña oriental de unos cinco años de edad. Inmigrante o hija de prostituta, en cualquier caso todavía no identificada, apareció colgada en uno de los postes de luz que cruzan la Whitechapel Road, a una altura ridícula como para ser considerada obra de un único hombre, con un corte profundo desde el esternón hasta la parte baja del vientre de la que brotaba, entre otras cosas, el intestino, que llegaba ondulante hasta el asfalto como una guirnalda roja.

18 de diciembre

No dudo de la benevolencia de algunos de los empresarios con los que me he cruzado. Si bien es poco el reparo que tienen por alguno de sus compatriotas que viven en el barro como indigentes, y que no deja de resultarme cuando menos contradictorio, no dejan de ser hombres de negocios con un sentido nacionalista claro y honorable. Por eso es que tampoco dudo del interés genuino de la Corona británica en desarrollar relaciones perdurables con nuestro país, sabida la posición que ocupa hoy en el continente europeo y que planea ocupar en el venidero principio de siglo. Entiendo que se me trate, con cierto nivel de histrionismo que no deja de parecer ridículo o anacrónico, como un noble, habida cuenta siempre de mi investidura y del hecho de que, para todo fin concreto, al menos aquí en Londres, soy un representante de nuestro Presidente. A pesar de eso, hay algo que no deja de extrañarme: algunas de las condiciones de mi invitación y los derroteros actuales.

Desconozco, y esto es lo que me genera todo tipo de suspicacias, si las intenciones de Herschel respecto de la Patagonia argentina son poco más que una obsesión personal —ya científica, empresarial o religiosa—, o si a través de él, sin que yo pueda darme cuenta, se está ejerciendo actualmente un aparato de inteligencia gubernamental —que sin duda involucra también a Whitehead— y que tiene la posibilidad de socavar nuestra soberanía nacional. Entiendo que nuestra tierra es rica, y que Inglaterra necesita hoy justamente aquello de lo que carece: alimento. Pero poco más. Los minerales no se encuentran sino más al norte, en Catamarca y La Rioja y las provincias debajo del Potosí, y no al sur, y gran parte de nuestros pozos de petróleo se encuentran ya identificados y a las vísperas de los procesos extractivos. Difícilmente la planta del sur pueda significar un verdadero salto hacia adelante; de caso contrario, ya hubiesen sido otros, nosotros incluso, o los pueblos aborígenes, quienes descubriéramos su verdadera utilidad.

Cuál, entonces, es el tesoro que en verdad busca Herschel en la Patagonia.

2037

No hay más colores que los de la piedra oscura y grabada. No hay más olores que el de la madera apenas la toca el fuego. La escalera parece no tener término, como si tomara su identidad del infinito.

Puede que ya esté muy por debajo del mar.

Quisiera volver sobre mis pasos y llegar a la parte alta del faro. Dormir en la cama del torrero y esperar al sol y volver a mi casa, donde sea que esté.

Hay un eco que rebota y me llega suave y que parece hecho de la voz que a veces escucho, y dice cosas y me llama.

Entonces repito el movimiento: acostarme, extender las piernas y soltarme hasta el próximo escalón. Pero esta vez no toco piedra, sino que hundo mis pies en un líquido espeso. Cuando frena mi agitación, escucho: hay goteras que caen y retumban y se amplifican, y son tantas pero tan alejadas en tamaño y en lugar que parecen crear una melodía triste y lenta. El agua, apenas más densa que a la que estoy acostumbrada, no me llega mucho más que por encima de las rodillas. Es tibia, contra toda intuición, como si estuviera verdaderamente cerca del núcleo de la Tierra.

Ilumino con el Gerält la escalera. Es tan enorme que la luz proyectada se absorbe al instante. Sabe mi cuerpo, y sé yo, que no podría volver a subir, por más que quiera o lo intente; que el faro blanco con su linterna apuñalando la niebla es la última imagen que tengo del mundo. Esta es mi casa ahora. Debo amarla como tal, cuidarla como tal, quererla así. La voz que suena replicante, desde los meses del diagnóstico, desde los libros del estudio, se engrandece. Suena ahora un poco más clara, como desembarazada de paredes y de telas. Es grave y murmura algo que no entiendo, acaso mi bienvenida.

Mi viaje es este.

Pienso en Ítaca.

Lloro.

Ítaca te dio el bello viaje. Sin ella no habrías emprendido el camino. Pero no tiene más que darte. Y si pobre la encuentras, Ítaca no te engañó. Así sabia como te hiciste, con tanta experiencia, comprenderás ya qué significan las Ítacas.

Intento iluminar el espacio, pero la oscuridad se traga todo. Imagino que se trata de un domo, por cómo se mueven los sonidos; que de existir un sol adentro, colgado y encima por artificial que sea, podría verse una ciudad enorme, hecha por hombres de antes, altos y de músculos enormes, casi desnudos, que ponen una piedra sobre la otra para armar sus guaridas y amarse dentro, o para cuidarse del frío o de lo que sea que hayan temido.

Hay un brillo, muy lejos. Parecen luciérnagas colgadas de un río. Se mueven en círculos y se tocan. Son irregulares en el movimiento, pero suaves.

Podría dormirme solo de verlas.

Camino por el líquido tibio. Pongo la mano en cuenco para alzarlo. Tomo y no parece en nada diferente del agua pura. Avanzo lento por la resistencia que ofrece.

Me muevo a pesar de los calambres y de la asfixia y el peso enorme que toma mi cuerpo. Parezco achicar la distancia que tengo hasta las luciérnagas. Cambian de colores y a veces se hacen verdes y a veces amarillas y a veces violetas. Es una especie de carnaval, viejísimo y lejos del mundo.

Se encuentra todo tan oscuro que no veo nada más que las luces a lo lejos. Me muevo igual hasta su encuentro y sin miedo a que se abra sobre mis pies un precipicio.

Qué son las islas para mí, qué es Grecia, qué son Rodas, Samos, Chios, Paros que mira a Occidente, Creta. Qué son las islas para mí, qué es Grecia. Qué puede darme el amor de la tierra que no me hayas dado, qué saben los altos espartanos o el pueblo más gentil del Ático. Qué son las islas para mí si yo te pierdo. Qué puede darme el amor de la tierra que no hayas dado, qué puede quebrar en mí el amor de la contienda que no hayas ya roto. Qué significan las islas para mí, y volver a Ítaca, si te perdés, si tus ojos me huyen, qué es Milos, qué son las islas para mí si dudás, qué es Grecia si te aparto del terror y el esplendor frío del canto y su turbio sacrificio.

Después de mucho, el agua desciende o termina y llego a tierra húmeda que se hunde a mis pies.

Huele a humo o pera dulce.

Prendo el Gerält de vuelta; su linterna: veo el suelo, barro florecido y vivo. Camino con la cabeza baja.

Hay esqueletos de pájaros, de ranas minúsculas, de cosas enormes a las que no les entiendo la forma. Hay aros y pañuelos y cuchillos de piedra quebrados. Hay coronas humildes. Hay pulseras que parecen de cuero, están adornadas con borlas rojas y blancas.

Hay un esqueleto humano. Lleva encima dos esqueletos más pequeños. Los carga como si fueran sus hijos. Tienen todos dijes y collares, de araucaria y lo que creo que es la aljaba.

En la pose tiene la humildad de las ofrendas.

Entonces la veo, primero en su base hasta que levanto la mirada: es del tamaño de las montañas. Hace la figura de la cúpula, amontonada contra sí misma, y no es fácil entender dónde comienza y dónde termina. Es a la vez la piel del tronco y la pulpa de las frutas, como un vientre o un cuerpo expuesto o un cerebro vibrante. Es de a momentos de la solidez del diamante o la piel de un árbol, y de a momentos parece volverse de la tensión líquida del mercurio. Respira y se mueve en su lugar. Ruge suave y acompasada y comanda en su movimiento a las luciérnagas, desprendimientos pequeños de lo que es, sus mensajeras o sus protectoras. Se alza enorme para después explotar en terminales, troncos enormes y también iluminados que se pierden en la oscuridad de lo alto.

Reconozco en ella la flor que toqué en el libro.

Se me abre como una casa para mi descanso.

Dice casa. Dice la idea de casa.

Es como ver el sol a través de los árboles. Como entender las líneas de tu mano.

Huele a las primaveras.

1504

Vieras, Isabel, cómo reacciona la tierra al clarear.

Lo hace diferente a como en nuestro reino. Se prepara para el día y se ensancha para comer del rocío y de los pájaros caídos y las presas todavía más grandes, muertas y acurrucadas sobre los troncos de los árboles. Se mueve a una velocidad casi imperceptible y abre grietas por donde recibe las hojas secas y el agua del deshielo, en orden y conjunto, como si toda esta extensión fuese una única cosa; y es tan uniforme en su movimiento, en su aroma, en la amabilidad con la que ejerce la violencia, que pareciera ser un desplazamiento independiente y único, una lengua secreta que no puedo ver ni identificar, pero que tiene la edad de todo lo que existe.

Fabio y sus dos hombres vuelven al convento. El viento los sorprende no bien salen del bosque: les transforma el sudor en un río helado sobre las espaldas. Los caballos pastan desde los palenques y no parecen haber notado su ausencia. Fabio cruza la colina hasta donde sabe que había un grupo de indios espiando. No sabía cuántos eran ni qué armas tenían ni si hubiera sido decisión buena darles la guerra ahí nomás, por la tarde, él tan desconocido del terreno donde se movía. No tarda en encontrar los rastros: dicen las huellas que caminan todos hacia el este, al sur y hacia el este, donde queda el mar. Las pisadas más livianas y pequeñas, las de las mujeres, piensa, parecen avanzar lento. Sospecha que hay algunas que están encinta. Las huellas de los varones rodean al grupo y se alejan por allá y por acá buscando peligros tal vez escondidos entre los montes y los arbustos. Fabio vuelve al convento. Tiene la determinación de los hombres grandes de la historia. Encuentra a sus dos soldados en la sala de ceremonia, justo debajo de la eucaristía, abrazados en silencio. Les ordena preparar los caballos y sube las escaleras para ver por última vez los cuerpos de todos sus otros compañeros. Parecería todavía que duermen. No tienen en la cara gestos de horror, se los ve tranquilos como si la muerte hubiera sido limpia y consensuada. Después baja y con la antorcha les da fuego a las cortinas pesadas que cuelgan del techo, a los asientos en la sala, a las mesas y los platos, a la ropa amontonada, a las macetas con las ramas secas que quedan para que se suprima ese castillo en el fin del mundo, y marcar el límite que el hombre blanco no debería cruzar hasta que él, Fabio, él o quienes lo sucedan, vuelvan sana la región.

Prende por último el Cristo en la madera.

Lo ama, pero no quisiera que vea esto que hace y va a hacer en cuanto encuentre la partida de indios.

El convento brilla al caer la tarde como un cometa. Es como si un nuevo sol hubiese sido creado en nuestro mundo.

Las llamas crecen hasta el cielo y hacen una columna negra que podrá verse a kilómetros de distancia.

Los dos soldados miran el fuego. Tienen calientes las caras. Lloran por algo, acaso por ser también responsables de ponerle coto a una de las casas de Dios. Y después salen a la caza, ninguno en sus gestos más decidido que Fabio, que ve la pampa verde como una línea recta, abierta entera para él y su caballo, sobre la que imprimir el miedo, por débiles que sean los hombres con los que cuenta y por última que sea la empresa, la de encontrar a los hombres que mataron a los suyos, descubrir el refugio del rey de amarillo y darle muerte, extirparlo del mundo, para que nadie jamás coma de las estrellas, de las ovejas ni los venados.

La cosa más misericordiosa del mundo, creo, es la incapacidad de la mente humana para correlacionar todos sus contenidos… algún día el empalme del conocimiento disociado abrirá perspectivas tan aterradoras de la realidad, y de nuestra posición espantosa en la misma, que nos volveremos locos por la revelación o huiremos de la luz a la paz y seguridad de una nueva Edad Oscura.

H. P. Lovecraft,
La llamada de Cthulhu

1888

21 de diciembre

El sol aparece tímido en la ventana. Apenas unos rayos iluminan el escritorio donde escribo. Todavía no entiendo lo que hicimos, si tengo algún tipo de responsabilidad en el hecho. No entiendo lo que descubrí y cuál es ahora mi deber, de haber alguno. Quisiera olvidarlo, pero no puedo, y no entiendo en verdad si todo esto se trata de un sueño, un juego o una broma estúpida. He pasado la noche en vela, espiando cada tanto por la ventana que da a la calle, temeroso de ver aparecer dos, tres, quince figuras vestidas de negro que puedan entrar al hotel como polizones con el único fin de apresarme o darme la muerte.

La maceta con la semilla original sigue en el alféizar: ahora se le adivinan los cotiledones, dos alas verdes que acompañan un tallo frágil y todavía casi transparente. Al lado, ya suelta y marchitándose, sin tierra húmeda de la que comer, está la planta de Herschel. Ya la empieza a gobernar el color amarillento de la muerte, pero aun así crece, crece, como si tuviera dicho que debe subsistir, como sea, incluso en una condición tan adversa: se muere y aun crece, ahora casi llegando al metro, y me da asco, porque no veo en ese verde ni en sus raíces ni en las hojas nada natural sino una orden violenta, la de Herschel, que la enferma de miedo.

Sigo sin entender por qué hicimos lo que hicimos, si yo también fui responsable, si mi sola presencia fue la que incitó a Herschel a hacer lo que hizo, mostrarme eso, en una muestra de grandeza de un dios demente.

Ayer por la tarde, justo después de una reunión exitosa con un empresario finlandés, visité su casa. Fue para, según la nota que me había enviado, compartir una cena y ser testigo del avance de una invención en la que venía trabajando hacía mucho tiempo. Llegué solo, como había pedido, con el portafolio con mis documentos y mis notas, mi traje de reuniones, mi calzado apretado y apenas mojado por la lluvia interminable, y justo antes de que cayese la noche. La puerta principal se encontraba apenas entornada, por lo que me tomé el atrevimiento de entrar. Sobre el suelo había una pátina de polvo y cada tanto hojas amarillas y secas que giraban en remolino por los vientos que entraban de los ventanales abiertos. Fui directo a la biblioteca antes de detenerme en el pasillo central, donde cuelgan los cuadros con motivos de la Virgen. Cada tanto me parecía ver la figura de alguno de los criados, siempre lejos y moviéndose rápido, siempre en silencio y sin devolver mis saludos con la mano.

Cuando llegué a la biblioteca, Herschel fumaba en uno de los sillones con los ojos cerrados. Antes de que lo saludase se levantó y me tendió la mano. Caminamos por una parte de la mansión que yo no conocía y dimos a un jardín enorme poblado de fuentes y esculturas poco convencionales: todas mujeres en rictus de ofrenda, a veces con corderos trepados a los hombros, a veces con diablillos por detrás, con dientes afilados a punto de saltarles al cuello.

Entramos a un vivero, angosto pero largo, repleto de plantas que nunca había imaginado que podían existir. Las había de todos los colores y formas, y parecían convivir en total equilibrio hongos, arbustos, árboles en miniatura y pájaros pequeños colgados en jaulas de los techos. El aire era denso y pesado, al menos a la altura de nuestros ojos, y no tardé mucho tiempo en sentirme mareado. El olor era fuerte y poco identificable, a veces con notas dulces y otras con notas amargas y ácidas. Mientras Herschel rasqueteaba con un bisturí la capucha de uno de los hongos en el centro del vivero, yo me dispuse a ver toda la colección. No cubrí siquiera un cuarto del vivero cuando una sensación de malestar se apoderó de mí y vomité sobre el suelo de mosaicos. Herschel se adelantó a mi preocupación y dijo que no había necesidad de pedir disculpas, que uno de los criados se encargaría más tarde; que era normal que me sucediera eso, pero que ni las esporas ni los olores en el aire eran nocivos.

Salí del invernadero al patio a recibir el aire fresco de vuelta y esperé a Herschel, que después de un rato volvió con cápsulas de vidrio con cortes minúsculos de varios ejemplares. Me volvió a guiar hasta el estudio, y fue en ese trayecto cuando entendí que algo no andaba bien con mi cuerpo: sudaba a cada paso que daba y el plano del suelo parecía moverse como el camarote del barco que me había traído, cada cosa, estatua, pilar o cortina moviéndose de un lado al otro, como si fueran de goma. Herschel giró en un momento y vio mi cara. Su sonrisa me generó cierto temor. Me dijo que no me preocupase, que todo iba a pasar, que solo necesitaba té y un poco de reposo.

Ya en el estudio, Herschel comenzó a preparar una solución mientras yo me echaba sobre uno de los sillones. Reunió las muestras en un único cuenco sobre el que después hizo girar un mortero. El ruido de la piedra rozando contra sí misma me produjo algo de sueño, y parte del olor que había sentido en el vivero volvió a aparecer, casi imperceptible, como un recuerdo. Cuando terminó, Herschel se acercó a mí. Se agachó y me miró. Me preguntó si estaba seguro de que quería ver de qué se trataba en verdad su práctica científica. Debería haber dicho que no y voy a estar arrepentido por siempre de no haberlo hecho. Asentí con la cabeza para después levantarme, no sin tomar como soporte los apoyabrazos del sillón y al propio Herschel, que por primera vez se me mostró, a pesar de su cuerpo viejo, con una fuerza increíble. Cuando estuve parado, volví a sentir el mareo. Herschel fue hasta una de las bibliotecas y la corrió como si tuviera el peso de una pluma: la biblioteca, por arte de poleas y de surcos en el suelo que hasta entonces, incluso en todos los encuentros que habíamos tenido, no había visto, se desplazó con una gracia total para dejar entrever una puerta vieja de madera emplazada en una pared de piedra. Herschel abrió la puerta.

Bajamos hacia una especie de sótano. Las escaleras de piedra descendían de forma circular, y a medida que nos adentrábamos en la tierra, siempre yo detrás del Dr., que me iluminaba apresurado y con desgano los cortes de los escalones, un hedor crecía de abajo: químicos y gases violentos que quemaban la nariz, aire viciado y olor a fruta podrida.

La habitación era pequeña pero bien dispuesta. Había lámparas de gas colgadas del techo y las paredes estaban repletas de herramientas de trabajo. En el suelo, ocupándolo casi todo, plantas: las había rojas y verdes y violetas y negras, cada una con tallos diferentes, con cogollos diversos y flores de lo más exóticas. Hacia el centro había una mesa de madera negra, y sobre ella, un niño desnudo. Estaba blanco como la leche y llevaba en el rostro, así al menos lo creí, un gesto de paz. Estaba muerto, pero limpio: no tenía encima las larvas coprófogas ni la marca que dejan en la piel una vez que invaden, ni la tierra de la exhumación ni marca alguna o visible de muerte.

No pude menos que sorprenderme y, de vuelta, tuve arcadas. El Dr. Herschel me estiró un pañuelo para que me tapase la nariz.

La muerte es común de donde vengo: no hay toro que no sea bravo ni faena en el campo que no suponga riesgo, no hay tampoco disputa política que no suponga la bayoneta o el rifle o la treta bajo la lluvia y la posterior fiebre, pero la muerte en un cuerpo joven es la certeza de que el mundo es un desgarro. Herschel dijo que el niño tenía doce años y que una tuberculosis lo había fulminado en dos semanas. También dijo, entre risas, que las condiciones de vida de la población urbana de Londres obligaban a ciertos obreros textiles a tomar decisiones drásticas como ser, por caso, la venta de los cuerpos de sus hijos fallecidos a grandes hombres de ciencia. El pago había sido de una miserabilidad absoluta. Más caro había resultado, dijo, encontrar gente dispuesta a filtrarse en el cementerio por la noche a realizar la tarea de la excavación.

Me dejé llevar por lo que quería mostrarme, sin hacer preguntas ni intervenir demasiado, a medias por la curiosidad y el morbo, y a medias por el estado en el que me encontraba y en el que me habían puesto los gases del invernadero, al borde de lo onírico. Pensé entonces en la posibilidad de que Herschel me hubiese llevado al invernadero a propósito antes del procedimiento, para tenerme dócil y calmado. Herschel dijo, como yo ya había escuchado, que sus investigaciones en botánica lo habían llevado a entender los procesos de crecimiento y evolución del mundo fúngico. Que había logrado, después de mucho tiempo, encontrar la forma de intervenir sobre esos procesos de manera intencional y que, de ahí a la mixtura y al diseño de nuevas plantas específicas —con características y aplicaciones particulares—, no restaba más que trabajo.

Sus últimos experimentos se habían desarrollado a partir de dos parejas de especímenes que había descubierto en sus viajes.

De las dos primeras ya me había hablado: eran esas muestras de hongos que atacaban a las presas, por lo general moscas u hormigas, e invadían sus cerebros para luego infundirles órdenes concretas que terminaban por matar a los huéspedes y asegurar la subsistencia de las especies invasoras. La otra muestra era una planta bastante más simple, pero igual de curiosa. Se encontraba por lo general en el norte de la Europa nevada y se presentaba en forma de ramillete. Por grande que pudiera ser a veces, puesto que podía llegar a constituir casi por sí sola una landa de dos kilómetros cuadrados, la planta tenía una raíz central desde la cual coordinaba la actividad de todas sus extremidades. La raíz central, al percibir el calor, la humedad, la cercanía de la lluvia o la presencia de depredadores, comandaba a toda la estructura a abrirse, cerrarse, formar muros o laberintos, acelerarse en la producción de polen y hasta incluso a veces a marchitarse. Herschel dijo que había logrado crear mediante químicos, sin ser nunca demasiado claro al respecto, las condiciones que la planta percibía para que actuase a su voluntad y que, al menos en su estructura y composición general, y siempre según sus conjeturas, no debía ser muy diferente a la planta oculta que se encontraba en América y que él buscaba, a pesar de que fuera muy inferior en capacidades y excelencia.

Las investigaciones le habían llevado cerca de diez años, pero con el tiempo dio con una solución violeta, a medias entre el aceite y la brea, que me mostró fascinado, un líquido sinérgico que unía las capacidades extraordinarias de las dos plantas por las que él aseguraba, por un lado, una supervivencia en la muerte, pero estática y quieta, como la de la gente imbécil que mira hasta el fin de sus días el sol esconderse en el horizonte de la pampa; por otro lado, una subsistencia obediente y controlada, al menos de forma básica, como la de los perros, siempre que los comandos y las órdenes fueran simples.

Herschel acarició al niño muerto y le dijo, aunque no pudiera escucharlo, que él era la promesa de un mundo nuevo donde incluso la muerte estaría al servicio de la vida. Herschel tomó una de las herramientas que se encontraban sobre la mesa y la apoyó sobre la frente del niño. Yo la conocía al menos en su diseño y función por los dibujos que alguna vez había visto en libros de medicina. Herschel comenzó a girar las manivelas de la trepanadora y a hacer presión sobre la frente del niño. La punta del aparato entró al cráneo como si se tratase de arena mojada. El movimiento del cuerpo muerto seguía los gestos de Herschel, que enorme como era movía los hombros y las piernas, haciendo también mover la mesa, un movimiento rítmico y sincronizado a los jadeos de Herschel que a mí me provocaban la visión de una forma límite de sexo prohibido. Después retiró despacio el instrumento. Un chorro de sangre negra brotó de la frente del niño, chorro que cayó sobre los cuencos de los ojos y que luego se deslizó en hilos finos que llegaron de a gotas a la mesa. Tuve un vértigo, y luego arcadas profundas que contuve llevándome el pañuelo a la boca.

Herschel rio y dijo algo que no llegué a escuchar. Quise irme, pero no pude.

Sentí que, en el juego a ser creador, en el alcance insospechado de la ciencia, en ese cuerpo blanco e indefenso siendo violado había algo, a pesar de todo, conmovedor, como si Herschel estuviera abriéndome las puertas a una forma nueva del mundo, tal vez su forma verdadera y única, la de la estructura real de la vida y del pensamiento de Dios.

Herschel usó una pera de goma para drenar la sangre dura y negra del cerebro y después la vació sobre algunas de las macetas. Las plantas parecían responder casi al instante al nuevo estímulo: se abrían y se movían incluso frente a la ausencia de luz natural, tomaban otro color, apenas brillante, que adornaban con fosforescencia mortecina todo el recinto.

Me desmayé, o eso creo, y recuerdo haber soñado con un túnel a través del cual me desplazaba con el pecho a tierra, escapando de algo que no podía ver pero que sentía justo detrás de mis pies. Desperté por un ruido fuerte y tardé en recordar dónde me encontraba y por qué. Lo primero que vi fui a Herschel iluminado por las lámparas de techo, quieto como una momia, y justo debajo, el niño, que había tirado las herramientas que había en la mesa, de ahí tal vez el ruido que me había traído de vuelta a la vigilia, que respiraba agitado y movía los brazos hacia arriba, como queriendo traer para sí algo que estaba a punto de escarpársele. Herschel se inclinó sobre él y le dijo cosas al oído. El niño respondía con balbuceos atragantados. Me levanté como pude y me acerqué a la mesa. Herschel se encontraba en un estado de excitación molesto: sudado y con los cabellos desordenados, con las dos manos sobre la mesa de disección como demostrando el control sobre la criatura. El niño miraba el techo apenas por encima de él. Sus ojos estaban abiertos en un gesto de terror, sin parpadeos, con los iris verdes entorpecidos por manchas marrones y rojas, y yo no vi ahí nada de lo propio, ni de lo mío, ni de lo humano, por tangencial que fuera la relación. Mi mareo era ya insoportable y quise vomitar de nuevo, pero la voz de Herschel se alzó por sobre mis propias arcadas. Estás listo, le preguntaba. El niño parecía afirmar con monosílabos. Herschel lo ayudó a sentarse y el niño me miró. Me miró como si fuera la primera cosa que en verdad veía en su vida: mi cuello, mi cara de tormento, la forma de mi cuerpo y mi ropa, mi boca abierta. Entonces sentí un ruido por encima de nosotros, y más tarde unos pasos que bajaban por la escalera de piedra que daba al estudio, como un tren o una cascada, y una luz pequeña que se agrandaba a medida que pasaban los segundos, y otro respirar agitado, y Herschel que se puso por delante para recibir lo que bajaba, para ver que sobre el arco de la escalera aparecía uno de los criados con la cara insoportablemente seria, con sangre en el pecho y en la frente, moviendo los brazos con la premura de la urgencia y de lo inmediato. Y entonces sentí un mareo, esta vez ya más fuerte, y el niño detrás de mí, blanco como la leche, tocándome la espalda, y la sangre que bajo las luces del laboratorio parecía ser viscosa y negra, y ya no recordé más nada.

2038

Hay silencio y olor a humo o pera dulce. Tengo el recuerdo fresco del faro y del bote en el centro de la tormenta. Ahora no puedo mover más que los dedos, que acarician mi muñeca en movimientos circulares. Hay un murmullo que parece de río: es como el momento previo a quedarse dormida. No sé hasta dónde me extiendo ni si me restan bordes; el último, que es el del olor, y los que están inmediatamente antes, la piel y la carne y los otros: el de la casa propia y única, la mía y diferente a cualquier otra. Puede que esté acostada. Siento en lo que debería ser mi espalda algo que me recibe, que de tan mullido ya se adaptó a mi forma. Se siente como un hospital. Puedo abrir apenas los ojos, pero no veo otra cosa que no sea negro y puede que así sea la muerte.

1945

La doctora Martín ya había terminado un breve glosario del bionte, avance que, de ser publicado, revolucionaría los campos de la antropología y la biología en general. Había descubierto al menos diecinueve expresiones identificables, tanto en los sonidos como en los grafos de los tallos: más de la mitad eran deícticos y referían al ambiente y a la contingencia —hacían foco en las cosas que se acercaban, las cosas que se alejaban, las cosas que podrían venir, como las lluvias, los vientos o las tormentas breves de arena—; los otros eran mensajes también recurrentes pero imposibles de ser catalogados. Eran sintagmas que el bionte se decía a sí mismo, como si no tuviera manera de pensarse sino a través del sonido y de las propias cicatrices en sus troncos.

Para principios de agosto, la doctora pasaba todas las noches con Ishigata. Había mudado su ropa, sus instrumentos y sus libros. Los dos eran menudos y entraban cómodos en la misma cama de una plaza. La doctora Martín le dijo a Ishigata, cerca del comienzo del invierno y el frío rompedor, que hacía dos semanas había percibido un retraso, y que era probable que estuviese embarazada. Ishigata se imaginó entonces un hijo, como si no hubiera sido ya el caso: una bola rosa, el producto de una planta duplicando cada célula por orden de un centro invisible que le decía, en una lengua que todavía no era comprensible pero que se llamaba vida, que era el tiempo para duplicarse, para unirse luego en la división y replicarse y ganar en tamaño. Pensó entonces, por primera vez, en un futuro en Argentina: sus campos, para nada violetas ni rosas, pero de otros colores; los ríos y las ciudades suspendidas en una Europa vieja; un nene encima de un árbol señalando a lo lejos un humo que avisa un fuego, un hogar quemando las maderas secas del verano, un libro con dibujos, un guardapolvo.

Las armas que había dejado la guardia nacional argentina después de la desaparición del doctor Nofal habían sido abandonadas, e Ishigata tomó dos de las escopetas para cazar cotorras, cuises y conejos. Los entregaba con cierta periodicidad a la planta, sin la intención de darle el alimento que ella precisaba, porque bien podía gestionárselo por su cuenta, sino más bien para entender el proceso de conservación, ingesta y reserva de los ejemplares tomados por el bionte. Con el tiempo, Ishigata entendió que la planta estaba lejos de verse obligada a sobrevivir a razón de formas animales: así, al comienzo, le dio diferentes frutas y comida procesada que la planta parecía recibir agradecida, y que antes de perderse en esa selva eran derretidas y engullidas, como si la planta pudiera escindir lo esencial del mero accidente o el suplemento, dispensar de lo accesorio y hacerse con el núcleo último del funcionamiento de las cosas, llegar a las moléculas y partículas elementales de lo que se le ofrecía; también como si pudiera leer y entender la lengua de los hombres cada vez que se detenía un tiempo más en llevar a su adentro los libros y mapas que las ramas extendían abiertos y tomando diferentes posiciones para observarlos desde diferentes perspectivas. Ishigata temió que la planta fuese, además de todo lo que se decía y se conocía de ella, una enciclopedia de los hombres, un ente que, a través de sus períodos de alimentación extendidos en el tiempo, había desenredado un código, el del lenguaje humano, aún incapaz de reproducirlo, pero sí de encontrar en él las condiciones de la imaginación, el terror, la sensación de viento sobre la cara, igual que una divinidad, tal como creía Dante.

Dios en verdad bajo la tierra.

Una noche, Ishigata soñó con aviones que barrían Tokio. Largaban desde las panzas bombas que antes de tocar el suelo tomaban la forma de un tigre para explotar después sobre los templos y los dojos y las casas y los crisantemos. Entonces el fuego: entrando a cada habitación, a cada pulmón, extinguiendo el aire, prendiéndose a los hombres y las mujeres que después, si habían sobrevivido a los derrumbes, salían como antorchas a las calles a buscar agua, un descanso o la segunda o tercera bomba que los removiese del dolor.

En la madrugada del 5 de agosto, Ishigata se despertó sudado. Las colchas le comprimían el pecho y las piernas. Se secó, se vistió e hizo café: se quedaría despierto hasta que saliera el sol y el campamento reanudase las rutinas. Por qué la guerra, así de despiadada y miserable, más aún si era cierto aquello que se escuchaba del Tercer Reich, ahora desarticulado, sobre su última avanzada esotérica y de su rabia contra el pueblo judío. Ishigata salió de la carpa. El campamento quieto parecía una fotografía. Las carpas modestas y blancas en formación circular con la mesa al centro daban la imagen de una asamblea antigua de guerra. Hizo el camino al valle dando sorbos, pensó en el ruido de sus pasos: en un escuadrón hambreado y oculto en trincheras poco profundas de la costa de China, a medias dormidos, pensando en volver a casa, pero adivinando en los pasos cerca y en el partirse de las hojas la aparición del terror enemigo.

1504

Fabio y sus dos hombres cruzan la llanura.

Lidera él con el único caballo.

Los otros dejan su rastro en las partes de grava: ya no se parece al que hacen los hombres galantes y de porte, que dejan hendiduras claras y separadas, no, sino al de las serpientes, como una línea zigzagueante y confusa. Levantan muy breves por encima del terreno los talones. Vieras, Isabel, que tienen todos los ojos apenas abiertos como si la luz los dañara o como si no quisieran más ver todo el Edén de América que se les abre enfrente. Fabio avanza solo, doscientos o trescientos metros por delante. Le cuenta a su caballo su suerte: su aprendizaje metódico, su ascenso como capitán, la promesa que le hicieron por la nueva tierra descubierta, su viaje en barco, y ahora la desgracia.

El caballo, que se ha mantenido a su lado casi desde su momento de nacimiento, está confundido. Es pena lo que siente: ama a Fabio, porque es su humano, así le fue dicho en cuanto llegó al mundo, porque fue el único que lo sobó de potrillo y que le dio las raciones necesarias cuando cruzaban juntos la landa eterna de agua que es el mar, y entiende su dolor, pero también ama esta nueva tierra, como si se sintiese de algún modo regresante, volvedor al espacio de donde nunca debiera haberse retirado.

Fabio quiere decir el Credo, pero no le sale. Olvida lo esencial: a veces que el hijo padeció bajo Poncio Pilato o que fue crucificado, muerto y sepultado o que subió a los cielos y se sienta a la derecha del Dios Padre, y vuelve a empezar. Se maldice cada vez que lo ataca una equivocación o un olvido, primero como reproche interno, y más tarde con un grito, que sus hombres detrás y siempre a pie escuchan asustados.

Su conexión con lo nuestro, tu Reino, la Palabra, mi bandera, es apenas visible: el de los tres un hilo dorado pero breve, doliente de lo que supo ser y que se dobla al peso y las tribulaciones todavía sin quebrarse.

Fabio ya no recuerda lo esencial: busca en la punta de la lengua el sabor de los duelos y los salpicones y los quebrantos, pero no; quiere recordar la voz de su madre y sus caricias, pero no. Ya no recuerda tu cara, Isabel, solo un destello de tu frente y el modo en cómo te caen los pendientes. En los momentos de lucidez, no entiende por qué está siendo arrebatado así de todo lo que le era propio; en todos los otros, es un despojo: no percibe las cosas, no lo calman ni la brisa ni los pájaros en el aire. Siente nada.

Son semanas. Tan largas que se les hace el verano.

Siguen entre los tres los rastros que dejó la partida de indios, cada vez más cerca del mar, y no miran otra cosa: no levantan la cabeza para ver si aproximan nubes claras o tormenta, tampoco para ver el recorrido del sol, y solo paran cuando ya de luz no queda nada y las marcas en el suelo se les ocultan y no pueden verse siquiera las manos. Ahí frenan, para tirarse sobre el pasto romo hasta el amanecer. Y no duermen: sienten en los ruidos del viento y en los chillidos de los animales la presencia total de la fuerza que los expulsa, y cuando la luna es mucha, confunden las piedras y los arbustos de cerca con nativos agazapados a punto de saltar por ellos.

No confían siquiera entre ellos. No se quieren ni se gustan ni se toman por escudo. Avanzan porque no entienden qué otra cosa hacer, como si su destino ya estuviera de algún modo dibujado, y ellos no pudieran hacer otra cosa que respetarlo, como si se acercaran a una piedra tallada, dibujada con la forma de su cuerpo, que los espera y a la que van a acoplarse justo cuando les llegue el momento.

Ya no educan el fuego. No les interesa u olvidaron cómo hacerlo. A las presas que cazan, que son pocas, apenas las despelechan, y luego las abren con los puñales para tomar la sangre que brota y para hacer después los mordiscos, sin hacer distinciones entre la carne y los órganos. No sienten el gusto amargo de lo crudo y se manchan las caras y las frentes y los pechos descubiertos y cuando se levantan la sangre ya es seca y parece barro y mugre.

Entonces se yerguen y dejan los cuerpos de las liebres y los gatos en el suelo, como envases, para ver que sobre ellos ya rondan las aves de la carroña, para hacerles los honores a los restos que quedan, y para ocuparse de ellos mismos cuando sus propios cuerpos les fallen.

Sienten cada tanto el aire salado del mar. Están cerca.

No lo entienden, pero la casa que construyeron con sus propias manos, acá en nuestro reino, y en las que habitan ahora sus hijos y sus primos y mujeres, y las que construimos también nosotros, en los castillos y las iglesias y la fe invisible, ya no existen, por el odio que los incendia, para ellos en ningún lugar de la Tierra.

1888

21 de diciembre (continuación)

...Desperté en el living. Me habían dejado en un diván y puesto un paño mojado en la cabeza. Una lámpara de techo estaba prendida y al principio la confundí con el sol de la mañana. Por un momento no recordé quién era, ni dónde estaba ni cómo había llegado hasta ahí. Al rato, la habitación empezó a tomar su forma verdadera: el suelo volvió a ser un plano horizontal, las bibliotecas se pegaron a las paredes y yo recordé mi nombre, y Londres.

Me sentía fatigado y confundido, como si estuviera despertando de una borrachera. La casa entera estaba en silencio. De una ventana abierta que daba al jardín llegaba el ruido de la llovizna y de los grillos y las ranas. Levanté apenas la cabeza y pude ver, a través de la ventana, la noche y la sábana blanca y débil de la luna.

Estaba mojado en el cuello y las espaldas y las manos, acaso producto de la transpiración o de la fiebre repentina. Tenía los pantalones manchados con algún líquido de olor intenso parecido al azufre, y acá y allá había hojas verdes y tallos finos. Supuse que pude haberme descompensado o desmayado después de ver lo que vi, y que en el proceso había arrastrado conmigo algunas de las millones de macetas, muestras, probetas y frascos que se encontraban en la habitación.

Recordaba poco de lo que había sucedido, imágenes difusas que parecían más un sueño que otra cosa: la escalera de piedra, la bajada espiralada, el olor intenso, la mesa de operaciones.

Los truenos que venían del jardín me alertaban. Como si estuviera preso de una paranoia absoluta, me parecía sentir que el ruido no venía de afuera sino de un pasillo oscuro por donde, yo sentía, podía aparecer Herschel, o alguno de sus criados, o peor, el niño revivido con sus cicatrices en la frente desplazándose como un sonámbulo, casi ciego e imperturbable a cualquier tipo de estímulo, respondiendo a una orden que lo obligaba a vulnerarme.

Me levanté como pude, despacio y sosteniéndome de los apoyabrazos del diván. Estaba mareado y el sabor ácido y amargo del vómito todavía me poblaba la boca. El aire fresco que entraba por la ventana me repuso. Poco tiempo después creí estar en condiciones de hacer el trecho necesario hasta la puerta de salida.

No encontré veladores ni fósforos de modo que salí al pasillo desprotegido. El corredor era oscuro y solo de a momentos se iluminaba, por milésimas de segundo, cuando un relámpago cruzaba el cielo y entraba por las claraboyas. Avancé lento, a medias por el temor a encontrarme de repente en un laberinto de piedra, un castillo infinito del que me podía volver prisionero, a medias por el miedo de perderme sobre mis pasos y no poder recordar el camino de vuelta a la habitación en la que desperté que, si bien no era promesa de nada, todavía tenía luz y la ventana que daba al jardín, por la que podía ensayar algún otro tipo de escape. Al rato de andar, después de algunos recodos y giros obligatorios, y habiendo cruzado un número grande de puertas que no me atreví a abrir, di con la sala general de recibimiento. Reconocí las alfombras y las estatuas que daban a la escalera de mármol; reconocí las arañas en el techo y algunos de los cuadros que colgaban de las paredes.

Cuando quise acercarme a la puerta de salida recordé algo.

Lamento haber seguido ese capricho, pero a la vez, dado el estado en que me encontraba, que hacía que cada cosa tuviese su propia estela, que cada objeto, por duro o macizo que fuera, se me presentase como una forma a medias entre lo viscoso y lo líquido, creo que no podría haber pensado otra cosa. Me faltaba, recordé, mi portafolio donde, además de algunos de mis documentos personales, sin los cuales transitar por Londres podía ser un peligro burocrático, llevaba firmados los contratos para una inversión en una represa de un lago de la provincia de Córdoba y por un desembarco de hierro para la construcción de navíos.

Pensé, tal vez por el estado febril y de ensueño que me embargaba, que si Herschel en verdad hubiera querido lastimarme, si en verdad hubiera querido hacer algo conmigo, podría haberlo hecho durante todo el tiempo en que estuve inconsciente, y que en todo caso, haberme despertado en un diván cómodo, solo pero libre de toda vigilancia o encadenamiento, sumado al hecho de encontrarme ileso, sabido del mareo y el malestar que me habían provocado las plantas del invernadero y el haber sido testigo de sus experimentos, era prueba suficiente si no de la ya innegable locura de Herschel, al menos sí de su carácter inofensivo o ausencia de cualquier animadversión contra mi persona.

No tenía mis cosas, por lo que me dispuse a llamar a Herschel o a alguno de sus criados. Grité, pero nadie me contestó. Mi voz se replicó enorme a través de los salones. La mansión estaba en penumbras y apenas podía ver lo que había en las esquinas y detrás de los bustos y esculturas que adornaban la sala, en las que yo me figuraba hombres ocultos a punto de atacarme.

Me pareció escuchar un ruido detrás de las cortinas justo debajo de las escaleras de mármol. Me acerqué y percibí un cambio en el aire: olía a húmedo, a agua corriente recién vertida. Detrás de las cortinas, que corrí con miedo, se abrió un pasadizo largo de piedra vista, iluminado cada diez o quince metros por unas antorchas breves, no mucho más grandes que una posta. Entonces avancé, completamente inseguro de lo que hacía, pero con la certeza de que había algo, allá al fondo, que producía algún ruido, a medias entre el ronroneo y la respiración.

Caminé, y el aire frío y fresco de la piedra me despertó. Parte del sopor había desaparecido, y ahora me encontraba cruzando el pasillo, que tenía una pronunciada inclinación hacia abajo, sintiendo que me adentraba en la tierra, pero confiado y seguro. Descolgué una de las antorchas, hecha de una madera maciza, y seguí camino. Creo haber avanzado unos cien o doscientos metros, hacia el centro de la Tierra, por un pasillo que, cada vez más, presentaba escalones más altos, como si hubiera sido fabricado por y para hombres mucho más altos que yo, hasta que terminaba frente a dos puertas.

La de la izquierda estaba abierta, pero cubierta de follaje, lo que le daba, sospechaba yo y siempre que se la mirase de afuera, una cobertura natural a la forma de un ingreso oculto a la mansión de Herschel, y a través de la que venía el ruido del agua, que supuse el Támesis. Asomé la cabeza entre las ramas. Ahí se veía: la vera del río, algunas canoas atadas a muelles improvisados y las luces de algún barrio que, suponía, podía ser el ingreso a Whitechapel.

Estaba salvado, o al menos así lo sentí. Y fue la sensación del aire fresco de la intemperie y la seguridad de las luces de la ciudad lo que, para mi pesar de ahora, me convidó de una especie de extraña valentía de la que hasta entonces carecía. La segunda puerta estaba cerrada y tenía un pomo viejo y oxidado. Apoyé la oreja sobre la madera y no pude escuchar nada más que un ronroneo suave.

Entonces la abrí.

La habitación era pequeña. Un sol de noche en el piso y apoyado en una de las paredes iluminaba tenue. El ronroneo que había creído escuchar provenía de dos de las bobinas pequeñas del Dr. Tesla, que estaban encendidas y cada tanto rugían como un cachorro para disparar después sobre el aire relámpagos azules breves.

Había una cama, destendida y sucia, muy pequeña. Había un balde de deposiciones repleto hasta la mitad, del que emanaba un olor ácido e insoportable, y ropas sueltas en el suelo con manchas rojas. Había unas botas de cuero bañadas de un líquido oscuro y pringoso, y sobre un escritorio de madera torcido, una caja con destornilladores y punzones viejos y oxidados y una cuchilla de carnicero de al menos cuarenta centímetros. Sobre las paredes había recortes desprolijos de periódicos en los que se leían las palabras arrebatadas de los cronistas que describían los casos de Whitechapel, el modo en que los cuerpos habían sido encontrados, las preguntas de rigor y los temores, tanto de ellos como de los ciudadanos de Londres.

Y justo al lado, en una repisa, había lo que ahora entiendo eran souvenirs en frascos repletos de un líquido amarillo: jirones de pelo y dedos y piezas dentales.

Estaba en la pieza del asesino.

Me tapé la nariz con un pañuelo. El techo era bajo y a mi descompostura general se sumó la sensación del encierro. No había ventanas ni tragaluces por donde pudiera entrar ningún tipo de luz natural.

Había un espejo rectangular apoyado sobre el suelo, y cuando vi mi reflejo no pude menos que imaginarme al asesino mirándose a sí mismo, amando u odiando su figura, su cara, sus gestos, ignorante sobre el clima del exterior, sobre si el sol caía para abrir las flores o si eran los tiempos de las tormentas, sordo a cualquier ruido, de los coches, de los cascos de los caballos, de los hombres y mujeres gritando en el mercado, él mirándose lento momentos antes de salir a escabullirse por los pasadizos empedrados, haciendo uno o dos pases de manos para rendirle la debida pleitesía a un dios menor pero para él santo o protector de su tarea, y momentos más tarde, horas tal vez, agitado, mirando en el espejo su ropa desacomodada, sus manos rojas, su cuello rojo, su cara con gotas espesas de sangre, acaso orgulloso de cómo se veía, de haber sido él el responsable de quitarle una vida al mundo, o arrepentido, triste de ser doblegado cada vez por una fuerza de la que sabía poco, pero que lo obligaba a salir afuera como un tigre.

Sobre el escritorio había un cuaderno de tapas de cuero. Estaba cerrado y tenía encima una pluma. No sé por qué no la registré antes, pero en cuanto lo vi, justo cuando pretendía abandonar las catacumbas y perderme en el río, supe que ahí estaba la respuesta. Ese libro era, es, la biblia de una forma muy humana de la locura. El libro reposaba quieto, como era de esperarse, pero yo sentía un llamado, sospecho ya por la estimulación que estaba sufriendo, que no cesaba y que no cejaría hasta que lo abriese.

Me acerqué, entonces, lo abrí. Leí por encima algunas páginas. La letra era la de Herschel, tal como la había visto entre sus notas y en sus comentarios del libro del capellán de la Reina Isabel: arabescos extraños y diminutos que a veces tenían dificultad por respetar los renglones. Para mi suerte o desgracia, estaba escrito en inglés. Las entradas se dividían por fechas, en la forma de un diario personal, en la que se anotaban de forma sucesiva los avances, los retrocesos, los fallos en los experimentos con humanos resucitados: descripciones breves de sus cuerpos junto con sus nombres, de tenerlos, o apodos a menudo ofensivos puestos por algún tipo de particularidad física; las horas en las que los cuerpos muertos habían sido ingresados por la puerta que daba a la vera del río, el estado de su descomposición; las noches en las que se les habían ensayado las trepanaciones, las diferentes dosis de compuestos que se les había introducido en los cerebros y sus respuestas y el voltaje de los disparos eléctricos que habían recibido con las bobinas del Dr. Tesla; quiénes había sobrevivido, quiénes habían respondido bien, qué tipo de órdenes eran capaces de cumplir y por cuánto tiempo; su silencio absoluto y abrumador, su mutismo implacable, su imposibilidad de recordar nada que perteneciera a sus vidas pasadas; qué tipo de sentimientos o sensaciones humanas presentaban, sus conductas en solitario, sus preferencias al momento del comer, el tiempo que podían permanecer quietos en la vigilia, el modo en que dormían.

Las fechas y el color de la tinta, que cambiaba cada tanto, sumado al estado de las hojas, algunas manchadas, otras arrancadas o perforadas por una escritura de furia, daban la pista de que Herschel había desarrollado sus investigaciones durante años. Me lo imaginé, entonces, sentado, debajo de tres, cuatro, siete inviernos sucesivos, mientras afuera trepaban el sol, las nubes, las tormentas, luego la primavera, transcribiendo en silencio y siempre de espaldas a sus creaciones, la bitácora de su delirio, embargado por un placer que tal vez nadie había conocido en la historia de nuestra especie: el de sentirse responsable, digno o merecedor de un poder extraño, pagano y antiguo, no solo sobre la vida sino también sobre la muerte.

Entendí ahí, pues, que todos los criados de Herschel eran, de algún modo u otro, objeto de sus experimentos: que vivían, tal como yo los veía, en una forma de automatismo inducido, mudos a cualquier pregunta e impávidos ante cualquier estímulo. Tuve terror, entonces, y asco, de haber pasado tanto tiempo y haber estado tan cerca de esas cosas, meras carcasas sin nada adentro que los emparentase, por lateral que fuera el vínculo, conmigo, y sentí, por extraño que parezca y de forma muy súbita, pena por Herschel y sus invenciones, imaginándolo por la mañana, sin nadie a quien en verdad amar, nadie que pudiera responderle sus saludos, nadie que le preguntase por la razón de una tos repentina o de una tarde de nostalgia.

Cerca de los dos tercios del libro, Herschel parecía haber llegado a un campo franco de avance. Las entradas referían siempre al mismo sujeto, un varón morocho que, por la descripción de su altura, cercana a los dos metros, de sus brazos y hombros anchos, de las cicatrices que le surcaban la frente, sospeché, y sospecho ahora, puede ser el mismo que encontré por la calle con el Sr. Whitehead atacando a la mujer indigente. Insistía, además, en que su ensayo con el cerebro humano no era sino la antesala del proyecto que él consideraba en verdad determinante, el de la planta patagónica.

El hombre, hasta donde pude leer bajo el estado de nerviosismo y agitación en que me encontraba, tenía la capacidad de llevar una vida relativamente autónoma: se levantaba en algún momento del día y se sentaba sobre la cama, quieto, mirando la pared por horas, hasta que Herschel le comentaba que era hora de salir de cacería, solo para entonces moverse y alzarse y tomar lo que tuviera a mano, que podía a veces ser la cuchilla de carnicero o un mero cuchillo de cocina o alguna piedra que pudiese encontrar en el camino.

La escritura de Herschel era feliz y entusiasta, pero nunca vanidosa. No parecía importarle la edad de las víctimas ni las circunstancias de abandono en las que se encontraban, tampoco el modo en que las crónicas periodísticas narraban cómo habían sido desmembradas y abandonadas en posiciones macabras. Había logrado lo que, tal vez, se había propuesto desde un principio: que alguna de sus creaciones fuera capaz de llevar a cabo la orden más simple pero a la vez más compleja posible, no solo por sus requerimientos, como el uso de la fuerza y los movimientos rápidos, el escapismo y el golpe certero, sino porque suponía poner en suspensión todo aquello que, de algún modo u otro, se colocaba a la base de la existencia de cualquier sociedad moderna, desde la norma moral que habita en todos a fuerza de empatía, del reconocimiento de lo correcto y lo incorrecto al sentimiento de la lástima, para abrirle finalmente el paso a la emergencia de un orden estrictamente biológico, vaciados sus criados de cualquier concepto abstracto de justicia y deber, un orden nuevo de hombres y mujeres tomados en su materialidad concreta, máquinas orgánicas carentes de deseo y meros receptáculos activos del deseo de un tercero.

Por un momento pensé en robar el volumen y llevarlo así, tal como lo había encontrado, a una de las dependencias de la Scotland Yard, pero desistí rápidamente: cualquier demora en la acción de las fuerzas policiales podía significar para mí, si es que Herschel se anoticiaba a tiempo de su desaparición repentina, peligro de muerte. Dejé entonces la habitación, presa todavía de un embrujo extraño, el de la curiosidad, que quería obligarme a sentarme sobre la banqueta y leer el diario en su totalidad, indistinto a los ruidos que ocurrían afuera y al hecho de que pudiera aparecer alguien por mis espaldas.

No iba a volver ya a la casa en busca de mis documentos.

Dejé la habitación y miré hacia el pasillo. A pesar de las antorchas que iluminaban suave el ascenso, nadie parecía acercarse. No quise demorarme más, y me escabullí a través de la segunda puerta, la que ya estaba abierta y daba a un matorral espeso. Poco después de batallar contra las ramas y el follaje, di a la vera del río, en una parte que reconocía, por haberla visto desde arriba, a lo largo de mis caminatas por las cañadas y las costaneras. Comencé a correr hasta que vi una escalera que llevaba a la parte superior de la ciudad. En cada bulto que aparecía, que podían ser cajones repletos de basura o fruta, sogas amontonadas o telas propias de la faena de los canales, creía ver cuerpos morenos y agazapados a punto de atacarme. Llegué a una avenida iluminada y cuando pude ubicarme, y pese a estar bajo la aparente protección de la luz, corrí hasta el hotel como pude, a pesar de mi peso y mis años y mis piernas.

Ahora amanece. Hay olor a pan recién horneado que entra por mi ventana. Mis cosas ya están empacadas y necesito decidir con rapidez mis próximos movimientos.

2038

Es mi abuelo, su estela. La siento encima como si el tiempo se hubiera acortado. Julia, dice, no hagas ruido. Los vas a ahuyentar. Hablame así, como cuando eras más chiquita y querías contarme secretos. Cuando el agua está así de panda, cuando no hay ni una onda, es que se puede pescar mejor. No es que el río esté dormido, sigue despierto, pero quieto, como hacen a veces los gatos. Abajo hay corrientes que no vemos, pero la arena sigue corriendo lenta y las piedras siguen haciéndose cada vez más chicas por la constancia del agua. Quisiera que volvieras más seguido. Las sierras me quedan muy lejos para visitarte. Todavía no entiendo por qué huiste de ese modo, si siempre quise ser tu compañero. La casa es demasiado grande desde que te fuiste y desde que murió la abuela. A veces siento que soy el rey de algo demasiado grande y que no me tiene ningún tipo de respeto. Como si tuviera flores, pero no crecieran para mí, y libros, pero no escritos para mí, y camas que se sienten poco cómodas con mi peso encima. Es como estar un poco muerto, sabés.

Afuera hace frío. No entiendo cómo algo tan liviano puede doler tanto. Es como pensar en el agua: el río este es este río y ningún otro, pero a la vez, si seguís la corriente, podés llegar al mar. Cuando algún día te quedes sin dioses, construí los propios. Inventá los ritos que consideres necesarios. Dales vida de alguna forma. Creá una lengua que solo entiendan vos y tus dioses, y protegelos como si se tratase de tu propia vida. No dejes que nadie se les acerque. Si te los descubren, podrían morir. A veces son necesarios como el aire. Julia, el pan se hace lento. Ese es el único secreto. No hay razón alguna para apurarlo. Deberías saberlo: todas las cosas buenas son las cosas que maduran. Nada nace ya hecho. La bruma esa que se arma alrededor de las estrellas, que arma toda esa línea curva que cruza el cielo, a veces me da ganas de llorar. Siento que pueden existir otros soles que sean húmedos y no así de violentos como a veces es el nuestro. Me hace sentir que arriba siempre es de noche, y que el azul es infinito. No voy a llegar, capaz vos tampoco, pero quisiera estar vivo para cuando inventen las máquinas que nos permitan viajar al espacio. Cruzar todo esto como si se tratase de un tobogán de luz. Quisiera verte más seguido, Julia. Que vuelvas más seguido, aunque sea una tarde. A veces siento que puede que llegue un día en que ya no recuerde más tu cara. No se me ocurre otra cosa más triste. Una noche, cuando era joven, un hombre nos llevó a mí y a mis amigos a una excursión cerca de los Andes. El frío entraba como una garra grave y metálica. Cuando frenábamos, armábamos un fuego y contábamos historias. El hombre contó que algunos indios de la zona creían que cuando la luna brillase más que el sol, cosa para la que todavía faltaban miles de años, volvería dios, el creador de todo, a llevarse solo a aquellos que habían entendido la noche, que era en verdad el momento en que se mostraba lo sagrado. Es fácil entender el día: el murmullo constante y las voces y las tareas y la faena. La noche a veces es un monstruo. Es una modalidad de lo duro. El agua está tibia, tocala. Podés meterte. Ya no importan los peces, Julia. Podemos dejarlos tranquilos. De algún modo están agradecidos. Les dimos la comida que necesitaban, y ellos la que necesitábamos nosotros. Ahora estamos en equilibrio. Somos parte de la misma cosa. Está bien que así sea. Así debería ser siempre.

1504

Vieras, Isabel, cómo cruzan ahora los indios un río ancho. El agua les llega hasta los hombros. Se ayudan entre ellos para pelearle en diagonal a la corriente. Son listos y conocen el modo en que habla la naturaleza. Cuando una de las embarazadas se dispone a cruzar, los varones y las otras mujeres hacen una cadena. Se toman entre todos las manos y forman un puente.

En ese trabajo de amor se encuentran cuando alguien grita y señala al oeste.

Se ve como una tormenta de arena, pero no.

Todos saben de qué se trata: es la imagen que crean los caballos de los blancos cuando corren sobre la tierra seca, así se ven, como un muro creciendo, y con el ruido de los cascos y el reflejo del sol que hacen las armaduras.

Catalina ya está del otro lado del río. Está desparramada sobre el suelo y agitada. Tiene las prendas mojadas y se agarra la panza, que parece haberse despertado con el frío del agua. Su hijo patea desde adentro, leve. Son cinco ya los meses que lo lleva dentro.

Ya le dio nombre, Isabel. Va a ser Lucas, que significa, como ella sabe por haber sido tenaz en el aprendizaje, el que ilumina y hace más claras las cosas. Puedo verlo pelear entre el líquido que lo envuelve. Por nada sentirías tanta ternura, como la siento yo ahora, Isabel, por ver algo tan pequeño y tan indefenso, tan nuestro y a la vez tan de ellos, tan construido de a mitades esenciales, como si se tratase de una intersección o una colisión divina. Duerme, pero se siente incómodo. Es tiempo, en pocas semanas, para que quiera salir al mundo. El útero es oscuro y húmedo, es un domo de plomo al que llegan asordinadas las corrientes del río, y es un dolor verlo tan sano, por más cariño que tenga por Catalina y su cuerpo, y tan diferente al tuyo, que hoy se resiente por ese cáncer al que todavía creo podemos encontrarle respuesta.

Catalina ya sabe su rostro, lo prefigura. Sabe, no sé cómo, acaso de eso se trata el regalo de ser madres, cuál va a ser su mirada y la caída de sus hombros, cuál su estatura y el timbre de su voz.

Catalina también sabe quién persigue, lo supo siempre, y ahora imagina las caras de los soldados a lo lejos. De Fabio no sabe su nombre ni el nombre de su familia. Sabe que es como ella y que habla como ella, que fue educado en su propia ley y sus propios símbolos, y te recuerda, Isabel, con toda la gracia, y le da tristeza saber que en el deseo de convertirlo todo a tu nombre puedan haberse hecho con barcos y cañones hombres así de tristes y de solos y de tal odio acumulado. Entonces inspira hondo y algo se le atraganta en la voz para gritar después sus primeras palabras en mapuche. Dice rápido, rápido, pero no hay nada que pueda decir que no sea la premura que ya sienten los indios: los que ahora cruzan el río intentando no dar paso en falso, los que están de este otro lado, como Tahiel, recibiendo a los que llegan con los brazos abiertos, y los de la otra orilla todavía, como la más joven de las embarazadas, la última, que ayuda a cruzar una de sus hermanas, que lleva con toda la velocidad que puede una panza de siete u ocho meses. Algunos se tiran y nadan como pueden, son fuertes pero no más que la corriente, que parece haberse vuelto más grave al sentir los caballos a lo lejos; otros se quedan, sin otra mueca que la de la seriedad, les ofrecen las manos a las embarazadas para que se acoplen a la cadena y lleguen a salvo a tierra firme: les dicen algo a los oídos antes de despedirlas, como si supieran lo que les espera, que no van a hacer tiempo también ellos de cruzar, porque prefieren quedarse como presas o porque ya se saben viejos e indefensos ante la potencia de la riada.

Sentirías lo que es amar como a un hijo algo que no te pertenece.

Ya los tienen encima. Los cascos suenan como tambores.

Tahiel dibuja en la arena del otro lado del río. Es el óvalo con ramas que le brotan de los costados. Semeja la cabeza de un ciervo. Y habla mientras lo hace. Cree que es protección.

Se escucha un rugido del lado de donde vienen los cazadores y un indio se desploma de aquel lado de la orilla. Se le ha formado un hueco en la cabeza por donde le brota una sangre espesa. Se escucha un júbilo y, ahora sí, Catalina ve a Fabio bajar del caballo de un salto, con el arma humeando, como un caballero que debía protegerla, pero reconvertido.

Es como si le adivinara el aura.

Fabio ya sobre la arena dispara dos, tres veces, y caen indios a cada gatillo de trabuco. Catalina aprieta con las manos la arena mojada que tiene debajo: grita en la lengua de nuestro Imperio, pero el ruido del agua la aplaca. La cadena que los indios habían armado en el río se rompe: los que todavía fuertes, nadan como pueden hasta el otro lado, volviéndose de a ratos a tenderles los brazos a los más débiles; otros dan brazadas desesperadas hasta que desaparecen de la superficie del río y no vuelven a salir: saldrán a flote río abajo, en unas horas, en dos o tres días, con las espaldas al aire para que coman los pájaros negros.

Los soldados de Fabio también disparan hasta que ya no se escucha más que el ruido del agua.

Así quedan: de un lado Catalina y Tahiel con los suyos, que son pocos; del otro, Fabio y sus hombres junto a la más joven de las embarazadas, que no hizo los tiempos para salvar el río.

Quisiera que la vieras, Isabel, con los pelos revueltos y un gesto sutil de placer, contenta de ver tantos como ella ya libres, pero te daría pena. Fabio les dice a sus hombres que no va a cruzar el río hasta que se haga de noche: sabe que, de hacerlo y a pesar de las armas, el movimiento lo va a volver un blanco fácil para los indios y sus arcos. Catalina ve el bayo de Fabio. Piensa que sin su jinete podría haber sido el animal más hermoso que entró en América, que sus potrillos hubieran sido enormes y musculosos y sanos y el terror de las serpientes. Ve también a la india embarazada, a quien llaman Mailén, que ahora levanta las manos y sonríe, como un saludo, y a Tahiel que responde y que gira mientras levanta a todos del suelo y los obliga a marchar. Y corren, como pueden y a los tropezones, hasta las últimas sierras que están antes del mar. Y Catalina no ve, se alza en la orilla y empieza el trote, pero sabe que Fabio ahora se levanta sobre la india y le pregunta dónde están encerrados los hombres, el padre Balvanera y los otros, y cuáles son los embrujos con los que mataron a los suyos, y dónde está el rey de amarillo que veneran. Catalina siente de lejos los gritos y pareciera querer correr más rápido, levantando el vestido hasta las rodillas. Fabio escupe a la india y después le rompe las prendas con una daga. Mailén queda desnuda pero no parece importarle; levanta una mano para tapar el sol que la ciega, para ver la cara del español que le va a dar la muerte, roja y blanca, con la barba enorme que le llega hasta el pecho. Fabio los siente imbéciles, le dan asco: los ojos abiertos y separados y la transpiración que les crece en las frentes y por encima de los labios, las bocas idiotas murmurando alguna respuesta, el terror que tienen por no entender qué se les pide con el grito. Catalina no ve, pero siente, cómo Fabio la corta en los brazos y en las piernas, en sus propios brazos lo siente: le hace tajos profundos que hacen que la grasa amarilla salga a superficie y la sangre brote. Supieras de Mailén la revelación sagrada que tiene: ve su sangre que cae y alimenta la tierra y ya quisiera no tener miedo y saberse comida para el rey de amarillo, pero no puede y entonces chilla, y es tan agudo el sonido que Fabio siente crecer desde adentro un chacal. Entonces la patea en la cabeza, en el pecho, sobre los flancos.

Dónde está el rey, dice.

La india se toma la panza; ya no cubre la cara ni los genitales: tapa como puede la panza hinchada que carga el hijo para quien ella también ya tenía nombre, Yenien, indistinto entre varones y mujeres. Y Fabio patea, las botas de cuero con los acabados de metal se incrustan en la panza y la india siente en un eco profundo los huesos partiéndose, los suyos y los del que todavía no nace.

Señor, le dicen.

Señor, basta.

Uno de los soldados vomita, se inclina sobre el suelo y se curva por las arcadas. Lo que le sale de adentro es saliva mezclada con tierra, con semillas, con raíces cortas que parecen brillar y moverse como gusanos. Siente el embrujo que lleva y que ahora debe correrle en las venas y no quiere más de América ni sus junglas, solo el mar que podría arrastrarlo de vuelta a su casa.

Mailén escupe sangre, cada vez más espesa y marrón, y no ceja en llevar los brazos a la panza cada vez que Fabio se los corre para hacer más certero el dolor.

Es morirse. Se siente como caer desde lo alto, sin el cuerpo rompiendo el viento: un peso que empuja, y el color negro por mucho resplandor de sol que haya, y un grito de lejos, como trompeta o socorro.

Fabio patea hasta el calambre y la india ya no se mueve, tiene los ojos abiertos y mira al cielo. La mecen las patadas de Fabio, que ahora abren la panza, el poco tejido blando que quedaba, para descubrir una cabeza minúscula, también abierta, que se desparrama sobre la tierra seca. Es tan fuerte la última patada que Mailén se desprende de lo que llevaba dentro. Se separan las dos cosas en un ruido húmedo y de charco. Desde arriba parecen dos manchas: la de la india, una bola hinchada e irreconocible, piedra roja, y la otra, un humano en miniatura, ya oscuro como las moras, con los brazos y las piernas en posiciones imposibles.

De estar adentro mío, Isabel, sentirías cómo hay algo que se rompe.

Llorarías.

El silencio absoluto después de que algo cae.

2038

El Gerält se apaga. Ya no tiene batería.

Confundo la sombra con mi cuerpo.

Confundo mi cuerpo con lo que tengo al lado.

Creo que estoy recostada.

Las raíces de la planta enorme se mueven lento: me toman las manos y los brazos. Son menos una forma del sujetar que de la contención. Hacen para mí una forma dislocada de trono. Vista de lejos, podría parecer una reina triste e inmóvil. Entran en mi carne: son alfileres finos que quieren conocerme desde dentro. Parte de las raíces empujan sobre el cráneo. No hay dolor alguno o ya no puedo sentir nada de lo que pasa. Avanza la madera fina sobre mi cabeza: va en busca del pino, como si quisieran tocarlo. Van a comer de él y todo lo que tengo debajo de la piel.

Lo hacen lento como la primera vez del sexo.

Van a comer del pino, y yo lo acepto.

Hay una sombra perpetua. Se quiebra cada tanto por las luciérnagas o las venas de la planta, que a veces transporta bolas de luz tímida.

Ya no siento las cosas.

Pienso que sueño o estoy dormida.

1888

22 de diciembre

Sucedió algo. Ya no quiero que mi estadía se extienda. Lo que resta en el campo empresarial y diplomático es poco. No tengo ya razones de valor para seguir en esta ciudad ni en este continente. Escribo ahora desde otro hotel, a apenas cuatro cuadras del que me encontraba, y al que ingresé con otro nombre. Afuera la niebla es tan espesa que no hay nada que se distinga más allá de diez o quince metros, y si bien no la soporto, hoy me hace sentir protegido.

Fue lo siguiente.

La Biblioteca de Londres es un verdadero tesoro de Occidente. Fruto de la conducta pirata y saqueadora que ha caracterizado al reino británico, se acunan allí una innumerable cantidad de documentos, libros, papiros y mapas a partir de los cuales, con cierto empeño y sin la necesidad de asomarse al exterior, podría reconstruirse la historia entera de la humanidad.

Recibí allí los dos telegramas que en el *hall* de mi hotel anterior me avisaron me esperaban. El primero, breve, fue de mi esposa, donde asegura extrañarme y comenta una fiebre pasajera que transitó durante la primavera. El segundo, más extenso pero seco, fue del presidente Juárez Celman, en el que me felicita por mi desempeño y me insta a seguir cerrando la mayor cantidad de acuerdos en el menor tiempo posible.

Pregunté por Tesla. Shaft contestó que ya había salido del país hacia Francia para una nueva exposición, y que después de pasar por Italia para hacer otra similar, volvería a los Estados Unidos. Por curiosidad, y ya montado a las sospechas que hoy me embargan, le pedí a Shaft asistencia respecto de registros de las familias notables del país. No tardó más de cinco minutos en entregarme un octavo mayor con tapas de cuero.

El inventario se encuentra actualizado hasta hace unos años.

De Herschel no hay nada.

La familia Whitehead, por el contrario, parece haber estado en contacto con la realeza desde al menos tres siglos. El abuelo del Sr. Whitehead, Bastian de nombre, para mi no grata sorpresa, fue el encargado de las misivas oficiales con Bernardino Rivadavia en el período entre los años 27 y 30 y con Pedro I y II del Imperio del Brasil durante la misma época. Fue, entre otras cosas, el encargado del mapeo general de las cloacas modernas de la ciudad de Londres y el principal impulsor de las relaciones con Norteamérica para el trazado del alumbrado público. Entre el gran inventario de actividades, un dato saltó a mi atención. Tanto él como su hijo —el padre del Sr. Whitehead y del mismo nombre que él, William— presidieron una asociación de notables en disputa constante con los científicos de la Royal Society y defendían una política monárquica, protestante y profundamente conservadora, muy por lejos de la pedantería de la ciencia moderna y de las tendencias socialistas que están empezando a tomar vigor en el continente.

Una foto acompañaba la entrada. Eran hombres, en su mayoría adultos y ancianos, vestidos con túnicas oscuras con bordados y cordeles nacientes de los hombros y las cinturas, con una caída que semejaba la de los atuendos de los curas cristianos, e idénticas al traje con el que vi una vez a Whitehead. Posaban parados, tranquilos y sonriendo, a excepción de un viejo de barba cana y larga que se sentaba hacia el centro en una silla de madera con un respaldar ridículamente extenso. Los restantes se colocaban en una media luna en cuyo centro se replicaba, en una piedra negra, el símbolo del sol coronado.

Cuando leí el nombre de la asociación no pude menos que sorprenderme. Su nombre es *The King in Yellow*, el rey de amarillo, tal como escuché que decían los indios del sur al referirse a su propio dios oculto, y dudo a esta altura que las coincidencias no sean en verdad alarmantes.

¿De qué se trata esta agrupación y qué tipo de vinculación tienen, sea concreta o imaginaria, con algunos de los pueblos indígenas del sur de Argentina?

Al desarraigo se suma el sentido de la preocupación y el peligro. Que mis contactos más cercanos y directos en Londres sean Whitehead y Herschel ya no parece una casualidad. ¿Sabe Herschel de qué se trata esta logia? ¿De su existencia y propósito? ¿Sabe Whitehead que Herschel también se encuentra interesado por acercarse a la Patagonia? ¿Acaso los dos se conocen y el teatro de su indiferencia mutua no es más que otra de las estrategias que desarrollaron para mantenerme dentro de su círculo de influencia?

23 de diciembre

Las reuniones se han vuelto más espaciadas. No solo ya tengo poco por hacer, sino que, además, mis antiguos canales de comunicación están comprometidos debido a las pocas veces que me he animado a acercarme al hotel donde me alojaba anteriormente y no sin una sensación constante de peligro y paranoia.

El Sr. Herschel no ha vuelto a comunicarse conmigo, a pesar de la sensación de verlo en todos lados, en cada hombre robusto con quien me cruzo por las calles abarrotadas, en cada puente, en cada descanso en un edificio. Puede que le haya perdido el rastro y que me ande buscando, hasta ahora infructuosamente, para silenciarme respecto de su secreto, que intuyo ya sabe que he descubierto. Mis paseos ya no son más felices: a la ilusión de ver a Herschel replicado en cada pasaje se le suma, además, una sensación extraña cerca del bajo vientre y semejante al de la náusea cada vez que veo el color violeta de las túnicas de la logia de Whitehead, en banderas, en carteles, en cuadros, en objetos ridículos en vidrieras como jarrones y paraguas.

Necesito encontrar la forma de volver a la mansión de Herschel. Ha quedado allí mi portafolio con documentos sin los cuales, primero, tendría problemas para salir del país con la posibilidad de ser tomado como un extranjero en condición ilegal y, segundo, sin los que podrían echarse a perder algunos negocios de enorme valor para el país.

Ahora es de noche. La ventana de mi habitación da a una gran plaza de árboles enormes. La luz de los faroles apenas se adivina entre el follaje. La niebla, como siempre, lo invade todo, y no puedo más que pensar en el hombre idiota de Herschel comandado por una voz áspera y queda, y que puede estar, ahora mismo, saliendo de su madriguera, casi imperturbable a cualquier estímulo, pero con un deseo de muerte fijado y triste.

25 de diciembre

Hace menos de dos horas dieron las doce. Nunca tuve una Navidad tan lejos de casa, de mi mujer y mis hijos.

Afuera nieva. Cae y es pesada y se aloja en el marco de la ventana. Las calles se ven apenas entre la luz triste de los faroles y los jirones de viento blanco. Ahora, acá dentro, con el hogar prendido, he construido algo así como un refugio. Todo lo que está del otro lado de la puerta es peligro, o así lo siento.

Imagino a la bestia de Herschel esta noche, inmune al frío, con una gabardina apenas, los pezones duros, hundiendo la nieve al paso y filtrándose en callejones poco transitados, en un estado de sopor y sueño que le prohíbe entender quién es, de qué se trata el cuerpo y la fuerza que tiene, quién era cuando vivía, a quién amaba y cuáles eran los nombres de sus padres. Lo imagino volviendo de cacería con los brazos fatigados, también las piernas, con paso acelerado hasta la desembocadura del Támesis que lleva a su guarida. Me es imposible pensar, también, que en todo su embrujo no haya un instante breve de revelación: un cerebro o un corazón que, solo a fuerza de lo que fue, se sientan extirpados, obligados a hacer algo que no hubieran hecho nunca. Que si, por alguna razón, la bestia de Herschel reconoce cada tanto, pero sin poder hacer nada al respecto, que todos sus músculos, todo lo que fue, ahora se encuentra convertido en una máquina vulgar y en desamparo.

Pienso en el hombre que fue la bestia. Está inmóvil y encerrado en una caja negra y pequeñísima desde la que ve una hendija, la de los ojos que tuvo y que ahora usa otro, por la que le llegan las imágenes de su cacería: las calles mojadas por la lluvia y los parques oscuros, las víctimas dormidas antes de ser atacadas. Pienso que grita pero nadie responde y, sobre todo, que existe, detrás del envase que vi y que sabemos que mata, muy por detrás, como un castigo.

2039

Parece no haber música. No es en nada parecido a lo que pudiera haber imaginado. No hay ruidos ni trombas. No hay los relámpagos ni las trompetas ni monstruos encargados de separar a los justos de los que habían renegado. No hay los umbrales de las puertas marcadas, ni grillos ni nada. Esto no se trata del cielo y este silencio bien podría ser el del principio del mundo.

No quisiera que vivir sea mi proyecto violento, una cueva con una grieta desde donde puedan verse los ejércitos que llegan, con los perros por delante soltando baba, con los estandartes rojos y negros, y el naranjo de fuera de mi cabaña, que ahora imagino en llamas, y esperar que desgrane y caiga para prenderme en las flores y la gota última de olor que tienen antes de que mueran.

No quisiera que vivir sea buscar el equilibrio, ni cargar piedras en la espalda como espinas.

1945

Era cerca de la medianoche del 5 de agosto e Ishigata se alejaba del campamento. Una sensación de despojo e incomodidad lo había capturado poco después de desvestirse y compartir la cama con la doctora Martín: eran los pliegues molestos de las frazadas, la respiración honda de su compañera, su propio cuerpo, apenas fuera de sí, lo que lo levantaron. Se vistió y salió. Los vientos fríos cruzaban la explanada y toreaban desde el sur. Traían el murmullo del mar y la tormenta que, durante el día, y según había escuchado en la radio, se avecinaba.

La molestia también se extendía al campo, como si por momentos y por extraño que fuera las plantas se moviesen en dirección contraria a la brisa; como si nada estuviera del todo sujetado al suelo, ni los arbustos ni los árboles ni las rocas, que parecían vibrar desacompasadas a un ritmo muy lento. La noche despejada hacía que la luna marcase claro el sendero hasta el bionte.

Ya en la última colina, Ishigata supo que algo andaba mal.

Cruzó y miró abajo, hacia la playa, donde vio el resplandor de la planta, la magnitud de la colonia que crecía de a centímetros por la noche para entrar en reposo casi total durante la mañana, alzarse sobre el terreno, y vio también otro brillo, aislado, y tanto más cercano a él. Se detuvo. Podía ser un desprendimiento fruto de la acción de un depredador o fruto de una nueva cualidad de la planta hasta entonces no descubierta. Se acercó despacio, previendo lo peor, acaso imaginando ser él mismo el hombre que partiendo las ramas y las hojas secas se acerca a las trincheras con hombres dormidos y amontonados, con frío, para liberarlos del desgarro de la guerra. La figura no tenía el perfil de la planta ni de sus tallos ni de sus flores y tampoco parecía haber reparado en su presencia. Ya cerca, a unos metros, Ishigata entendió que el desprendimiento de la planta no era sino el doctor Nofal, su porte, sus brazos largos, acaso lo que quedaba de él, un cuerpo desnudo y brillante y sin pelos, con los músculos flojos de las piernas y los brazos, rebosantes a los costados, sentado sobre sus talones y arrodillado como a punto de dar las ofrendas. Ishigata lo llamó, a medias sabiendo que ya no había posibilidad de comunicación. Qué, de poder hablar, diría esta nueva forma de vida, a caballo de dos órdenes, el humano y el estrictamente vegetal; qué podría decir, si se lo llevase con tiempo a una de las carpas, acerca del tiempo, de la tierra, de los gobiernos, de los estados de la materia. El doctor Nofal no se volteó e Ishigata caminó hacia adelante hasta ver, ya muy cerca, otra figura, recostada y tranquila, la del doctor Meirelles, iluminada apenas por el resplandor de la planta, frente a Nofal, con los ojos abiertos y sonriendo.

Entonces la luz que había sido Nofal, su cuerpo ahora desnudo y claro, tan transparente que permitía la visión de sus órganos en movimiento, tocó la frente de Meirelles y una gota de color se expandió por su frente y mejillas. Ishigata les gritó, les pidió que se detuvieran, pero ninguno le prestó atención. El doctor Meirelles miró a Ishigata mientras lo brillante se expandía por su cuerpo y le tomaba el pecho, los brazos, el vientre hasta volverse él también una luciérnaga hermosa.

Es como la calma, dijo Meirelles.

Entonces el bionte se movió brusco como si hubiera recibido una descarga eléctrica, y empezó a crecer en tamaño como hasta entonces nunca había hecho. Las terminales, llenas de frutos y flores amplias, subían y no adelgazaban en una forma de estiramiento elástico, sino que simplemente crecían, como si debajo de la tierra todavía les quedase mucho tallo por mostrar. Crecieron y se abrieron como capuchas de hongos, y se movieron lento, como un campo de trigo empujado por los vientos de tormenta. El bionte tomó el tamaño de veinte, treinta ballenas. Se expandía hacia lo alto y hacia los costados, cubriendo las dunas, la playa entera, las colinas del frente, y también a Ishigata, a quien el miedo o la falta de fuerzas ya habían paralizado.

Ishigata se mareó con el olor agrio y a vida nueva que largaba el bionte. Gateó hasta Nofal y Meirelles, que se miraban fijo el uno al otro, como si estuvieran enamorados o a punto de decirse la cosa más verdadera del mundo. Entonces Nofal alzó una mano y estiró un dedo y lo posó sobre el pecho de Meirelles, que hizo apenas una mueca de dolor. El dedo de Nofal, de lo que Nofal era entonces o en lo que se había convertido, se deslizó hacia abajo, hacia el vientre, dejando detrás una línea roja, recta y finísima, de la que empezó a brotar sangre espesa. El dedo parecía duro como el diamante: abría a su paso la piel y más hondo todavía, la carne y los músculos, para dejar expuesto todo un interior que asomaba apenas, negro y serpenteante. Nofal hundió las manos en el vientre de Meirelles, que gemía sin abandonar un gesto a medio camino entre la risa y el llanto, y expandió la abertura: las tripas de Meirelles se desenrollaron, tocaron el suelo para pegarse a la arena pálida de la playa. Nofal entonces hundió la cara en la carne y empezó a morder y a desgarrar. La sangre salía eyectada y manchaba las ropas, las piedras y los tallos del bionte que, a su contacto, se inflaban y parecían absorberla. Era un baño rojo, Nofal como una bestia de luz rompiendo la carne, el ruido del masticar, y Meirelles, que extendía los brazos, como si hubiese algo en todo eso que lo volviera digno, y ahora gritaba, acaso arrepentido de la ofrenda de su cuerpo. Nofal hundió las manos de vuelta en el interior e hizo fuerza: arrastró hacia afuera lo que quedaba y hubo un espasmo, dos, hasta que Meirelles quedó quieto y con los ojos abiertos. Ya no se escuchaba el viento, ni las olas rompedoras de la costa, ni había parte de cielo que no hubiese quedado cubierto por el bionte, que seguía ganando en altura, soltando cada tanto partículas brillantes que le daban a todo un aspecto de sueño. Ishigata no escuchaba más que el masticar de Nofal, que parecía no verlo o no sentirse interesado, y tuvo arcadas de vuelta. Después de vomitar se sintió débil y se recostó en la arena, ya sin fuerzas para levantarse y huir, para correr del medio los tallos que crecían fuertes y armaban paredes y pasadizos, y empezó a perder la vista, así como sucede el dormirse, al interior de un castillo verde oscuro, enorme, sin salida cerca ni día de mañana.

1504

Son seis los que quedan. La mitad hombres, la otra mitad hembras.

Cruzan ahora un sendero, a los costados frondoso, en el mayor de los silencios posibles, para escuchar acaso el puma que los haya visto entre las hierbas y quiera ahora aprovecharse. Saben ellos que saben los pumas reconocer a las mujeres que de tan hinchadas y tan llenas de nuevos hombres se mueven lento y con agilidad aletargada. Vieras cómo se recuestan sobre el campo antes de dormir. Son suplicantes: le rezan al suelo, para que detrás de ellos se desate la tormenta que se les viene y retrase los perseguidores.

Y salen a la llanura. Lidera Tahiel, que cada tanto corre por delante del grupo para adivinar posibles emboscadas. Es él quien decide, hace tiempo ya, y le responden el mando, bien porque lo tienen por valiente o también porque ya están cansados de la mano blanca, o por la noche en la que vieron en un charco de agua lo que sería el futuro de su tierra si no les daban coto a los hombres de nuestro reino.

Detrás de ellos, un indio hace de centinela a las tres embarazadas. Las sostienen cuando flaquean y les dan agua, las alzan si el calor es grave y las ayudan con el paso entre las piedras. No cejan en la marcha y torean al viento en diagonal para hacer más liviana la carga. No llevan más que lo necesario: algunas carnes duras y secas y saladas, los bastones, los arcos, las bayas.

Catalina pregunta en mapuche por qué. Quiere decir: por qué el viaje al mar y esa celeridad y esa preocupación que ve en los rostros de todos y por qué no un bosque cubierto que se haga impenetrable para Fabio y sus hombres y por qué sí esa llanura a pie que los vuelve tan desprotegidos a las tormentas y al sol tremendo, pero no le sale.

Tahiel gira y le responde con la palabra que ellos tienen por fe.

Entonces cae la noche.

Ha roto bolsa la más joven de las indias. Es apenas una niña, no más de quince, y te conmoverían su cara redonda y sus ojos buscando en el cielo alguna explicación para el hastío que siente. Si pudieran cargarla y hacer la faena sobre la marcha Tahiel lo haría, porque hay algo en el viento que trae el perfume a muerte de Fabio y quienes lo acompañan, pero frenan y se colocan todos a su alrededor. Las otras embarazadas le cantan una canción mientras la toman de la nuca y las manos. Tahiel y los otros dos hombres cierran el círculo y dibujan el óvalo astado sobre la tierra. Besan el suelo y miran al este, donde después de varios días de viaje se abre el mar. Dicen del rey de amarillo cosas que no entiendo: lo aman y le temen, quisieran no tener que tratar con él, pero lo necesitan, y por eso deben entrar en el agua.

La india joven grita. Es un lamento largo y agudo que dura casi hasta el amanecer.

Sentirías como siento ahora el útero y te daría envidia: el caldo de vida y las paredes rugosas pero sanas y las contracciones expulsando de a partes lo que sienten que ya está listo para probar el mundo. El dolor te doblaría al medio. Ya lo conocés. Te haría odiar la decisión que tomaste, la de ser madre, y te arrepentirías de ese odio, de forma repentina, cuando sientas que corona abajo, como hace ahora, y salga a superficie. No tiene nombre eyectar vida: sentirías formarse un hueco en tu cuerpo.

Entonces verías un hilo que se rompe por no resistir a la tensión tan exagerada.

Verías a todos reunidos alrededor de la india, que se les va, se les esfuma porque su cara se ha vuelto ahora de paz, una profunda que no pide al niño sino otra, que se sabe a gusto y en equilibrio con lo que deja. Escucharías los llantos apagados que largan todos, incluso Catalina, que ve en ella la promesa de su propia muerte. Verías que el ingreso al negro es paulatino, el cuerpo ya lo sabe y lo entiende, pero ya no le restan ni fuerzas ni palabras para explicar lo que ve: un mundo oscuro haciéndose cargo de todo y una voz aguda, casi hacia el fondo, que se adivina en una nota mantenida, y después la calma.

Aparece el sol al este. Aquí ya es cerca del mediodía, Isabel. No entenderías lo confuso y maravilloso que es, cada vez que me proyecto, ver al mismo sol aparecer dos veces por día.

Vieras ahora a la criatura ya fuera, cubierta en telas: grita porque no entiende la luz, le es de una extrañeza absoluta. Es un niño hermoso. No ve sino a través de una hendija pequeñísima lo maravilloso de la Tierra. No más el negro opaco del útero, donde cada cosa se hermana con la siguiente por la ausencia del límite o la línea fina, sino la distinción constante, de lo múltiple dividido, de cada cosa moviéndose por su propia ley, escindida cada una de la otra. Similar con el viento, que es ahora lo primero que reciben su cara y sus pies y su pecho, seco y cargado de olores y en nada parecido al agua que lo cubría. Y las voces. Lo sentirías en el cuerpo como salir del río o volver de un sueño. Cruzarías el letargo igual de lento que él, porque es ancho el umbral.

No van a darle sepultura a la india, no pueden perder más tiempo. Van a dejarla así como decidió irse, para que regrese a la tierra de la que fue vomitada.

1888

26 de diciembre

La nieve ha aumentado. Veo desde la ventana al encargado del hotel palear la entrada. No es del todo común, y por eso la poca gente que veo por la calle parece contenta.

Temprano, antes de que la ciudad se pusiera en movimiento, fui a la Biblioteca. Shaft me hizo notar mi cara de cansancio. Respondí que las últimas reuniones habían sido completamente agotadoras.

Le pedí, nuevamente, ayuda para rastrear a la logia *The King in Yellow*.

Solo de a momentos, cuando me enfrascaba demasiado en la lectura, se apagaba la sensación extraña de estar siendo observado. Cada tintineo de la puerta, cada libro cayendo, cada carraspeo del Sr. Shaft me ponían en estado de alerta.

No se ocultan, como si no tuvieran otra intención que hacerse con la dirección política de la sociedad inglesa, o como si se supieran demasiado protegidos en su secreto. Se muestran, en los periódicos y en los informes oficiales, con la pedantería propia de los que se saben invencibles: muestran sus túnicas y sus miembros, de los más jóvenes a los más antiguos, las locaciones donde celebran sus tertulias, sus rostros.

Su manifiesto, que no debe tener más de tres páginas, es tan general como escueto. No parece tener ninguna diferencia con algún grupúsculo ilustrado de mediados de siglo, pero me niego a pensar que, en ese texto, por breve que sea, no haya otra cosa, otro mensaje que emerja a partir de la aplicación de un código que desconozco.

No obtuve mucha más información de la que ya manejaba: desconozco su origen, sus fundadores, la razón de su símbolo, su alcance internacional. Lo cierto es que, según una revisión rápida en la hemeroteca, descubrí que gran parte de las cancillerías inglesas en otros países son encabezadas por algunos miembros de la logia, y al menos cuatro funcionarios de alto rango de la Corona pertenecen a *The King in Yellow*.

Planeamos con el Sr. Shaft mi regreso. Me aseguró que es su deber conseguir mi boleto, que podré retirar mañana.

Apenas una semana.

La mañana del sábado subiré al *Atlantic Pearl* y volveré a Argentina.

27 de diciembre

Después del desayuno volví a recostarme.

En un ejercicio de conciencia intenté recordar qué de la campaña al sur con nuestros generales guarda alguna información o conexión con los intereses de Herschel.

Recuerdo de la Patagonia las enormes extensiones desiertas. Kilómetros interminables de un terreno plano y de vegetación rala, en nada atractiva para grandes empresas de explotación, pero espacio franco para el proliferar de las comunidades indígenas que habíamos logrado empujar, a lo largo de centenares de años, lejos de los centros urbanos. Recuerdo, sí, su belleza. En las zonas montañosas o cerca del mar, la vegetación crecía y crece como en el norte de Europa o de Estados Unidos. Maitenes, cipreses, lengas. Lo que no es desierto es verdaderamente rico en formas y colores y frondosidad. Ahí el verde parece ser menos un atributo constante cuanto una potencia pura.

En algún rincón de esa maravilla se encuentra el secreto de Herschel.

En la Campaña intentábamos ser cautos, en primera medida porque se trataba de terrenos que desconocíamos, pero también porque, aunque nadie lo dijera, lo que se decía de los pueblos indígenas hacía mella en nuestro temple. Las historias que se contaban, según las cuales algunos hombres del sur podían convertirse por la noche en tigres, o acerca de la ciudad escondida entre los Andes, donde nacía un río que los indios alimentaban con la sangre de los criollos y los traidores a la tribu, y que todos tomaban por superchería, no dejaban de tener un efecto en nuestros reparos.

Todo sucedía como si, en la impostación de una valentía que en verdad no existía, actuáramos sin querer reconocer que el mundo era y es todavía demasiado amplio para ser conocido por completo, que todavía quedan fuerzas, científicas y naturales, que escapan en mucho a nuestro conocimiento. Lo cierto es que nos burlábamos, cada vez que se hacía la noche y debíamos tendernos al campo para reponer las fuerzas, pero yo percibía en mis hombres, aquellos subalternos y aquellos con la misma categoría de mando que la mía, cierto temor: en el modo en cómo nos acostábamos, protegiendo nuestros cogotes o murmurando de forma repetida el Padre Nuestro o el Credo, o exaltándonos como niños frente a cualquier ruido insospechado en la llanura.

Escuchamos lo que decían del rey de amarillo: que era enorme, del tamaño de una fragata, que no hacía distinciones entre los nobles y los humildes, que era acto puro sin mediación, como una fuerza bruta pero idiota que no podía hacer otra cosa más que mantener el equilibrio del mundo. No le hacían ofrendas para esperar favores a cambio. Las hacían porque rendirle culto era rendirse a la justa conformación de la materia. El rey de amarillo era lo único verdadero. Tal vez por ello, y en una suerte de fatalismo nihilista, aceptaban la muerte con una tranquilidad que nos llevaba al llanto, como la vez cerca de la costa, en la que nos mostraron los cuellos calmos y sentados hacia el mar, o la vez que tuvimos un encuentro allende un lago, en el que cargaban hacia nuestros hombres con los ojos cerrados para no ver venir las balas que los mataría.

Me figuro ahora al rey de amarillo como se pintan en los libros de enseñanza los hijos de Gea. Un hombre enorme que vive bajo la tierra, del tamaño de dos o tres ciudades juntas, apenas vidente por estar acostumbrado a la oscuridad, custodiando, entre otras cosas, la planta que necesita Herschel. No sé por qué, pero lleva barba y un pelo tan largo que le llega a los hombros. No se lo ve fuerte ni determinado. Cuando sale, cada vez que hace luna, no mira más que su creación, o la creación que no es de su hechura pero que de algún modo le pertenece. No guarda rencor con nada de lo que se mueva y se reproduce, tampoco con lo muerto de las rocas y las nubes. Es el mero orden del mundo. Mira como si en su mirar las cosas siguieran el rumbo que tienen trazado.

2041

Sueño con lenguas. Se mueven sin ritmo, pero se tocan. Comparten la baba de la que están hechas. Creo que fuera de mí, lejos, arriba en la superficie, rompe el verano. Lo siento en el vuelo de los pájaros y en el olor podrido de las hojas encerradas debajo de las ramas. En los músculos de los tigres que se tensan y después se aflojan persiguiendo a los ciervos en la temporada de caza.

Siento, a veces, que estamos a salvo, la una de la otra. Una distancia justa a pesar de lo cerca que nos encontramos.

Hay algo afuera que está por pasar. No sé qué es ni qué nombre ponerle ni el tamaño de su gravedad. Hay ejércitos que se desplazan. Lo siento en la tierra que vibra. Imagino que tapan el sol los estandartes enormes: dejan la tierra aplastada al paso, ahogan las raíces, tapan los ríos.

Todo lo que se encuentra cerca de mí se mueve y entra en acción.

Nunca estuve así de hermosa ni así de blanca ni así de quieta, como si todo hasta ahora se hubiera ordenado para ser de este modo, estática y hermosa por única vez, el acontecimiento total de mi cuerpo en el que crece la promesa de su rotura.

Esto que no entiendo qué es y que come la vida.

Hay algo terrible que está a punto de pasar afuera.

Soy la hospitalidad, aunque no quiera ni lo busque, o un agua panda que recibe sin lamento lo que le aterriza encima y se le hunde. Cómo reverbera la penetración: apenas tengo, sí, un estremecimiento tímido que se hace ondas hasta llegar lento a las orillas que también son parte mía. Entonces, si virgen, por qué te mostrarías así de violenta, como una recibidora despreocupada y bruta; por qué romperías así el santuario, mi cuerpo, quitando los cuadros de las paredes, arañando las mesas y las sábanas y los libros.

Si no encuentro la palabra pájaro, y digo ala, para que la recuerdes, a la palabra y al concepto, por qué querrías devolverme la imagen de una gárgola, o de un dragón, y no la de un pájaro, como si no tuvieras vergüenza alguna con la fuerza ni su uso.

Si tu sed se aplacara tampoco querrías dejarme sola. Por qué querrías alimentarte así y de esta forma, conmigo: mi cabaña alejada en el bosque, con un hogar al centro que crepita y da calor, y en la noche y en el momento del trueno, tu entrada abrupta, con los zapatos embarrados, con tus ropas goteando, vos también goteando adentro mío, como sea que eso sea posible, una forma de miel o de leche, y creciendo en valor y tamaño el miedo que te tengo, tan rápido que suena a tromba creciendo o cascos de caballos.

Por qué harías esto.

El río fluye bajo el hielo muy cerca del centro de la tierra. Puedo verlo. Nadie sospecha nada de lo que acá se esconde.

Lo veo todo: el mundo es una abundancia que ensordece.

Rara vez es todo tan perfecto.

1945

La mañana siguiente, el 6 de agosto de 1945, Ishigata se despertó molesto: un viento del norte se había filtrado y había invadido la carpa a través de las grietas y aberturas. En el sopor del sueño, no había podido levantarse y el frío le había entumecido los pies hasta dormirlos en un hormigueo suave. Recordaba a medias lo que había sucedido hacía apenas unas horas: el bionte creciendo en la noche, alto como nunca, abriendo las terminales para formar las capuchas de los hongos; su cuerpo paralizado por la luz en la que se había vuelto Nofal, y el cuerpo de Meirelles, despedazado y chorreante.

La doctora Martín no estaba en la carpa, y de afuera no llegaban ruidos.

Ishigata hizo café y prendió la radio en el dial de onda larga.

La voz que salió del parlante fue parca y queda, no había emoción explosiva ni entonación, una línea plana y sin sobresaltos apenas por encima del crepitar de la radiofrecuencia. Era un japonés triste y sin sobresaltos. Estados Unidos de América había lanzado una bomba atómica sobre la ciudad de Hiroshima. Lo informaban el Imperio, lo que quedaba del Reich y las radios norteamericanas, que reproducían el mensaje de Eatherly, el piloto de reconocimiento que dio la orden, como una marca de gloria.

Go ahead. Go ahead.

Poco se sabía del dispositivo más que los rumores que corrían en los altos cargos militares, y de los que Ishigata había oído hablar: una bomba que había ingeniado una reacción en cadena a base de fisión y choque de protones, que producía una descarga capaz de hacer desaparecer en el fuego una ciudad entera.

Hiroshima se había vuelto, tal vez en menos de tres segundos, en arena de playa.

Ishigata imaginó el cielo celeste y amplio del sur del Japón, y luego un avión distante y solitario, un pájaro perdido entrando al aire del Imperio pero desentendido de lo crucial que era la tierra que cruzaba, del tigre dormido y el zorro de nueve colas, de los papiros en los dojos con las éticas y las salutaciones, del descanso del loto, de la serenidad imperturbable de los que escuchan, y luego un punto negro y el avión ya lejos, una imperfección en lo plano del cielo, en lo alto para siempre como una mancha en el espacio, un hueco a través del cual podría verse, de acercarse, otra galaxia y otro universo; y así sí, más tarde, sin escuadras de aviones ni otra cosa alguna que manchase el cielo, un movimiento pendular apenas distinguible, así como una gota negra, vibrando para llegar a la tierra y traer para todos el hueco y la visión al otro espacio, a la galaxia otra, desde donde podrían verse para maravilla del mundo nuevas estrellas y planetas, entonces sí, el movimiento del proyectil siendo una vibración ínfima acaso por acción del viento que rompía durante la bajada, cada vez más grande, y el miedo, tan cerca siempre de la fascinación y el llanto, la sensación escondida, pero silenciada, de la falta de puertas y ventanas por donde ver nada sino un murmullo de armas, de metales chocando contra sí mismos, de botas de ejércitos lacerando campos de barro y agua; y la gota, ahora cerca y sibilante, y la gente de abajo, con las manos sobre las frentes tapando el sol divino para esperar su llegada o aterrizaje, y el beso a la tierra y después su inmovilidad; y la gota, ahora grande, para nada redentora ni suave, ni caricia ni beso sino un odio condensado. Y el contacto, por fin, y un viento desatado y tan grande como nunca, hirviente y ácido arrasando los templos y las estatuas, los techos de paja y las piedras basales; los árboles arrancados para sumarse al ciclón de fuego, disolviendo la carne y los huesos, las manos quemándose y queriendo tapar el sol ya invisible por el cielo vuelto oscuro: polvo las flores, las piedras, los hijos, los duraznos, alzados los ríos para volverlos parte del fuego y así también fuerza eyectada, los libros, las tazas, los brotes, los perros, los puentes sobre los arroyos y sus encantos, las mamparas, las hermanas, y al final un silencio tan largo como definitivo, arrancado del mundo y tan ajeno a él, sin colores.

Ishigata vomitó sobre el escritorio. Si en verdad había sido así la ira del desenlace, si el sueño no le jugaba todavía la confusión del miedo, Hiroshima había sido borrada en una partícula del tiempo en la que había llevado su construcción, así como un rayo de fiebre. Ishigata salió de su carpa y encontró a la doctora Martín parada y esperando, con la panza hinchada y los ojos mojados, con las manos sobre la boca pidiendo un perdón sincero pero asordinado, como si no pudiese hacerse cargo de nada, de su piel blanca y el hijo que le crecía adentro, de aquello que los había reunido, de ser ella también humana y haber participado, por diferida que pudiera ser la forma, de la cólera.

Ishigata no se animó a mirarla y corrió por el valle hasta la planta.

El bionte brillaba como pocas veces lo había hecho. Se encontraba hinchado como la noche anterior, gordo en los tallos y en los cogollos, y se movía frenético, todas las flores de un lado a otro emitiendo un gruñido lento y rasposo como el de los animales cerca de la muerte, y se levantaba, alto e impetuoso como un fuerte. Ishigata entró en la planta y caminó hacia el centro. Los tallos erguidos lo resguardaron del sol, y el interior era un vientre oscuro y húmedo con los olores dulces de las peras y la albahaca; las flores le acariciaban la cara y él les devolvía los roces, a veces con las manos abiertas y a veces con la cabeza, como los gatos. No había nadie ni nada, ni en esa parte del mundo ni en ninguna otra que no fuera el Japón, que entendiese en verdad qué acababa de pasar, a excepción de la planta, que entendía o parecía entender. Y quizá su maravilla, tan simple, fuera su grandeza: encontrarse tan extendida por debajo de toda tierra y de todo mar, formando un único y singular ejemplar, que no fuera para ella imposible saber lo que ocurría en la superficie, dominada ahora y durante milenios por hombres que se daban la muerte en ciclos sin entender del todo bien por qué ni con qué fin, lejos de la idea los germinales, de lo enorme y suficiente que era todo para todos. Ishigata se echó de rodillas al suelo y lloró y la planta replicó el sonido gorgoteante, que creció igual a un terremoto hasta volverse insoportable. Se sintió cómodo entre el ruido: el interior de un mantra en el que no podía escuchar su propio llanto ni las cosas que decía, casi sin pensarlas e inconexas. Entonces se abrió, cerca de donde estaba, un hueco en la tierra: las rocas cedieron como si se tratasen de espuma, las tallos menores se amontonaron los unos sobre los otros para darle espacio a una puerta, ventana, escotilla u ojo al fin por donde Ishigata llegaba a ver, a quinientos metros o más, una cueva iluminada en sus paredes y en sus pasadizos, en las cúpulas y sus colgantes, enormes, por hojas de colores violetas y verdes y rojos y amarillos que crecían en luz y luego se apagaban para volver de vuelta a empezar el ciclo, como si respirasen, y que se movían, las más altas haciéndose anchas como alas, acaso como llamado de paz para recibirlo. Una ciudad enorme, de nadie más que de Dios. El murmullo no amainaba. Ishigata entendió entonces la invitación: no había entre ellos dos encono, no se repelían por diferentes que fueran, y ahora se le abría acaso para que se acoplara a ella si él así lo deseaba, para olvidarse del llanto, ya vuelto parte de algo superior, el reino brillante y subterráneo, para amalgamarse para refugio del horror que habitaba afuera.

1504

Si hubiese apenas más silencio, si no sonase el murmullo del viento sobre la punta de los pastos secos como un crujido, creerías que el mundo es mudo, Isabel. Y sobre ese mutismo verías a Fabio y sus hombres, acaso emulando lo calmo que se encuentra todo, cruzar la llanura. Ya no se mueven como los hombres de tu reino. No son más rectos: ya no llevan las orejas sobre los hombros y los hombros sobre las caderas y las caderas sobre los pies. Se inclinan, vieras, Isabel, leves sobre el terreno en una posición incómoda que los hace parecer marionetas, tan cerca ya de la tierra que levantan los brazos y los usan también de apoyatura. Cuando aceleran la marcha, porque escuchan del viento algún insulto o porque así creen que se los dice el nuevo Dios al que le rezan, que creen que es el mismo que el nuestro, o el mismo que ellos creen haber tenido, lo hacen en cuatro patas como las bestias. Hacen de linces, y cruzan así el campo: con un cuerpo que de humano ya tiene poco, con nuevas jorobas y callos sobre las palmas y las plantas de los pies, con una velocidad que no vi jamás entre los nuestros.

Es insalvable la diferencia.

La distancia entre nosotros y ellos ya es la que existe entre las luciérnagas y los relámpagos.

Ya no duermen ni sueñan. No tienen en el alma otra imagen por fuera de la que ven sus ojos: la de un campo interminable con arbustos y pinos cada vez más verdes, que leen como ciclo o círculo interminable hasta que sea el momento de capturar a los indios. Si llegasen a ellos, no sabrían qué hacer. Menos sabrían todavía de matarlos: se quedarían quietos, sentados donde sea que se desplomen, hasta volverse tan débiles que no puedan volver a erguirse, para luego desmayar y morir.

No puedo ver en verdad lo que sienten o piensan. Sus ideas se me figuran como un enjambre, y no sé qué de ese negro les pertenece a ellos y qué a la fuerza que los ha hecho suyos, que no imagino que no sea otra sino la del Diablo, y que sospecho que no es la del rey de amarillo que adoran los indios.

El hambre siquiera los toca, entonces acortan distancias enormes en poco tiempo, excepto cuando se las tienen que ver con ríos o con lagunas, a las que le han generado aversión por el agua que contienen, que se les vuelve ahora como veneno, tan clara que entonces incomprensible o impenetrable, y que tienen que bordear o sortear por arriba en sus partes menos acaudaladas.

No se dicen nada entre ellos más que con los ojos, como si hubieran inventando un lenguaje nuevo, mucho más triste y pobre, pero más pragmático.

Es como si pudiera oler la cosa en la que están por convertirse. Huelen agrio en los cuellos y las axilas, y detrás de eso, como una promesa, huelen a ceniza o volcán.

Besan cada tanto las cruces que llevan colgando en los pechos. Parecieran hacerlo de gentiles, pero no: lo hacen mecánicos, como el acto de respirar y moverse. No se conmueven con los ciervos que ya crecen en cantidad, cada vez con las astas más pronunciadas, ni con los nogales que ahora aparecen, ni con los sauces, ni con los bosques donde se respira claro y que abundan en frutos rojos y azules y violetas.

No les importan los colores. Vieras, Isabel, lo opaco y triste que se les ha convertido todo.

Los días se hacen más largos, así pareciera que sucede en el sur llegado el verano, y cuando sienten la necesidad de frenar para reponer los aires, se recuestan sobre el campo. Fabio revisa entonces su arma, la pule con su camisa y con saliva hasta dejarla brillante, y después saca la Biblia que guarda en el morral. Las palabras se le han hecho serpientes: se le asemejan bichos enrevesados y en movimiento perpetuo y no sabe por dónde empezar a buscar las oraciones que ya no recuerda del todo pero que siente en el filo de la memoria, como un sueño viejo.

Ni tu cura ni lo que fueron ni en quiénes querían convertirse.

Sentirías como un desgarro este vacío.

2049

Salgo a partes: a montañas de nieve y trigales y landas jóvenes, a campos sembrados de camelias y árboles que de tan altos parecerían acariciar las nubes. Veo también por debajo, entre la tierra. Encuentro la tierra húmeda y piedras del tamaño de castillos, con insectos y ramas pegadas como si estuvieran impresas. Hay un zorro: es rojo y blanco. Podría ser la forma verdadera del fuego. Tiene alrededor las crías que le atacan las patas con mordidas blandas. Caminan hacia una montaña donde saben que los halcones no llegan. No quisieran que se repita: el vuelo rasante y el sonido de las alas y a los hermanos bajo las garras, subiendo en altura hasta perderse en los rebordes de los acantilados.

No encuentro a nadie.

Hace la noche. Es luna llena.

Siento una cosa en un momento, y después otra al siguiente.

Aparece el sol como invitación definitiva. Las masas de hielo se evaporan para empezar a funcionar como caldero de vida. Entonces veo cómo nace: al principio es el agua y lo que cae en ella y después la conversación que se produce en su adentro, al principio entre formas que se repelen como perros desconocidos pero que después se aceptan. Se quiebran o perforan para facilitar la entrada y el encastre. Se hacen otra cosa, ya no más lo que eran, idéntico al sexo, a dos lenguas en contacto y hurgando, a ser esclavo, hasta el contacto que prende y no suelta, que se hace estable y puede viajar junta, ya vuelta otra cosa.

Es el acontecimiento.

Se trata de un milagro, así como se estrellaron los asteroides.

Casi a la altura. Soy yo quien prende ahora.

Soy la nube que veo. Recibe en la espalda al sol y da abajo descanso y sombra al granjero que separa unas manzanas de las otras para volver después a su casa, verde, imagino, cargando encima lo que hicieron sus manos: la nube es el descanso del granjero, y se sabe al filo de evaporarse, la nube, para no cobijar a nadie, cada parte suya, y entonces mía, ya triste anticipada por la acción que va a separarla y disolverla en el cielo claro. Soy quieta y hermosa permanente, pero no quiero, así tan en silencio que entiendo mi pulso, una cascada de sangre que pienso cruzando tubos negros y arrastrando las partículas del pino que llevo dentro. El pino, que no me pertenece, trafica sus partes a otros lugares para que hagan nuevas colonias, siempre de buena fe porque no sabe otra cosa; tristes o enojadas porque no entienden lo que entiendo por duración, es decir, el miedo y el espanto. La fragilidad es mía y me pertenece. La nube se desintegra justo después de cruzar por encima de un venado. Tiene las astas blancas y se arman como un relámpago. Camina lento porque tiene clavadas tres flechas en el lomo de las que supuran sangre negra. Tiene los ojos rojos por la marcha y el escape. Busca llegar al árbol que tiene como casa, y avanza lento por el sendero que supo armar en otros momentos con sus propias piernas. Sabe que, si muere, muere también el bosque.

Se hacen más valientes a los hombres después de la caída del animal terrible.

No hay valor ni honor en el acto de la guerra.

Ahora es el fondo del mar. De no ser por sus ojos, no vería nada. Me los presta, sus terminales. No llegan a verse los rayos del sol, entonces no puedo adivinar si se trata del día o de la noche. Las cosas se me aparecen como fosforescentes. Es una ciudad enorme, con construcciones terminadas en punta y construidas de forma circular alrededor de una explanada gigante. Hay mascarones de proa rotos y velas y esqueletos. Es una suspensión. Las corrientes ahí abajo casi no llegan. No se mueven ni los musgos ni los brotes que nacen entre los mosaicos. Al centro de la explanada hay un trono. Es de piedra y no termina en punta: acaba en curva, con la forma de una luna creciente. El trono tiene el tamaño de treinta o cuarenta hombres. Es para un rey sumergido y viejo, de cuando todo era de otra forma y no había quién ni cómo negarse a la grandeza.

1888

29 de diciembre

El frío es ya insoportable. Se mezcla con la nieve y la humedad, que vuelven el aire una pasta espesa que cala en los huesos. Escribo en el *hall* del hotel, después de haber desayunado y haber revisado los diarios de la ciudad: no ha habido ningún nuevo asesinato. Tampoco hay avances concretos en las investigaciones, como si el periodismo o la policía, o ambos, quisieran borrar el caso de la memoria de los ciudadanos.

¿Cuánto puede costarme, a mí y a los tratados necesarios para nuestro país, presentar a la Scotland Yard lo que sé respecto de Herschel? ¿En cuánto me siento identificado con las víctimas, tanto aquellas que fueron asesinadas como las pobres criaturas que han soportado los experimentos? ¿Siento por ellas alguna clase de conmiseración o piedad o lo que me provoca el asqueo es la idea abstracta del acto de la matanza y la ciencia contra natura de Herschel?

Es de noche y estoy en mi pieza. Estuve toda la tarde en la Biblioteca, sin mucho que hacer, manteniendo una charla extensa con el Sr. Shaft. Hablamos de ejércitos, de barcos y de mujeres. Tuve que hacer un esfuerzo enorme para no indagar aún más en la logia de *The King in Yellow*, ni para contarle acerca de Herschel ni de lo que sabía de él.

Antes de la cena, el encargado del hotel se me acercó para informarme que había un paquete a mi nombre. No pude menos que sorprenderme, primero porque no hay nadie que sepa que este es mi nuevo lugar de hospedaje, y después, porque nadie de los que están aquí conocen el nombre ficticio con el que hice el ingreso. Se trataba de una caja de cartón envuelta en cordones. La sugestión ya es tal que en un momento pensé que, de abrirla, y cual caja de Pandora, todo el recinto se inundaría de humo negro y criaturas de fantasía que pondrían sobre mí una maldición eterna.

No hubo humo negro ni monstruos, pero sí una sorpresa tan o más inesperada. La caja contenía todos los documentos que olvidé en la casa de Herschel: mis credenciales personales, mi itinerario de viaje, la libreta en la que intenté escribir un perfil de cada uno de los funcionarios con los que me encontré, algunas de mis cartas y, sobre todo, los documentos oficiales firmados y lacrados que aseguran el éxito de mi viaje.

El remitente no pudo ser otro que Herschel, lo cual vuelve tanto más confuso todo. Qué intenta ser esta devolución. O pretende ser el capítulo final de una disputa que a él no le interesa mantener, o un gesto amistoso ordenado a no quebrar la breve pero intensa amistad que construimos en el último tiempo, para que yo, incluso sabiendo qué de su plan involucra a nuestro país, no interfiera; puede ser también un acto de pedantería inusitada, haciéndome entender a través de este regalo que no hay nada que pueda hacer para frenar sus intenciones, o una mera expresión de su auténtica demencia, como si esta devolución opacara lo que ahora sé que sucede en los sótanos de su mansión.

Herschel confesó en una de nuestras reuniones la similitud de la planta patagónica con la planta que hubo encontrado unos años atrás en la tundra rusa. En el segundo caso, se trataba de un sistema vivo, a medio camino entre el mundo animal y el mundo fúngico, que se extendía bajo la superficie y que solo afloraba para alimentarse cuando los nutrientes que recibían bajo tierra no eran suficientes. Los nutrientes podrían tratarse, aunque no lo dijo, de los rayos del sol, pero también del polen que transportan las abejas y otros insectos o pájaros, pero también de material orgánico en descomposición, como es recurrente en algunas plantas del litoral argentino. Era grande en su extensión, pero débil: la red micelar que componía, a costa de expandirse libre a lo largo del terreno, perdía en constitución y entereza. Así, por ejemplo, un hacha podría, sin darle muerte total, partirla al medio, separándola de sí misma y retrasando su desarrollo. Si la planta en nuestra Patagonia se trata de una planta similar a la que Herschel había encontrado en la tundra rusa, es entendible que no la hayamos percibido durante la Campaña, o que sí la hubiéramos encontrado —acaso la planta que brillaba cerca del cauce del Valcheta—, pero sin prestarle atención por haber emergido solo de forma breve y no en su mostración total.

En todo caso, qué con una planta de estas características.

Hasta el momento conozco tres investigaciones de Herschel y sus diferentes aplicaciones. La primera es la solución con la capacidad de acelerar o desacelerar procesos evolutivos naturales, como sucede con las semillas de trigo. La segunda es el método heredado de visión aumentada o proyección, el del capellán español, que a base de un hongo ya extinto pero reproducido con celo y secreto por hombres de poder permitía suspender o exaltar la conciencia para viajar a otro lugar del globo. La tercera, un método todavía impreciso de resurrección, a todas costas fallido, en base a dos hongos y al uso de la corriente novedosa desarrollada por el Dr. Tesla. Cualquier conclusión es, por el momento, apresurada, pero no es un mal ejercicio del pensamiento indagar qué puede proponerse Herschel habida cuenta de lo que entiendo de sus avances y con una planta de la que al menos conozco dos o tres características nucleares.

Que Herschel no se refiera nunca a plantas sino a una única, y siempre en singular, aun con la posibilidad de alguna incorrección lingüística, que dudo mucho por la soltura con la que se desenvuelve en el español, me lleva a pensar, de forma totalmente contraintuitiva y a contramano de todos los avances científicos en el campo de la biología y la evolución, que se trata de un único ejemplar, o de un conjunto de ejemplares tan solapados, tan encima unos de otros que no pueden ser menos que tomados en conjunto.

A su vez, la planta patagónica tiene que ser una expresión hipostasiada de la de la tundra rusa que, hasta donde se me explicó, puede cubrir un área de uno o dos kilómetros cuadrados; de otro modo, la preocupación de Herschel estaría en Rusia y no en Argentina. Debería ser mayor, al menos en tamaño y en singularidad. El hecho de que el interés de Herschel se hiciera evidente no solo cuando referí lo sucedido a la vera del río Valcheta, sino también en las boreales que vimos cerca del mar, me lleva a pensar que la planta o colección de plantas no puede sino extenderse, y siempre subterráneamente, desde el pie de los Andes hasta el Atlántico. De ser así, y no estar siendo sugestionado por sus ideas, la planta tendría una extensión de, al menos, seiscientos kilómetros.

Si ese es el caso, se trataría del organismo vivo más grande del que se tenga registro: un único ejemplar superando en miles de veces los tamaños de nuestras ciudades más grandes, ganándoles en tamaño a todos nuestros ríos y a nuestras montañas más altas; un objeto único, acaso producido por sí mismo y nada más que sí mismo, que crece en silencio hace al menos cinco siglos, oculto a nuestros ojos.

Pensar en una especie de este tipo no me genera ningún tipo de asombro ni admiración, sino cierta incomodidad, como cuando uno está frente a la inmensidad del mar o frente a una tormenta que viene, negra y relampagueante. Sentir que cada paso que di en la Patagonia fue percibido, por extraña que sea la forma, por esta red micelar gigantesca me provoca cierto asco: ¿qué era lo que sentía, de poder plantearlo en términos antropomórficos, en cada una de nuestras pisadas? ¿Qué, cuando cabalgábamos y qué, cuando entrábamos en combate con los indígenas?

Su mera existencia, aparentemente inofensiva, es incómoda.

Sucede ahora que, en retrospectiva, me represento a mí y a mis hombres en la llanura rastreando en el suelo las pisadas y las marcas de los asentamientos, las huellas de los animales al escape y las marcas en los ríos y en los arbustos, a nosotros durmiendo y armando nuestras comidas, todo ello en una empresa de guerra y exterminación, aparentemente en soledad, pero siendo siempre observados por una entidad mucho más compleja que nosotros, mucho más grande, mucho más antigua.

¿Qué sentía de nosotros? ¿Acaso nos percibía?

¿Acaso, y esto es lo que me genera cierto temor, entendía, como si se tratase de una forma de la conciencia, de qué se trataba nuestro viaje al sur?

2073

Sueño que como nieve. Es fría y apenas amarga. Si digo montaña quisiera que imagines lo que resta de una cordillera. La ladera es amplia y se nota en las partes del deshielo el verde que está debajo. Van a nacer más fuertes las raíces una vez se liberen del peso que las encierra.

Hay una montaña al medio, mayor que todas las otras, que recibe la luz suspendida de la tarde. No tiene nada de especial más que su grandeza y el centro que ocupa, todas las otras abiertas hacia los costados, como si se tratase de un rey y debieran rendirle alguna forma de respeto regio.

Los hombres matan por esto, o cosas así. Sospecho que ya debés saberlo.

No me muestres lo que pasa afuera: no quiero saber de los rangos, la leche agria, los campos minados, las mil yardas, los cuerpos colgados en las entradas de las ciudades.

Podrías haber hecho todo para frenar las cosas a tiempo, antes de lanzarnos esta estampida de verde y taparnos con olas de abetos, que veo florecer en cada grieta del asfalto y cada edificio.

La cabaña que tenía en el bosque, y que fue destruida, ya no existe en ningún lugar de la Tierra. La busco en las terminales, pero no, a pesar de viajar rápido como un relámpago. Todo lo que los hombres no renovaron, se renueva ahora por sí; lo que no hacen circular, circula por sí.

Dije entonces que una línea en el papel podía representar una gota de lluvia, o una torre, o la frontera de dos mundos, o las paredes del útero, y dijiste en tu lengua y que ahora entiendo que era suficiente, y que el lenguaje había tomado demasiado espacio, o los dibujos, o el mundo mismo, y ya no cabíamos, ni vos ni yo, en esa cosa que llamábamos la palabra o nuestra casa.

Dijiste que ya no era el tiempo del signo alucinado: de la cosa que lleva a otra, y después a otra, y así. Ahora no hay diferencia entre una cosa y la cosa que tiene al lado. No veo los rasgos de su particularidad. Creo que es esto lo que quisieras mostrarme: una forma sublimada de la humildad o del amor. Pero si nada es particular, entonces yo tampoco.

Ahora todo parece ser una sola y única vasta magia.

La montaña que miraba ahora se mueve. Lo hace lento como si no hubiera prisa y como si tu comando fuera menos una orden que una invitación. La piedra se hace líquida, el elefante es líquido, mis manos son líquidas, y si todo es líquido y un solo magma entonces no entiendo dónde aparece el soporte, la cosa que mantiene todo relativamente unido y firme, porque si hablo de espacio vacío aparece tu voz para interrumpirlo, y si hablo del silencio aparece tu voz para murmurar sobre el futuro, tuyo y mío aunque no me sienta parte, y si hablo de mi abuelo, de la casa enorme en la ciudad, de quienes fueran mis amigos, aparecés como una cascada de interferencia, una ejército de burbujas y espuma que me tapan el recuerdo, para separarme de lo que estaba acostumbrada a ser.

No hay nada inteligente que decir sobre una masacre.

KURT VONNEGUT,
Matadero 5

Ningún organismo vivo puede continuar existiendo por mucho tiempo de manera cuerda bajo condiciones de realidad absoluta.

SHIRLEY JACKSON,
The Haunting of Hill House

1945

La segunda desaparición, la del doctor Meirelles, sí fue tomada con otro tipo de seriedad. A pesar de la fascinación que todos sentían por el bionte, ninguno dejaba de creer que en cualquier momento, incluso de día, podían liberarse las esporas hipnóticas que obligasen a quien fuera a unirse a la planta y su pulpa. El campamento quedó diezmado en menos de un día; de ser coro y movimiento mutó a un circo arrasado: las carpas quedaron deshabitadas, todavía llenas de los libros y los instrumentos de los investigadores, la mesa de roble que solía reunirlos a todos se inclinaba hacia un costado, y la tierra, antes pelada por el paso de los hombres y las mujeres, no tardó más de un día en mostrar brotes pequeños de pasto y flores de campo.

Ishigata fue breve en la exposición. No profundizó en los detalles de sangre que podían generar incomodidad en los otros investigadores. Lo hizo rápido y breve, sabido de que existía la posibilidad de que desconfiaran de él, por haber sido el único testigo de las dos desapariciones, pero también sabido de que nadie, por más en desacuerdo que se encontrara, habría de objetarle nada después de que en el campamento se corriera la voz del bombardeo al Japón por parte de los Estados Unidos.

En la carpa, la radio no refería a otra cosa: decía que no había forma de hacer un conteo de las víctimas, que los aviones del Imperio que sobrevolaban la zona no distinguían nada que hubiera quedado en pie, ni torres ni monumentos ni los cipreses, que Hiroshima era ahora un desierto triste y chato, y que los sobrevivientes, que eran rescatados a las afueras de la ciudad, aparecían desnudos, caminando a tropezones, quemados e hirviendo, con los tímpanos destruidos, con las pieles cayéndole de a jirones en los flancos, balbuceando sobre Dios, la luz infinita, el ruido final. Ishigata escuchaba sentado y con la mirada perdida. Intentaba convencerse de que su regreso no habría podido prevenir ese desenlace; que no había estrategia posible para convencer a los altos mandos que la guerra ya había llegado a su fin y que el motivo del honor y la valentía eran, para entonces, nada más que caprichos que ponían en peligro toda la isla.

La doctora Martín se mantenía a su lado, en silencio, tocándose el vientre en el que ya sentía, apenas, como un espasmo, los movimientos. Le hablaba con las pocas palabras que entendía del japonés. Palabras sueltas y aisladas que había aprendido de los haikus que Ishigata le había enseñado.

La montaña blanca. Calma. El invierno. El niño como un buda.

Sueño que estoy en casa, le dijo por la noche Ishigata, ya dentro de la carpa. Veo la montaña y es rosa.

Llueve.

No.

Es primavera.

Sí. Hay cosas florecidas. Miro desde la ventana la montaña enorme. Escucho detrás a mi mamá. Dice algo sobre la tarde.

Qué dice, preguntó la doctora Martín.

No escucho del todo bien. Siempre cambia. Hay olor a pan.

Extraño el olor del pan.

Sí.

Falta poco para nuestra primavera. Es esperar, nada más.

No es lo mismo.

La primavera es igual en todos lados.

No es lo mismo, dijo Ishigata.

Ya lo sé.

Veo el estanque y después el vado y, más atrás, el camino de tierra.

Y cómo es.

Angosto. Tiene a los costados los arbustos y las azaleas y las gardenias. Si cierro los ojos, puedo verlo. Baja hasta la falda de la montaña, y después sube, al borde.

Hay gente.

No. Ya todos están adentro.

Es antes de la guerra.

No sé.

Qué día es.

No sé.

Digamos que domingo.

Está bien.

Domingo de primavera.

Está bien.

Hay viento que corre.

Apenas. Llega del vado. Es un soplido. Entra por la ventana y mueve el llamador.

Hace ruido, preguntó Martín.

Sí. Ruido hueco del bambú.

Quisiera que vieras nuestra primavera.

No debería estar acá.

No deberías estar en ningún otro lado.

Algo podría hacer.

Por qué querrías hacer algo. Es empezar de vuelta.

Morir de verdad, dijo Ishigata. Como debería.

Por qué me decís esto.

Es la verdad.

La guerra ya terminó.

No.

Terminó para todos.

No.

Ishigata giró para verla: era hermosa y en su cara no había otra cosa que la tristeza de no poder acercarse a alguien que se mostraba de a momentos inaccesible. Ishigata sintió vergüenza. Le tocó la panza y lloró. Podía ser que ya nada valiera la pena de aquel otro lado del mundo: Asia y Europa como campos verdes pero vacíos, como tumbas a cielo abierto de las que brotarían, después de muchos años, otras flores y otros animales; como el monumento a Ozymandias, un héroe cercenado desde los pies, gritando su gobierno sobre todo, pero protegiendo un desierto enorme. Si así era, qué con empezar algo nuevo, y no volver: una nueva casa, con otra música, otro idioma, con la vida nueva que llevaba ahora encima la doctora Martín y de la que tenía que hacerse cargo.

Ishigata vagó toda la tarde por el campamento. Tocaba las mesas, los tablones, los aparatos abandonados como si se trataran de un recuerdo. Cuando el sol estaba cayendo, y ya todos habían decidido volver a sus tiendas, entró a la tienda de Meirelles.

Estaba ordenada. La cama se encontraba tendida y las valijas se apoyaban precisas sobre las paredes y las diferentes mudas de ropa colgaban cada una en las perchas correspondientes. La prolijidad le resultó molesta, como si el ingreso de Meirelles a la planta, la ofrenda de su cuerpo o su partida, no hubiera sido un accidente sino una conducta premeditada. Sobre el escritorio no había más que cajas de madera en la que reposaba, entre un pañuelo rojo, un revólver oxidado de tambor cargado, que Ishigata guardó entre sus pantalones, y una agenda abierta. Se trataba del diario escrito en portugués, casi incomprensible para él, pero que se entendía como el registro de las investigaciones, de los sueños, de las reuniones en la mesa común, y hacia el final, como la confesión de un cansancio y de una convicción. Cada tanto, entre las páginas ya dobladas por la humedad, aparecía el símbolo, un óvalo del que brotaban rayos, que semejaba tanto un sol como, pensó, una simplificación brusca del bionte, con un centro todavía no descubierto y sus ramificaciones infinitas. Ishigata hurgó en la pila de libros al costado del escritorio por un diccionario portugués-español-inglés, y se dispuso, como no había tenido oportunidad en la otra ocasión, a pasar la noche entera traduciendo el diario.

Meirelles aseguraba, a las pocas semanas de llegar al campamento, que la emergencia de la planta en la costa patagónica se debía al inicio de la guerra entre las potencias de Europa. Sostenía que las apariciones del bionte, siempre documentadas en procesos históricos signados por amplios períodos de guerra y derramamiento de sangre, como la conquista española o la matanza indígena por parte del ejército argentino a finales del siglo XIX, no podían ya ser interpretadas como experiencias de alto grado de coincidencia sino como claros índices de conducta. Como prueba del eslabón faltante, o al menos uno de ellos, Meirelles refería a una aparición de la que nada había dicho en las reuniones de campaña. Se trataba del período que iba del año 1913 a 1921, que coincidía con la Primera Guerra Mundial y con la Revolución Rusa. El bionte había aparecido en la selva litoraleña de Misiones, Argentina. Lo frondoso de la zona y la humedad insoportable la habían protegido de la vista de curiosos y caminantes fortuitos.

Según Meirelles, había sido el doctor Nofal quien había seguido presencialmente el caso durante su juventud, cuando tuvo que viajar al norte argentino a terminar su tesis de grado. Se trataba de una presentación similar, cerca de una capilla franciscana abandonada. Era idéntica en formación, en color y en respuesta a diferentes estímulos, y también hablaba en sueños a elegidos específicos, tal como les hablaba a Meirelles y a Nofal la planta de la playa, mostrándoles imágenes imposibles de otras partes del mundo, pájaros en vuelo, estampidas de bisontes en montañas nevadas, y una cueva por debajo, infinita en tamaño, donde reposaba un centro amorfo, una raíz única y húmeda que palpitaba como los corazones.

La noche antes de desaparecer por completo, registraba Meirelles según lo que le había dicho Nofal, hacia octubre del 1921, la planta había expulsado un conjunto de esporas o desprendimientos de colores amarillos y violetas y rojos y verdes que se dispersaron por la selva misionera como si se tratasen de fuegos de artificio. Las esporas viajaron a algunos de los campamentos aledaños, la mayoría de aborígenes que todavía vivían en la zona y de contrabandistas de la triple frontera entre Paraguay, Brasil y Argentina. Las esporas se posaron sobre los cuerpos como si fueran caricias. Y todos los que habían sido tocados, unos veinte o treinta, para maravilla del doctor Nofal, se levantaron de sus catres y caminaron al interior de la planta, para no volver más.

Según Nofal, el Estado argentino, y a razón de la difusión del mito entre las clases populares siempre blandas a la superchería, y a razón también de las tribus que habitaban el sur de Brasil y que tomaban al bionte como representación de su deidad, cada una de ellas haciendo de la planta la representación última de su plegaria, había desarrollado un plan de reevangelización desde sus instituciones educativas durante toda la década del veinte, a pesar del giro liberal y laico que habían tenido los últimos gobiernos. Meirelles, por su parte, oriundo de la zona sureste de Brasil, zona preponderantemente humilde y alejada de los grandes centros de influencia, reconocía el mito que ya se había instalado en los imaginarios populares: el de una planta brillante que respiraba y se movía, que podía comunicarse, que tenía capacidades curativas y que era señal del fin de la tierra.

Hacia el final del diario, y poco después de la desaparición de Nofal, la escritura de Meirelles se volvía extraña: dejaba de ser precisa y punzante, propia de cualquier hombre de ciencia, para convertirse en un discurrir libre que abandonaba la primera persona del singular para pasar a usar la primera persona del plural. El último Meirelles entonces, escindido ya de sí o ya creído parte del bionte, sostenía que, en base a las alucinaciones que sufría, en base a lo descubierto en sus investigaciones, a las conversaciones que había tenido con Nofal y las pocas fotografías que sobrevivían de la época, sostenía que la planta entendía la lengua y el inconsciente humanos, y por extensión, sus sociedades; que la comunicación, hasta entonces, no se efectivizaba sino a través de imágenes oníricas, gestos y caricias, pero que los avances de la doctora Martín podían significar un avance franco en el área.

En ese marco, se sobreentendía que el bionte, por sepultado que se encontrase en cualquier momento de la historia, y al entender los pormenores trágicos de cualquier pretensión de expansión territorial, ya fuera colonial o imperialista, tuviera la capacidad de buscar alimento, por temor a que sobre la superficie se desarrollara una guerra última que terminase por acabar con todo.

El diario, que intercalaba consideraciones filosóficas con apartados científicos, junto a largas narraciones sobre las visiones que sufría durante el sueño y también durante la vigilia, tornaba hacia el final a una elegía o alabanza extraña, a medias entre el portugués y otro idioma que Ishigata no llegaba a identificar.

Ahí se reforzaba la tesis que Ishigata intuía pero que por miedo o precaución no se animaba a confirmar: las visiones que Meirelles recibía, las imágenes que lo perseguían incluso durante las horas diurnas, no hacían otra cosa que confirmar que el bionte, si bien de algún modo asentado en la Patagonia, su núcleo al menos o sus terminales más próximas a la superficie, se extendía mucho más allá de la Argentina, mucho más al norte, por un lado, y también mucho más allá del mar, por debajo o a través de todo el océano, tanto el Atlántico como el Pacífico, en una red micelar de miles y miles de kilómetros, como un manto invisible y profundo, pero vivo y con conciencia, como el sedimento de una era geológica.

Meirelles reconocía en las imágenes que recibía la gran pirámide de Uxmal y el Templo Mayor de Tenochtitlán, las tribus todavía escondidas hundiendo los morteros para fabricar el mezcal, el olor de sus cuerpos y de la selva que los envolvía; después, y más lejos, los valles que daban a los Alpes, el triángulo enorme del Himalaya, y más al este, las trincheras de la Unión Soviética, con sus soldados, sus ropas húmedas, volviendo a casa victoriosos; los pozos con cuerpos que no tardarían en pudrirse durante el verano; también las voces, que se le aparecían como una cascada o un murmullo incesante, sin que pudiera él distinguir una oración de la otra, palabras, a veces, sueltas, que no remitían a nada, pero le resultaban apenas familiares. Meirelles dejaba de llamarlo bionte para decirle "el ojo" o "eso" o "Dios", e insistía, en las últimas páginas, con la cercanía del fin que le era comunicado por la planta, con la última imagen de consistencia y repetida, la de una isla, la de Japón acaso, o alguna otra, donde ya estaba previsto por los hombres de Occidente que se desataría el castigo definitivo. Eso, el bionte, comunicaba entonces la posibilidad del fin de la especie humana, en caso de que los castigos previstos, la bomba sobre Hiroshima, produjese una reacción en cadena de aniquilación mutua, y por ello, llamaba a las plantas cercanas a mostrarse en la costa, también a los pájaros, los reptiles y mamíferos, para que entrasen a él antes de tener que volver a resguardarse bajo la tierra.

En los últimos párrafos de Meirelles no había negación ni dolor. Ni pena ni tristeza, sino una revelación cariñosa. No había despedidas ni intención alguna de dejar marcas científicas que permitieran continuar con las investigaciones. El trazo se volvía liviano, como si la pluma se apoyara apenas sobre las hojas, sin el frenetismo de todo el primer gran tramo. Era la calma y el deseo genuino de incorporarse a lo que entonces Meirelles entendía como el bionte único, del que probablemente todas las formas de vida de la tierra habían emergido y de la que nunca deberían haberse separado.

Ishigata terminó la lectura cerca del amanecer del 7 de agosto. Le dolían los ojos, la espalda y el cuello.

Salió a la noche. El silencio en el campamento era absoluto. Subió hasta la parte alta, donde se encontraba la tienda del doctor Nofal. La tienda no estaba, a diferencia de la de Meirelles, acomodada. Su incorporación al bionte había sido tanto más apresurada, aunque fuera probable también que el orden no fuera algo que a Nofal le interesase. La tienda no tenía nada de valor, a excepción del cesto de basura, en el que había al menos quince centímetros de cenizas, entre las que cada tanto se encontraban fragmentos de hojas escritas, alguna letra, la parte de una palabra, como si Nofal, después de descubrir qué era en verdad el bionte, después de recibir el llamado, hubiese sentido la necesidad de incorporarse, solo y por su propia cuenta, como si se tratase para él de un regalo del que no todos eran dignos.

Ishigata se miró en un espejo torcido que colgaba de uno de los postes. La imagen le devolvía una cara triste y torcida, con ojeras grandes que llegaban hasta los pómulos.

El bionte podía ser leído como una experiencia hipostasiada del espécimen del que hablaba Herschel en su libro: el núcleo a partir del cual sobrevivía un bioma extensísimo, esta vez del tamaño del mundo entero, y el punto de partida mitológico de todas las sociedades que lo hubieran conocido. Se preguntó entonces qué de las supersticiones del norte de Argentina, y más allá todavía, en el Caribe y México, pero también en Europa y Asia, tomaban a la planta como centro fundamental de cosmogonías y relatos fundacionales. Las apariciones en superficie, tan separadas cronológicamente unas de otras, podían ser la razón por la cual la planta o el hongo no figuraran como elementos de recurrencia en las imaginerías antiguas, y entonces, que su primera representación mitológica en diferentes culturas hubiese mutado con el tiempo, para pasar de ser la idea de una planta a la idea de un elefante o a una mujer con miles de brazos, o a un dios que todo lo ve y que a veces es tres y a veces uno. Existía, entonces, pensó Ishigata, una posibilidad. En un ejercicio burdo y acelerado de la reflexión, tanto como ejercitaba Herschel en su tratado, podría llegar a sostenerse que todas las religiones del mundo no eran sino una, con un común denominador último y primigenio.

Si el bionte entendía las sociedades humanas, sus lenguas, sus conductas y sus disputas, entonces se volvía necesario triangular las investigaciones que Ishigata venía realizando con otras de las ciencias sociales. Así, era menester diseñar una línea de tiempo que contemplase, con toda la especificidad posible, los diferentes acontecimientos violentos del mundo, desde las guerras extensas a las catástrofes naturales para, a partir de allí, buscar testimonios escritos de esas épocas que refirieran, al menos de forma tangencial, al descubrimiento o aparición del bionte.

En todo caso, era de esperar que las apariciones venideras se volvieran tanto más recurrentes, debido al aceleramiento de las disputas de las grandes potencias por el dominio total del mundo, y alentado por la innovación tecnológica, cada vez más cómoda en la construcción de armas de una efectividad y capacidad destructiva totales. Ishigata pensó en Hiroshima. En el equilibrio roto del mundo que significaba una bomba haciendo desaparecer, en lo que llevaba abrir y cerrar los ojos, miles de vidas; en la forma radical del borramiento: ya no cuerpos ni ruinas ni sangre, sino el desierto instantáneo. Acostumbrado al descubrimiento mínimo, al dato minúsculo encontrado por arte de laboratorio que permitía redefinir por completo el cauce de una investigación, Ishigata sintió cierta humildad: pisaba, o así lo creía, la forma de vida más extensa de la Tierra, a tal punto consciente de sí misma y de lo que acontecía a su alrededor, que era capaz de subsistir, siempre protegida por la corteza terrestre, incluso mucho tiempo después de que entre los hombres no quedase nada. Pensó también en la doctora Martín, el cariño que le tenía, el hijo que, sin quererlo, estaban fabricando juntos: en el hecho de que, hasta entonces y en el Japón, no había podido encontrar una mujer a su antojo, menos por deseo que por su propia incapacidad para comunicarse como se esperaba, y en la comunión: de ellos dos como una intersección específica que producía una nueva forma de vida, y con ello, cierta continuidad; y en el bionte, su singularidad y su carácter solitario, idéntico siempre a sí mismo, sin nadie a quien acompañar ni nadie que lo acompañase.

Hiroshima, en todo caso, suponía la ruptura de todas las comuniones que albergaba. Podía haberlo prevenido, si acaso le ofrecía más tiempo a la investigación que al dolor de la nostalgia, si hubiese olvidado por unos meses su conducta asceta y vergonzosa, por su enseñanza en el decoro o la formalidad que lo alejaba de las conversaciones verdaderamente importantes, como las que habían hecho amigos a Meirelles y Nofal. De haber encontrado a tiempo, pensaba Ishigata, una justificación relativamente aceptable de las tesis del bionte único, de su extensión gigante, de su pervivencia acoplada a la existencia humana, podría haber convencido al Imperio de que, de lo que se trataba en la Patagonia, era de la investigación más relevante del siglo XX; así, de haber logrado llamar la atención de sus superiores, también podría haber prevenido con el tiempo suficiente acerca de la necesidad urgente de evacuar Hiroshima.

Recordó su infancia y su timidez. La vergüenza que le daba su cuerpo flaco. El peso insoportable de la humedad en las costas, el barro horrible en el que varones como él, de su edad, pero con otro sentido de la pertenencia y de la defensa de lo propio, habían muerto, mojados y solos, perdiendo la sangre entre los arroyos. En la arena en la que entonces se había convertido Hiroshima.

Y odió su cara en el espejo de la tienda.

El miedo
de que todo esto
va a terminar.

El miedo
de que no.

Rae Armantrout

1504

Hay una canoa. Tiene una amarra que la mantiene atada en la orilla. Apenas se bambolea por las olas suaves que llegan a la península. Si estuvieras conmigo te tocaría la cara la ventolera fresca y el sol del amanecer apareciendo sobre la línea infinita; y si pudieras abrir la boca, sentirías como yo, en la lengua, las chispas de sal que trae el mar. Sería extraño, Isabel, que vieras el mundo de esta otra parte con la conciencia de que, después de toda esta enorme masa de agua que veo, se encuentran nuestro reino, nuestros castillos, tu cara, tu enfermedad muy adentro tuyo.

Hay una canoa, digo.

Vieras, Isabel, lo increíble de su factura. Parece de la solemnidad y la finura a la que nos tienen acostumbrados tus carpinteros. Tiene sobre la proa la cabeza de un cóndor con los ojos abiertos y la cabeza calva, que mira leve hacia arriba, como si pudiera siempre estar por encima de todo, y unas alas que se expanden hacia los costados siguiendo los límites de la barca. Si las tocases, no encontrarías diferencia: es tan lograda la textura que en verdad semeja plumas, incluso cuando se superponen unas con otras, armando bultos y provocando los filos la cosquilla. Ya tuvo hombres y mujeres encima, puedo sentirlo como si se tratara de una estela. Se le adivina en la carga: es un motivo de alabanza o de adoración y se la usa solo cuando no hay otra salida ni otra escapatoria y cuando es verdadero el auxilio. Puedo ver su interior. No cabrían ahí mucho más que dos hombres, y no guarda más que los remos. Es simple, igual que Cristo. Es como si estuviera inquieta, como si su madera, o la magia de la que está hecha, o las dos cosas juntas, estuvieran listas para contener lo que sea que viaja a su encuentro, como si supiera que es poco lo que falta para que tenga que abrirse de nuevo a lo indeterminado del océano. Quiero entrar en su conciencia y ver las semillas de las que vino, su crecimiento, los brotes en germinar y los bosques que armaron con el tiempo, y las manos que los talaron y, después, la madera ya curada y lista, y las otras manos que le dieron forma y los aceites que le untaron para hacerla impermeable, y las palabras que le dijeron cerca para hacerla más rápida, una vez terminada, más rápida y más perforante en su punta para quebrar el agua por el medio, pero no puedo, se encuentra cubierta por una capa de secreto, invisible pero sonora, que suena al primer grito que escuchó Catalina a poco de llegada a esta tierra, pero disminuido.

Es la canoa que construyeron para llegar al rey de amarillo. Así me lo dice.

Se acercan, ahora los escucho. Están a nada de cruzar el morro.

La proyección es clara, Isabel. Te quitaría la modorra y el sueño, y el dolor en la parte baja de tu vientre ver todo esto. Hay montañas al fondo, muy al fondo, como un detalle nevado, y la brisa del estío.

Y aparecen. Vieras cómo los golpea la luz del sol. Los hace dorados y son hermosos. Caminan contentos, pero lento, por las dos mujeres embarazadas, Catalina y la otra, que traen, y el niño nuevo, ya sin madre, envuelto en telas. Les adivino en el cuerpo lo abatido y en las orejas sucias que ya han apoyado durante la última parte del camino la cabeza contra la tierra. Han descubierto en el sonido del campo el correr como bestias de Fabio y sus hombres, que están cerca y por llegar. Suena su correr al murmullo de los árboles, con el mismo filo.

Catalina baja la colina con la ayuda de Tahiel. Lleva una mano en la palma de su hombre, y la otra en la panza, debajo, como sosteniendo lo que es la mitad de cada uno. Vieras, adentro, cuánto se mueve. Isabel, se sabe listo y no faltan más que horas para que decida, él o nuestro Padre, que ya es hora. No quisiera adelantarte el color de sus ojos, quisiera que sea una sorpresa. Cada paso que toma Catalina es una decisión consciente, esquiva las piedras flojas, las porciones de tierra húmeda que se adivinan más endebles, hasta que llega a ver la barca, y se detiene. Entonces mira a Tahiel, que le devuelve una sonrisa.

Es el escape.

Se sientan todos sobre la arena mojada. El amanecer ya les pica suave en los brazos y las frentes.

Tahiel dibuja el óvalo astado con un dedo y todos lo siguen. Susurran en conjunto una oración que de larga parece hecha de una única palabra. Catalina entiende de a fragmentos, como si se tratase de una pintura enorme. Yo también. Dicen la grandeza del rey que los espera, dicen de su voluntad incomprensible y de su cariño; dicen de la premura que los embarga y de la violencia de los perseguidores.

Catalina mira la barca. No podría soportarlos a todos y no hay ninguna otra en la orilla. Deberán hacer entonces dos o tres viajes. Entonces siente los golpes suaves en el útero, y todos giran a mirarla. Es como si estuvieran conectados, vieras, Isabel, como si fueran la piel de algo más grande, escindido en movimiento y en pensamiento, pero unido en una terminal única.

Comen las bayas que quedaron. Tienen jugo y tiñen las bocas y los cuellos. Son frescas como el viento que se alza ahora desde el mar, repentino y brusco, y que hace que todos alcen las cabezas para ver, casi en el dibujo de la línea del horizonte, una masa negra que relampaguea. Mudan entonces a las piedras del morro, enormes y con grietas, como cuevas dispuestas para la espera y que van a dar protección durante la noche.

La lluvia cae cuando pardea la tarde. Es como caricias. Hasta que no, y se desata.

Dios habita en cada gota. Lo siento como una fuerza impresa en cada átomo. Es la gota y es el grano de arena en el que se estampa. Es el trueno y el aire por el que viaja. Tahiel hace un fuego en la cobertura de la piedra. Es mínimo pero suficiente. No lo hacen por frío: quieren verse las caras, no quisieran perderlas en lo oscuro. Se lo nota contento: siente que la tormenta no puede haber hecho otra cosa que retrasar a los perseguidores, que mañana el día se hará claro y que la calma del mar durante la mañana va a arrastrar la canoa como un soplido.

Los indios hablan. Se turnan para cargar al bebé, que abre apenas los ojos y llora suave. La india embarazada que no es Catalina se hace masajes en el pecho hasta que brota una gota blanca y el bebé prende. Es un milagro, vieras, la vida. Puedo sentirla como si la tuviera en la boca, es tibia y es dulce como el melón. La india sabe que su hijo, el que todavía no sale, no se mostraría celoso: ya siente al otro como su hermano.

Afuera de la piedra suenan las trombas. Es hipnótico cómo rugen, y mientras los indios hablan y ríen, Catalina entra de a poco al sueño. Imagina así una isla, otra parte, después del viaje en canoa, ausente en los mapas y las cartas de navegación. La vida más gentil entre todas las posibles. La ciudad que ve es amarilla y violeta: tiene torres como cilindros que llegan al cielo, que pueden verse incluso en la noche en un brillo tímido, con las ventanas abiertas donde se adivinan fuegos chiquitos. Tiene al centro una explanada coronada por el asiento del rey, donde todos viajan a hacer las alabanzas y los reclamos.

Es la paz organizada.

Entonces fuera suenan ruidos. No son de la lluvia ni del agua chocando contra sí misma, no son tampoco las nubes rompiendo entre ellas, son los hombres de nuestro reino, que encontraron el rastro antes de la tormenta y que siguieron en la tierra como montaraces y después en el aire como los lobos. Chapotean y gritan y caminan en cuatro patas como las bestias. La noche es plena y sus gritos, que rebotan en las paredes de la cueva, parecen llegar de todos lados.

El fuego todavía está prendido. Larga el calor de los santuarios. Entenderías todo, Isabel, de ver las sombras que proyecta sobre las que hacen de pared: los indios despiertan repentinos y entienden que sus perseguidores no fueron retrasados, que están ahí con ellos, y por ello se amontonan hacia el fondo y tiemblan y se agarran y es, al poco tiempo, Tahiel, el único que se levanta, su sombra, la de un gigante, y camina hacia fuera, porque no quiere cejar tan cerca del final. Lleva encima una marca perversa pero sagrada, como si en él, por acto de su propia grandeza o del deber que le endilgaron todos, reposara un desenlace.

Fabio se muestra cada tanto entre la cortina de la tormenta, su sombra es curvada y parece un domo reptante: se le perciben las ropas como jirones y los brazos lastimados y los ojos con sangre; parece burlarse y querer esperar a que los indios desbanden para cazarlos después en la negrura, él y los hombres que trae, que nadie ve pero que se escuchan: en los gritos de júbilo de Fabio, y también en otros, más largos y graves, como lamentos.

Suena entonces como un relámpago el arma de Fabio. Sintieras: han protegido la pólvora, todo este tiempo, de la inclemencia y el calor y del agua y la llanura, como si se tratase de un tesoro, más que su propia vida, ahora despojo. Después suena otro, y más tarde otro. Es lava pura y eyectada, y verías en las sombras de las paredes que la india embarazada hace un movimiento eléctrico, un espasmo violento que la corre de su lugar y luego la desploma. Catalina llega a ver su caída: la tiene al lado y es la única que ve cómo el cuerpo se le apaga, cómo se le destraban los músculos, y todo lo que era, lo que decía, lo que recordaba de las montañas, lo que decía del primer día que vio a los blancos, se termina abrupto. El fuego que tiene cerca, a veces más íntimo, la toca suave y de a partes. Desde donde está Catalina, vieras, la india parece haberse dormido con una sonrisa. Solo un hueco en el pómulo le pervierte la calma y le abre paso a un torrente fino pero constante de sangre espesa y oscura que le atraviesa la nariz, el otro pómulo, el cuello hasta llegar a la arena húmeda.

El bebé ahora despierta y llora y Catalina lo alza para protegerlo con los brazos y guardarlo en el pecho.

El indio que no es Tahiel ve solo de refilón lo que pasa y pierde también la calma. Siente lo que entendemos por injusticia. Siente lo que sentimos cuando las manos no se lavan del todo después de tanto esfuerzo. Entonces se levanta y grita la oración que alaba al sol de la primavera y carga, sale de la piedra a la lluvia infinita a encontrarse con su propio final o su victoria, confiado en que el monstruo invisible que los persigue también puede morir, que es como él, en otro registro de la vida, más vaciada de cosas y más improlija, más triste y sin nada a cambio. Entonces sale y no puede ver siquiera sus manos, solo el resplandor tímido a sus espaldas del fuego protegido por las piedras, sigue el pulso de la tormenta como si muy adentro, en su núcleo, hubiera una respuesta.

Catalina, siempre dentro, ve la figura de su compañero desdibujarse en el negro y cierra los ojos porque ya no hay nada que quiera ver: ni a su hermana ahora muerta ni los ojos confundidos del bebé que carga, ni el fuego volviéndose cada vez más débil, por las chispas de agua que recibe, por el viento, y que cede lento a la sombra total, ni el salidero a la playa, ahora negra como una boca abierta dispuesta a comerlo todo. De concentrarte, Isabel, escucharías lo que escucho: la lluvia inclemente como la corrida apresurada de una tropilla y la tristeza y el llanto de uno de los hombres de Fabio, que ya no está seguro de lo que hace, como nunca estuvo en verdad, que pide por su madre y que parece haberse encontrado con el indio que acaba de salirle al encuentro, y el forcejeo entre los dos y los insultos que se dan, del mismo calibre y la misma violencia pero en lenguas diferentes, y la confusión y el odio liberado, hasta que se hace la calma.

Catalina no encuentra con el oído a Tahiel. Sería difícil, por lo ágil que es y la capacidad que tiene de no dejarse ver cuando así lo quiere, la de moverse como los gatos silvestres para la sorpresa. Catalina empuja arena con el pie y apaga lo poco que queda de la fogata. Cierra los ojos. Ahora nota en los párpados bajos el extinguirse del fuego, ahora igual de oscuros que todo lo que la rodea. No hay seguridad más que la piedra que se alza dura sobre su espalda.

Amaina la lluvia y queda el temblor del mar.

El bebé llora justo cuando frena el ronroneo. Catalina le tapa la boca para no delatar la posición. Siente que podría matarlo.

Es apenas la luna y el reflejo plateado que hace sobre el agua, muy cada tanto cuando no es cruzada por las nubes, lo que ilumina.

Hay una calma breve, y entonces una sombra salta hacia adentro, gime como los perros agotados y se infla y desinfla cuando se arrastra. Catalina abre los ojos y ve a Fabio, su silueta herrumbrada y en nada similar a lo que había sido, caballero de ley, montador y justo, ya casi sin pelo, con los brazos alargados y flacos lanzándose al cuerpo de la india a la que le dio muerte hace un rato, con un puñal que de pequeño podría ser confundido con una rama, directo al vientre hinchado, para hincarlo una, dos, quince veces, y volverlo un despojo, mientras ríe nervioso y dice la muerte de tu bandera, de tus hijos, la tuya, todo lo que desprecia del cuerpo que ataca, que ya no se mueve sino por efecto de las puñaladas chocando contra la pared que tiene detrás, con la sangre brotando como en una explosión: una fuente roja que lo mancha a él, su puñal, a Catalina. Sintieras, Isabel, el niño todavía escondido en el vientre: lo suficientemente dormido para entender lo que pasa, creyendo que ya es hora de salir, lo suficientemente suspendido todavía de este mundo para no entender el filo que ahora lo corta, lo separa de sí mismo y lo divide; sintieras, Isabel, lo que ocurre también en el sustrato profundo de las cosas, en la fuerza que mantiene unidas todas las cosas: el equilibrio que se rompe y forma un hueco donde todo indica que debería haber habido algo, un gasto puro sin beneficio, y cómo se apaga la energía y se pierde entre las cosas siempre muertas.

Las piedras que hacían la cueva se han hecho ahora un baño de sangre. No hay parte de la caliza que no esté manchada por rojo, que sigue brotando de la india y del niño que llevaba adentro. Es un torrente. Vieras la información que guarda: las dos moléculas primitivas detrás del padre que fue su padre y del padre a la vez de ambos, común a todo ese linaje, puestas en contacto por intención de Dios y acercadas para su multiplicación infinita; así la progresión: un caldo manso puesto en movimiento por un rayo claro y el encuentro posterior, su comunión y diálogo, su crecimiento y el hombre que formaron, el encuentro de ese hombre con otros como él, la invención del fuego y del cariño, la creación del amor, sintieras, la primera vez que se tocaron entre ellos las caras y se miraron a los ojos, lo que hizo que se volvieran entre ellos refugio, la primera palabra que dijeron cuando el sol quebró la mancha oscura de la noche.

Catalina siente en los labios el hierro de la sangre. Tiene los restos de su compañera en la cara, el pelo, las ropas. Sigue abrazando al bebé y lo presiona cada vez más contra su propio pecho y panza, acaso para acercarlo al suyo propio y guardarlo también dentro del vientre. Mira a Fabio. Ya no sentirías odio, Isabel, ni rencor ni desidia. Te importaría más que nada la pena que la inunda: que ya no quede nada, que haya sido tan largo el viaje, que sea un hombre triste el que esté por darle el cierre a todo.

Es que es tan solitario lo que es sin regla.

Fabio sale del embrujo en el que se encuentra y mira a Catalina arrebujada contra la piedra. La reconoce, se lo noto en los ojos, pero no puedo ver lo que siente porque su interior es un abismo que me expulsa. Ya no quiere ser violento con ella: la reconoce como mujer blanca, como hermana, pero traidora.

Siento que quiere darle la muerte justa y rápida.

Fabio busca en su cintura el arcabuz. Cuando lo saca, brilla su hechura en la noche. Parece un instrumento sacado del tiempo, traído de otra parte para romper los equilibrios. Te daría pena que hayamos creado eso. Es poco el tiempo que tarda en volver a cargar el arma y el olor a la pólvora inunda la cueva.

Dios no vive en este lugar, dice Fabio.

Dios vive, dice Catalina.

No existe en ningún lugar de la Tierra.

Dios vive, dice Catalina.

No.

Fabio le apunta a la frente el cañón.

1888

30 de diciembre

Es la madrugada y acabo de volver al hotel. En un rapto de negligencia y curiosidad fui a la desembocadura del Támesis que da a la entrada oculta de la mansión de Herschel. Los muelles estaban desiertos y no se escuchaba más que el ruido de las amarras tensándose sobre los botes y las canoas, que repicaban gentiles sobre el río. Unos arbustos me ofrecían cobertura mientras esperaba.

No hay en verdad nada que pudiera ver que representase para mí una nueva revelación, ni tampoco nada que pudiera hacer, de este lado del río, que sirviese eventualmente de prueba para la Scotland Yard. Fui, sin más, sin intenciones claras. La noche era completa, y a excepción del haz que se veía hacia el norte de la ciudad, todo estaba a oscuras.

En un momento, poco después de que el alumbrado público se hubiera apagado y solo quedase la luz de la luna refractando contra la superficie del río, escuché movimiento en la orilla del frente. Un rato después, la figura de un hombre, que supuse era el asesino, salió a la noche. Era moreno y solo a veces, cuando el movimiento que daba era propicio y la luna lo captaba por completo, podía verle la cicatriz que le cruzaba la cara. Estaba desnudo en el pecho y en los pies y llevaba un pantalón raído. Caminó hacia la orilla despacio, sin apuros, y se sentó sobre una piedra. Su porte era el de un caballero. Mantenía la espalda tan recta como una regla. Al rato, alzó sus manos y las miró: las palmas en alto a la altura de los ojos, recorriendo con los pulgares las falanges, las yemas. Pueden haber sido dos o tres horas. La escena no pudo menos que conmoverme. Pensé en el hombre que podía haber sido, llegado a Londres desde lejos con una promesa de trabajo y prosperidad, con una mujer hermosa, con hijos iguales de morochos que él, y luego una vida breve pero placentera, amontonados en la parte baja de la ciudad, pero juntos, compartiendo el pan y sus oraciones, y luego y de forma imprevista un accidente letal en alguna de las fábricas, y más tarde, el tótem de Herschel pervirtiéndolo todo. Pensé en el hombre como una conciencia todavía viva, ahora vaciada de voluntad y encerrada en el fondo de una mente dominada, viendo desde una hendija pequeña las manos que le habían pertenecido, que habían hecho la labranza y dado las caricias, vergonzoso de que acaso a su cuerpo se le encomendase matar a gente que él había querido, acaso sus hijos o su mujer, y ver en sus caras la desesperación del final.

En ese relato me hallaba cuando otro sonido llegó de la orilla. Los arbustos se corrieron para darle paso a Herschel, que caminó hasta la piedra y colocó las manos sobre la mano del hombre. Luego se agachó para decirle algo al oído, y más tarde lo ayudó a incorporarse. Volvieron los dos, casi abrazados, y se perdieron entre el follaje.

Pienso en Herschel.

Siento por él, y casi en iguales cantidades, fascinación y algo de pena.

Volviendo al hotel tuve una especie de revelación. Caminaba yo por la cañada del Támesis, volviéndome a cada rato, a pesar de haber visto al asesino entrar de vuelta a la mansión de Herschel, para asegurarme de que nadie me seguía. El olor cerca del río era el de lo podrido, y sobre la superficie se veían cosas flotando, cajas, prendas, herramientas de trabajo, que a la luz de la luna parecían cuerpos. Entonces, sobre una de las paredes de la cañada, vi un desagüe. Su boca era circular y tan alta como un hombre. El agua del río fluía a través de ella arrastrando consigo la mugre.

Imaginé el sistema de cloacas debajo de la ciudad: una colmena de túneles transportando todo aquello que la ciudad desecha, una estructura profunda y sumergida, lejos de la vista de todos, cuya identidad y su esencia no es un centro, ni un núcleo, ni un nodo, sino la interconexión misma, el hecho singular de ser nada más que una red. Un sistema que no puede ser dividido sino analíticamente. Un artefacto donde cada elemento se resiente de lo que sucede en otra área u otro elemento, por lejos que se encuentren del centro, de haberlo.

Pensé, por un momento, en lo que podía suceder durante un taponamiento en las temporadas de lluvia: una intersección bloqueada por las algas y las ramas y la basura, que obligaría al agua a encontrar otro rumbo por el que filtrarse, lo que produciría, por extensión y espontáneamente, un exceso en otras terminales, hasta llegar a una saturación total del sistema.

No sé por qué, pero pensé en un hormiguero, o para ser más específico, en un cerebro: una dinámica interconectada de reenvíos e interconexiones que nunca duerme, incluso cuando parece estar en sus momentos de mayor reposo o estatismo. Pensé que tanto un hormiguero, como un sistema de cloacas, como un cerebro, parecen no tener un centro: que el centro está en todos lados y a la vez en ninguno, y que, en cuanto hay un centro ausente, o bien la estructura no está dotada de voluntad, o bien es absolutamente consciente, y cada uno de sus elementos y ramificaciones actúan a razón.

Herschel sabe que debajo de la tierra patagónica se encuentra la planta, pero busca sus terminales, sus florecimientos indeterminados, acaso para, a partir de ahí, encontrar el centro, el cerebro expuesto de la planta, aquella porción que recibe la información de cada una de las terminales.

Tal vez sí tenga un centro. De ser así, ¿dónde está?

De estar bajo los Andes, qué empresa excavadora va a tener que desarrollar, y durante cuánto tiempo; de estar bajo el mar, de donde emergían las boreales, cómo va a ser posible encontrarlo.

Puede que Herschel entienda a la planta como una red neuronal, como una máquina gigantesca de procesamiento de información. De lograr dominarla mediante los mismos mecanismos que ha logrado dominar las semillas de trigo o las mentes de los esclavos africanos, podría hacerse con un sistema de comunicación de miles y miles de kilómetros cuadrados, si no más, tal vez más rápido que el telégrafo o incluso que la electricidad, desde donde coordinar cosechas y políticas de Estado, desde coordinar ataques militares hasta controlar por completo los procesos de la naturaleza. Incluso más, de encontrar el centro y duplicarlo mediante un proceso simple de esquejamiento, qué podría hacer en Europa con tal poder.

Si querés empezar tenés que ir
todo el camino de regreso

adonde nunca estuviste
es lejos ir ahí

nada que empacar
nada que olvidar

nada que recordar.

Dara Barrois Dixon

2085

Hubiese querido tener el tiempo necesario para volverme vieja, que me lo hubieras dado, adulta al menos, y lejos de esto. Ahora soy una piedra que pierde por los costados la mica y el granito. Pero quisiera ser lo inverso: el viento sotavento o la marea. Hubiera podido sostener todo el tiempo necesario hasta que el hueco que me crece adentro del cráneo ████████████████ se hubiese vuelto fatal. Podría haberlo llevado con alguna forma de hidalguía o delicadeza. Habitar un jardín gigante y respirar debajo de un árbol y ver cómo cae la luz en cortes claros por donde pueden adivinarse los ácaros y el polen y el polvo, y sentir apenas, en un segundo o menos, la certeza de la desacoplación, yo como vaciada de patria, es decir, ████ █████ de mi cuerpo, pero todavía descalza y tocando el suelo fresco, obligándome a sentirme un poco parte de todo.

Y ahí, levantar la mano y mirarla: seguirle las líneas y los cortes, el color esponjoso y los callos.

Si no soy el barlovento entonces soy la piedra lastimada, asediada en los límites por una mancha enorme y expansiva quitándome de a poco todo de lo que estoy hecha.

Me hubiera gustado que viniesen muchos a despedirme. Que las chicas hubiesen decidido vestirse con esos vestidos que aman, y que los chicos les siguiesen los movimientos como pumas; que los chicos se vieran, un tiempo antes, en los espejos de sus casas, dándose palabras de aliento para vencer la línea total de la timidez, y que elijan con mucho cuidado las flores que van a llevar para intentar un acercamiento. Que todos juntos, cuando fuera el momento, olvidasen que están hechos de cuerpos calientes y pensaran de vuelta en mí, yo ya vieja y acostada, con los ojos cerrados y blanca como la leche, tapada en el pecho y en el vientre con esa sábana que pudiera haber usado, o no, en algún momento para mis hijos, para que quede resaltado mi carácter de madre y protectora.

Que todos callen cuando la única lámpara del techo, potente como un sol diminuto, parpadee, y que ████████████████, y que vean en ese parpadeo mi última presencia, un saludo energético.

Que lloren entre ellos y que alguien se acerque y llore también, con su frente apoyada sobre la mía, fría, hasta que caiga una lágrima viva que me toque la cara, dándome el último mordisco de humedad.

Lo hubiese amado. Así: la verja negra y después la ████████████████.

Ahora soy tuya. Es también tuyo mi pino.

Entonces por qué querrías robarme todo eso.

1888

31 de diciembre

Tuve sueños raros anoche. Yo estaba en una mazmorra o una catacumba enorme. Se trataba de un domo tan alto como una catedral. En las paredes colgaban velas que hacían que todo el recinto pareciera un cielo negro iluminado acá y allá por estrellas diminutas. Las paredes eran lisas, como producto de un trabajo de albañilería meticuloso e infinito. Hacia el centro había una mesa, y sobre ella, un hombre vestido con una capa negra. Apenas se le veía la cara: una nariz dura y unos labios flacos y temblorosos. Yo me acercaba, sabiendo a medias que se trataba de mi enemigo o mi persecutor. Cuando estaba cerca, el hombre se quitaba la capucha para dejar ver no una nariz ni labios ni ojos sino un hueco de un negro profundo y plano del que salía una voz que me invitaba a darle un abrazo, y entrar.

No entiendo cómo olvidé lo siguiente.

Lo recordé, durante el desayuno, mientras miraba la calle bajo la lluvia y los drenajes en cada esquina, lavando los empedrados y tragándolo todo: por lo que pude averiguar con Shaft, fue la familia Whitehead la que diseñó el sistema cloacal de la ciudad de Londres.

Me acerqué entonces a la Biblioteca. Shaft se mostró interesado en darme una mano. El archivo del alcantarillado de la ciudad, que no había sido consultado hacía tiempo, era una caja de metal cubierta de polvo en su interior, con las copias de los decretos municipales que ordenaban la construcción, su financiamiento y los planes de trabajo. El nombre de la familia Whitehead no aparecía sino hasta la década del cincuenta, cuando el sistema de pozos negros y el alcantarillado provisorio tuvo que ser perfeccionado después de los eventos de 1858 llamados por la prensa el "Gran hedor" (*Great Stink* o *Big Stink*) en los que residuos industriales y humanos no tratados inundaron parte del centro de la ciudad, provocando, además del desagrado general de la población, y por la contaminación de las fuentes de agua, un brote de cólera grave.

Los planos originales no mostraban ningún tipo de peculiaridad. A pesar de mi ignorancia, todo indicaba que la red de cloacas se armaba con toda la normalidad de una obra de ingeniería de tales magnitudes, con sus diferentes desagües receptores, sus pozos de inspección y sus diferentes estaciones de bombeo.

La sorpresa apareció, sin embargo, en los planos del rediseño del sistema por parte del ingeniero Whitehead.

Tardé más de tres horas en descubrirlo. De no ser por la certeza de que ahí podía llegar a encontrar algo, no lo hubiera visto nunca.

Estaba yo en una de las mesas de la biblioteca con los diferentes planos extendidos: respondían, respectivamente y por año, uno al diseño original a principios de siglo, otro a las modificaciones realizadas en la década de los treinta, otro a las modificaciones llevadas a cabo por el Príncipe Edward a mediados de los cincuenta (en el que uno de los hombres Whitehead figuraba como el principal ingeniero), y otro a las ampliaciones que se habían realizado en los últimos años para cubrir los nuevos barrios humildes.

El sol entraba desde las claraboyas y hacía brillar el papel, y no había posición que tomara que me permitiera aprehender, de un solo vistazo, los planos enteros. Decidí moverlos, para sorpresa de Shaft, hacia el piso. El *hall* de la Biblioteca quedó, pues, cubierto de papel arroz frágil como si se tratase de una sábana. Caminaba yo entre uno y otro, fumando y tomando té, intentando memorizar los cortes, los caminos, las bifurcaciones, para terminar por entender que en los planos de Whitehead había algo nuevo que no figuraba ni en las estructuras originarias ni en los planos posteriores de los años recientes: un recinto que no parecía estar catalogado bajo ninguna función, cuyas paredes eran apenas dibujadas y cuyas dimensiones no se consignaban, justo debajo del Palacio de Buckingham.

No quise levantar sospecha, así que copié esa parte a mano alzada y, como en una especie de camino inverso, copié también, de querer investigar aún más, el recorrido que tendría que hacer por debajo de la ciudad desde las alcantarillas que había visto que se abrían en la zona del Támesis que daba a la mansión de Herschel.

Después, con toda tranquilidad, volví a guardar los planos en el archivo. Shaft me preguntó qué era lo que me interesaba de todo eso.

Contesté que en Buenos Aires teníamos una tarea similar pendiente.

Hablamos con Shaft de trivialidades.

Intenté preparar el terreno para el pedido de un favor.

El hecho de que Herschel me hubiera hecho llegar mis pertenencias no hace otra cosa que dar paso a la paranoia. Es probable que, de volver a cambiar el hotel de mi estadía, él no tarde en enterarse, puesto que debo estar siendo seguido por alguno de sus criados. Por eso, poco antes de despedirnos, y con cierta vergüenza, le pregunté a Shaft si no tenía un arma de fuego que pudiera prestarme para los días que me quedaban en Londres. Alegué que había algo en el ambiente que me mantenía tenso, acaso los asesinatos todavía no resueltos, que me provocaban cierta incomodidad. Shaft no demoró demasiado en buscar detrás del escritorio principal una Smith & Wesson propia.

Dijo que el tambor estaba lleno pero que no tenía más balas.

Dije que con eso sería suficiente.

2173

No pude ver nunca las cosas así de claras.

Están a un paso de volverse transparentes.

No hay hombres o no los veo.

Las ciudades que encuentro están destruidas. Tienen los aceros y los metales herrumbrados y no hay edificio que no haya tomado el color verde del musgo que enviaste y que se les trepa desde los pies y las faldas y que les brota también desde las ventanas oscuras. Las grietas en las paredes son anchas: son un quiebre irregular que las vuelve más hermosas y verdaderas. Casi no quedan ángulos rectos: todo ahora está comido, en los cimientos y en las puntas, por el viento o la lluvia o los relámpagos o los temblores.

Es como si el mundo quisiera volver a ser redondo.

Así huelen los cuerpos pudriéndose al sol. Así huele el resabio de pólvora.

Hay humo. Parece ser lo único que se mueve. Entra en todos lados, en cada resquicio y en cada apertura, y se mueve como si tuviera vida y si supiera dónde entra y qué es lo que busca. Lo veo de cerca, en sus partículas y composición y en sus [illegible]. Está hecho de todas las cosas que fueron arruinadas. Y también de arriba: es una lámina enorme que cubre la ciudad entera y la ennegrece.

La casa que era mía, y que ya no sé dónde se encuentra, no existe. Es parte del humo o de los escombros. Si pudiera intentaría buscarla en ██████ ████████████████████.

No hay hombres. No los hay o no los veo. Así huelen las cosas después de ser arrasadas por el fuego. No hay hombres. Puede que estén haciendo otros ritos en los bosques, nuevos, para que no se repita lo que hicieron.

Las ciudades están gobernadas por el barro. Es demasiada el agua y la tierra que se acumulan en las calles, en las entradas de las puertas y en las habitaciones bajas. Hay plásticos rotos y bolsas, ██████ ████████████ hay herramientas y cuadernos desgajados. Hay lo que eran cuerpos: carne todavía dispuesta por el frío helado, y otra carcomida por las ratas y los perros. Hay esqueletos. Los encuentro en las calles, en los túneles, en los cuartos de las casas. Son del blanco más triste que existe, el que █████████, ese que tiene adentro partículas de amarillo. Parecen tener la calma que no tuvieron durante la vida entera, y dormir como en las fotografías. Otros no: tienen las posturas de la guerra, o las mandíbulas desencajadas como en un grito del infierno, o los brazos o las piernas en posiciones imposibles y las ███████████████████████.

No hay hombres o no los veo. Puede que queden pocos: siempre los más fuertes o aquellos a los que se los protegió de la guerra. Los imagino tan blancos como la leche. Parecen fantasmas. Vuelven a las cabañas miserables que armaron después de la faena. Llevan encima el día de la colecta en zurrones. Cuando cae la noche comparten el pan, raciones mínimas para cada quien, porque ya no hay otra cosa que no sea el invierno implacable y el temor de las semillas para germinar.

Si es tan enorme tu fuerza, entonces por qué dejaste que todo esto ocurriera; si así de enorme, por qué ████████████████

Hay nuevas plantas que nacen en todos los espacios de la Tierra. Tienen colores que llegan a lo dorado. Pero no se animan a tocarlas. Saben que es una perversión y que podrían darles la muerte. Entonces se alejan de donde nacen, porque saben que ahí el dolor que sufre la vida es más grande y más ancho. Vuelven a los bosques y las montañas y las orillas de los ríos.

Ahora los veo. Hay nuevas muñecas. Son ████████████████. Las arman con sus manos torpes. Usan lo que queda del mundo de antes para darles cierta gracia, pero no: parecen lamentos. No quisieran que ninguno de sus menores entienda lo que acaba de pasar, o lo que pasó hace un tiempo, ni la parte que a los mayores les corresponde. Arman nuevos ritos. Son menos violentos o intentan serlo. Ponen las manos en cuenco como un buda y piden porque merme el frío y que vuelva la primavera, las flores rojas, los frutos con pulpa; que vuelvan a habitar ████████ y los campos, los conejos, que se formen de vuelta las madrigueras.

Rara vez las cosas tienden al equilibrio, entonces cuando acontece se abre de forma violenta, como una espada de justicia. Los hombres matan por esto. No lo entienden. Les ponen nuevos nombres a las cosas. Quisieran olvidar las palabras que tenían antes y que los llevó a donde están ahora. Crean un lenguaje más simple. Ya no tiene el sentido detrás del sentido. Es plano y más cerca de las y las cosas que sobre y desde el mundo. El sol es el sol y la luna es la luna y los ríos, los ríos. No se desarma como el agua ni se extiende. Es un lenguaje plano. Descubren que no deberían haber abandonado las caricias y que en la palma de las manos entra una cara ajena.

Hay cráteres en el suelo. No merman en la . Parecen haberse abierto desde la tierra o parecen haber sido generados por un choque. Tienen dentro un líquido que borbotea. El color cambia acorde a la luz que los toca. Los animales saben que no hay nada que los emparente con eso. Se acercan pájaros y terneros y pumas a ver los gorgoteos, y sospechan que algo ahí dentro pueda estar gestándose, dispuesto a salir y a darles a ellos una muerte, pero es tal la fuerza que emana, tal los colores que cambian y los ruidos que hace, que es difícil negarle la vista. Los hombres no se atreverían: ahora son para ellos partes del mundo que han dejado de existir. No irían a ver ni a rendirle dotes a lo que les dio nacimiento. Se odian a sí mismos y

. No podrían regresar el tiempo: las cosas están hechas para que perduren hacia adelante, y no al revés. Quisieran borrar la marca

que dejaron, pero es tarea que les escapa en mucho. Se hacen entonces tatuajes y se lastiman las pieles, miles de heridas que después de supurar cicatrizan, y que hacen que sus cuerpos se parezcan a las pieles de los cocodrilos. Se alejan de sí mismos , de eso también, para convertirse en otra cosa. Tienen vergüenza.

La luz de la luna toca los arroyos pandos y el pasto.

Todo está quieto ahora. Es como si dios estuviera dormido.

1945

Después de la cena del 8 de agosto, llegó del mar un estruendo. Sonó a tormenta o a estampida o al grito de un gigante. Los pocos que quedaban en el campamento salieron de sus tiendas, a medias dormidos, a averiguar qué había pasado. Se adivinaba en el cielo, hacia la costa, un halo violeta.

Ishigata y la doctora Martín se vistieron y caminaron hasta la planta. Lo hicieron despacio, de la mano, pero vaciados de encanto: Ishigata no entendía todavía con qué pretensión, qué idea o demencia Estados Unidos había decidido, para empujar al Japón a la rendición, barrer por completo una ciudad, y con ella, a más de cien mil personas, de seguro inocentes, incluso en desacuerdo con la dirección política y militar del Imperio en los últimos años; la doctora Martín, por su parte, y por las náuseas repentinas que le habían aparecido en los últimos días, caminó sin pensamientos, blanca.

Después de cruzar la última duna, a la doctora se le vencieron las piernas y cayó sobre la arena.

La planta se había vuelto un castillo o una torre. Había crecido en altura y en base, hasta perder la forma y convertirse en una expresión amorfa de la idea de la magnitud. Jamás, en los meses de investigación que llevaban, la habían visto comportarse de ese modo: se agitaba a pesar de la ausencia del viento, como si quisiera sacudirse de algo, como si algo la estuviera afectando o como si estuviera en fase de mutación.

Las terminales, llenas de flores y del tamaño de automóviles, iridiscentes en su mayoría, pero también rojas y violetas y amarillas, se alzaban como torreones al cielo y se perdían en las nubes, y soltaban esporas titilantes que caían sobre el mar, la playa y más allá también, como copos de nieve. Los tallos habían tomado el tamaño de conductos industriales; parecían venas henchidas que respiraban y permitían el avance de los flujos.

El doctor Schaffer y los investigadores que tenía a cargo llegaron apenas más tarde. Rieron y se abrazaron, y se acercaron a la planta con los cuidados pertinentes, para tomar notas y sacarle fotografías.

Entonces un rayo de luz iluminó el cielo, en el océano, en dirección sureste. Era verde y violeta, como las amatistas.

Ishigata lloró sobre la doctora Martín. Podía ser que el fin repentino de la guerra llevara a la planta a una última mostración de su extensión antes de volver a perderse en el interior de la Tierra, antes de volver a contraerse sobre su núcleo hasta que otra cadena de catástrofes la llevase a emerger para encontrar el alimento que debería mantenerla viva. Ishigata pensó en cuán lejos de la superficie del mar podía encontrarse la planta: tal vez se hallaba lo suficientemente distante como para no recibir de la tierra en la que se emplazaba los minerales propios del abono, de los frutos podridos y los cuerpos en descomposición. No cejaba, sin embargo, en lamentarse por el hecho de no haber tenido el suficiente coraje ni la suficiente inteligencia para entender cuál era el mensaje de la planta, cuáles eran las imágenes que compartía y de qué modo su alerta podía permitir, mediante los telegramas correspondientes, evacuar Hiroshima.

Matador de la semilla.

Se sentía lejos y desdibujado. Alentado por el cariño de la doctora Martín, cuya panza crecía y dejaba ver, por las noches y cuando estaban solos en la tienda, venas pequeñísimas que semejaban también raíces y que indicaban un crecimiento sano y constante, pero aun así desplazado, como si ya no perteneciera, ni por derecho de cuna ni por insatisfacción de las tareas encomendadas, al Imperio.

Un traidor. Negador de sus hermanos.

La doctora Martín lo abrazó, mientras le llevaba una mano a la parte baja de la panza. Se puede empezar de vuelta, le dijo. Ishigata sintió bajo la palma el golpe de quien iba a ser su hijo, corto pero grave. Podía ser que naciera libre y sin el miedo a la guerra, con otra estructura de jerarquías, con un amor tanto más desarrollado a su país, a quienes habían nacido junto a él, a la idea del deber, a la negación del abandono. Miró su mano cubierta apenas de mica y tierra e imaginó la sangre que llevaba dentro, que no pertenecía a la Patagonia ni a la Argentina, sino a otro lugar, muy lejos; pensó en su padre, muerto, responsable del techo de su casa de la infancia, del cuidado sobre la paja y la enseñanza en la meditación, en su madre, también muerta, y en las cestas de mimbre y en las canciones de cuna, y en la vergüenza que hubieran sentido por él, al verlo tan frágil, tan impotente, tan lejos de la maravilla de la isla.

1504

Entonces suena una estampida breve y un grito y un disparo y Catalina abre los ojos para ver frente a ella y de repente la cara de Fabio, con las cejas arqueadas y la boca abierta, de la que ahora sale un hilo fino de sangre, y más abajo, sobre el pecho, un filo que se abre entre la carne, el de un puñal que sostiene por detrás Tahiel, agitado y húmedo, que abraza a Fabio por detrás haciéndole soltar el arcabuz, para seguir empujándolo, la mano derecha sobre el mango entrando cada vez más a través del cuero de la espalda. Catalina es un tótem, no puede moverse ni intervenir en el forcejeo. Fabio se excita en una especie de sobrevida y gira con el puñal clavado para tomar a Tahiel del cuello y hundirlo contra la arena mojada con las manos, apretando con toda la fuerza que le queda la tráquea, y Tahiel, de este lado del suelo, alza los brazos enormes, sabido de la falta de aire y de que la visión se le nubla, para tomar la cabeza entre las manos y apoyar los pulgares sobre la cuenca de los ojos de Fabio, y presionar, presionar, hasta que algo cede y sus dedos se hunden en el cráneo y brota un líquido blanco y de olor agrio que hace que Fabio lance un último gemido para después desplomarse.

El cielo se abre ancho. Hace el silencio en la noche iluminada por las estrellas. Sentirías el dolor en los músculos de Tahiel, que crece ahora cuando todo ha entrado en calma, como un pinchazo. Tahiel se incorpora y mira hacia los costados, nada se mueve más que el mar al fondo. Vuelve la cara hacia Catalina, que le devuelve la mirada con ojos tristes. Así como se encuentra, con su panza hinchada y bañada en sangre, sosteniendo en los brazos a otra criatura que no es suya, pero por la que lo daría todo, parece una virgen.

Catalina no se mueve: piensa en el mar, en que se haga el sol, en las flores del otoño. Tahiel se acerca y la revisa, quiere saberla sana, le corre las ropas para descubrir, al rato, un hueco en la parte izquierda de la ingle del que brota sangre espesa y oscura.

No es la sangre de Fabio, o de Isabel, ni de la india ni de su bebé. Es la suya. Y ahora entro en la herida, sin haberla percibido antes, acaso por el tumulto y el arrojo de los hombres dándose la muerte. Es cálida y abre la carne, y es tan profunda que llega al fondo oscuro del cuerpo, para cerrarse con un proyectil de plomo, tan vago en su factura que te haría llorar su simpleza. Es del arma de Fabio, uno de sus disparos cuando se acercaba, y que Catalina no sintió entrar y romperla, hasta ahora que sí la descubre por la voz nerviosa de Tahiel y después de arquearse por sobre su panza hinchada.

Ella tampoco la sintió entrar, pero ahora la sabe adentro: es como un ardor o una molestia lejana.

Y no quisieras, Isabel, ver lo inoportuno: que ahora hay otra agua que moja, que es la de la bolsa que contiene al niño de Catalina, y que sale de su sexo para mojar de nuevo la arena, y que Tahiel no sabe cómo aplacar, apenas poniendo las manos en cuenco, inservibles, para recibir lo que viene, para después arrepentirse y, primero, tomar al bebé que llora y reposarlo sobre un colchón improvisado con telas y, más tarde, para arrastrar a Catalina de los pies fuera de la cueva, para ayudarse con los rayos de la luna.

Catalina ahora entiende el dolor. Es claro y punzante. Lleva drenándola hace rato y se siente mareada. Es un poco como las plantas que drogan: pierde los límites de las cosas y las hace parecer unidas, más todavía por la luz tenue que hace, la hace estar un segundo detrás del mundo, tal que si las cosas dejaran una estela al moverse. De ser un ciervo acechado, escaparía, se perdería de vuelta entre la maleza para encontrar el descanso, un poco de silencio, agua fresca, pero ya no tiene fuerzas para levantarse. Tahiel le limpia la cara y la lava de la sangre, corre con las yemas la mugre y la mira a los ojos. Empujar, dice, y Catalina empuja. Vieras, Isabel, este miedo: es el que ataca en la llanura antes de la marcha para la guerra, es el del filo tan cerca de la garganta, es el que provocan los crujidos de la madera cuando es muy de noche y no queda nadie cerca. Tahiel le hace masajes justo debajo del pecho para ayudar a la criatura, así se lo dicta el entendimiento a pesar de que no sepa lo que hace. Intenta una, dos veces, ponerla en cuclillas, para hacer más fácil la liberación, pero Catalina se desploma en cuanto logra ponerse en equilibrio.

Entonces suena una explosión, parece un trueno lejano o aletargado, que se expande como una tromba, y al ruido le sigue una luz que se eyecta desde el mar y crece lento y en línea vertical al cielo. Es verde y violeta y amarilla, una torre de luz. Sentirías que nunca supiste de qué tratan en verdad esos colores. Es como las boreales, Isabel, pero más compacta y clara. Y Tahiel entiende, no puedo ver qué, pero entiende, que ya no puede haber demoras, que el deber doblega al amor y lo necesario a lo contingente.

Tahiel toma el puñal que un rato antes usó sobre Fabio. Mira a Catalina, que intenta pelear contra la modorra y mantener los ojos abiertos, que se sabe muriendo pero que falta demasiado poco. Tan cerca.

Tahiel mira el puñal.

Sabrías, Isabel, lo que es tomar decisiones sin decir las palabras.

2194

No quisiera que te vuelvas a ir, Julia, dice. Que tus visitas se hayan vuelto esto, tan espaciadas y mínimas. Que te avergüences de mi cuerpo y el olor de mi cuerpo. Que ya no me digas abuelo, como antes, e insistas ahora en llamarme por mi nombre. Que me agarres así las manos y te pierdas en las arrugas, como si fueran un mapa triste, o la historia de mi vida contada en otra lengua. Como si esperaras, con todo el silencio que siempre diste, a que tenga que irme de este mundo, no para hacerte con la casa, sino para confirmar de algún modo que las cosas mueren. Y que estás sola. Las cosas mueren, Julia. Así es como se hace el equilibrio. No vas a creer lo que hacíamos cuando eras más chica. Trepábamos los cerezos a buscar los frutos. Eran rojos, y más rojo todavía era el jugo que largaban, que nos embarraba la cara y nos hacía parecer animales de la carroña. Después caminábamos hasta el arroyo, casi a cuatro patas y dejábamos de hablar, como si yo supiera, y como si vos supieras a pesar de tu edad, que el juego estaba hecho de volver en el tiempo, convertirnos en elementales y simples, en perder la palabra y parte de los gestos. En decirnos las cosas con los ojos.

A veces el frío es blanco, como ahora. A veces es tan blanco que quema y entonces es difícil distinguirlo del fuego. El fuego es una forma del enojo, sabías. Le daban esa orden, la del enojo, para quemar los campos o hacer las armas cuando algunos creían necesarias las guerras, para quemar las brujas, también, para cocer la carne contra su voluntad, que no quiere otra cosa que ser su propia humedad. Quemaban las casas y los campos sembrados y los establos, y regaban de sal la tierra para que nada volviera a crecer. Pero las cosas crecen. Julia, de poder, te mostraría mis sueños. Se han vuelto raros. A veces se tratan de vos, sola, allá en las sierras. Yo te grito, pero nada en vos me escucha. Otros son de animales enormes, quince, veinte veces más grandes que yo, que duermen en el campo. Siempre es uno diferente, y yo me acerco lento para que no se sobresalten, con el miedo de que me puedan desaparecer de un bocado, pero todavía con las ganas de tocarlos. Entonces llego a ellos, y lloro. Como si yo fuera demasiado pequeño o como si ellos fueran un dios, o las dos cosas. Tienen las pieles duras y huelen a madera. Son la verdad del mundo. En los sueños tengo las piernas jóvenes de vuelta. No tengo arrugas como estuarios ni las venas oscuras. Vuelvo a ser lo más rápido que fui, y lo más alto y lo más elástico. Miro los campos y se extienden en verde hasta donde llegan los ojos. Dios, digo, por qué es tanto el silencio. Podrías, si quisieras, pedirme consejo para tu huerta. Quisiera que me necesitaras de vuelta, de alguna forma. Podría ayudarte a criar las plantas tal como se requiere, y que no hubieras crecido tanto como lo hiciste. Julia, es tan claro este día que podría llorar. No hay sombras ni niebla. Hay el sol increíble golpeando las bases. Es dueño de todo lo que existe, sabías. Es nuestra condición y nuestro límite. Mirate las cicatrices, Julia. Muchas de esas las hiciste conmigo, en el campo y en el jardín. De las otras no quisiera preguntarte nada, son tuyas y te corresponden; pueden ser muy raras, a la vez el pasado y el presente y el futuro. Pocas cosas funcionan así, al mismo tiempo y en todos lados.

1889

1 de enero

Es apenas pasada la medianoche y no puedo dormir. Tengo la ventana abierta. No hace frío, pero el cielo está encapotado. Es casi nada lo que logra verse: la bruma tapa todo y apenas puedo ver el empedrado dos pisos más abajo. Llegan desde la calle los murmullos del festejo y el chocar de copas y los saludos y los fuegos de artificio, pero no veo a nadie, como si en verdad la ciudad entera estuviese dormida y no fuera sino la niebla la que inventa los sonidos.

Quise saltear esta porción de tiempo, esta celebración que no hace otra cosa que recordarme que ya no quiero estar acá, que debería estar en otro lado, lejos, a un océano de distancia, con mi mujer y mis hijos, pero no puedo.

No entiendo si lo de Herschel, que me haya devuelto mis pertenencias, digo, es una mera provocación o un acto de buena fe. Es, a esta altura, intrascendente lo que pueda pensar yo al respecto, pero no deja de resultarme interesante que, aun siendo un acto de buena fe, se encuentre él tan confiado en que mi persona, el conjunto de intervenciones que podría yo desarrollar, y en mayor medida mi país, tenga una capacidad de acción irrelevante: como si él fuera una fuerza espontánea, acaso natural, independiente de las voluntades del mundo, y que simplemente acontece, arrastrando consigo todo.

Feliz Año Nuevo, Victorino.

Son ahora las seis de la mañana. Se adivina sobre el este el sol. No nace pleno y claro, sino embotado bajo las nubes que cubren la ciudad. Ilumina de a poco las puntas de los edificios y las copas de los árboles.

Acabo de cambiarme: me encontraba completamente mojado y repleto de algas y barro.

La noche fue larga.

Poco después de la medianoche, y una vez se hubieron calmado los gritos que venían de fuera, me dispuse a ir hasta la mansión de Herschel. No entiendo todavía bajo qué concepto o deseo, ni bajo qué atractivo. Todo sucedió como si lo hubiese planeado desde hacía tiempo, viendo yo cómo mi cuerpo se desenvolvía automático: vistiéndome, poniéndome el tapado de las solapas largas que cubrirían mi cara en la noche, revisando que el revólver que me diera Shaft estuviera listo y cargado.

Crucé el jardín procurando buscar reparo en los arbustos. El olor húmedo de la tierra se mezclaba con lo dulce del humo, que hasta entonces no había visto, y crecía como torres negras desde el invernadero, el ala este y las calderas. No parecía haber nadie, y suponía yo que, entre tanta niebla, el fuego no se vería de lejos más que como un fulgor triste y titilante que podía ser confundido con fogatas o luces de carros. Podría haber intentado, en ese mismo momento, volver sobre mis pasos para correr las cinco cuadras que me separaban de una de las dependencias de la Scotland Yard y dar el aviso al cuerpo de bomberos, pero no me moví de mi lugar. Avancé lento, como se hace en la oscuridad absoluta, esquivando flores y estatuas, hasta llegar a unos diez metros de la puerta principal, que entonces descubrí abierta de par en par. La mansión ardía, y me invadió una honesta forma de congoja. Saqué el revólver y subí los tres escalones de la galería, que crujieron a mi peso. Entré en la mansión y el aire se hizo espeso: llegaban del fondo del pasillo bolas de humo negro y denso, como si el foco verdadero estuviese en el corazón de la mansión. Todas las luces de la mansión estaban prendidas. Competían con las llamaradas por el color general del recinto. En todos lados, en los cuadros y adornos, en las mesas ratonas y las barandas de las escaleras, había flamas, chiquitas y azules, que avanzaban sobre lo que fuera que tuvieran cerca. Las cortinas rojas y pesadas que separaban los ambientes y que en algún momento me habían parecido propias de las narraciones de los castillos del Este, con sus bestias mitológicas cazadoras de sangre, me resultaban ahora más terroríficas: sucumbían lento al fuego, para volverse tótems iluminados que podían marcar el ingreso al infierno.

Entendí, más temprano que tarde y a pesar de mis nervios, que no se trataba de un accidente: el hecho de que acá y allá proliferaran llamas sin estar conectadas era un indicio, si bien probable, raro, pero más lo fue la ventolera que llegó de algún lado, de aire fresco y limpio cargado con el olor del kerosén.

No había nadie a la vista. Ni Herschel ni ninguno de sus criados, y me preguntaba yo si habían sido todos ellos, en conjunto, quienes habían prendido la mansión, acaso atemorizados de que pudiese, en un rapto moral, delatarlos a la justicia, y con ello, a todos los experimentos del sótano. Pensé también que, de tener Herschel que ocultar sus investigaciones, era más económico, rápido e higiénico liberarse solo de las cosas que lo ataban directa o indirectamente a los asesinatos, que no se encontraban sino en los sótanos, pero desestimé pronto la idea, al aceptar que lo que Herschel me había confesado podía ser solo el diez o quince por ciento de todas sus investigaciones y experimentos.

De un momento a otro, la araña principal del techo explotó, sus cristales, al menos, lo que me sacó de mi ensimismamiento, y poco después, todas las luces de la casa se apagaron. La mansión quedó sumida en una oscuridad gris y triste, iluminada de a partes por el fuego creciente. Miré mis manos, y no pude entender si temblaban ellas o temblaban las sombras que se les posaban encima.

Por sobre el crepitar del fuego no se oía nada. Ni pasos ni desprendimientos ni desplomes, e intenté avanzar hacia el living que más de una vez habíamos usado, Herschel y yo, para nuestras reuniones. Me figuraba yo entrando en un túnel rojo, una imagen de la locura, sin poder hacer nada sobre mi cuerpo, que parecía moverse hacia adelante, con el revólver en alto, dominado por una curiosidad que no dependía en nada de mi voluntad o deseo. Saqué un pañuelo y me lo puse sobre la nariz y la boca, y avancé por el corredor que daba a las alas traseras de la mansión.

A poco de avanzar, escuché voces. Venían de un ala que se desprendía del pasillo principal. Asomé la cabeza apenas en la bifurcación, para ver al fondo dos figuras cuyas líneas se recortaban contra el rojo del fuego. Discutían en un idioma que no conocía. Parecía rudo y trabado, a la manera del serbo-croata, pero con gorgoteos y sonidos guturales de lo más extraños similares a las lenguas de las tribus del África.

Se trataba de dos hombres enfrentados. De repente, se hizo silencio. Ya no escuchaba ni la madera quebrándose, ni los ruidos en los pisos superiores que intuía de muebles cayendo destruidos, de baúles desplomándose, solo podía escucharlos a ellos.

El más acalorado estaba sentado sobre el suelo, y levantaba una mano, que movía al compás de su voz y que le cubría la cara. No tardé en reconocer que era Herschel: su timbre, sus gestos, sus gritos que a pesar del timbre grave parecían doler en los tímpanos. El otro hombre, de quien no veía nada más que su perfil, levantó el brazo y apuntó a Herschel con un arma. Dijo solo una palabra, que Herschel pareció percibir con fatalismo.

El disparo sonó como un tigre.

El cuerpo de Herschel cayó y ya no hubo más ruidos.

El hombre de pie, que tenía un tapado largo y oscuro, guardó el revólver y giró. Se alejó lento, cojeando, sosteniendo la pierna débil con un bastón.

Entendí entonces que se trataba de Whitehead, no me cabe ninguna duda al respecto, su pierna herida y supurante durante toda mi estadía, pero no supe qué hacer: atacarlo sería entrar definitivamente en una disputa que no me pertenecía ni me pertenece, incluso desconociendo los entretelones y las intenciones del grupo al que responden, si es que ambos forman parte de la logia *The King in Yellow*.

Whitehead se perdió en la negrura, sin percibir que yo andaba cerca. El fuego crecía, tomaba las paredes y los cuadros y los techos. Hacía explotar los faroles y había vuelto el aire una masa espesa y caliente. Sabía que era poco el tiempo que me quedaba dentro de la casa, y no sé por qué, acaso por algún tipo de cariño que había construido en las últimas semanas, me acerqué a Herschel. Estaba vestido con el estoicismo de siempre. Sus manos estaban manchadas de tinta, como era costumbre encontrarlo, y tenía los ojos abiertos, en un rictus a medio camino entre la sonrisa y la complacencia. Del hueco que tenía en la cabeza brotaba sangre densa que se le derramaba sobre las cuencas y luego le rodaba por los pómulos hasta el suelo.

Creo que sentí pena, pero no estoy del todo seguro. Una pasión triste, sin dudas, que respondía no solo a ver a alguien que me había fascinado yaciendo en el suelo, víctima de una muerte violenta y acelerada, sino también a la impotencia de no poder entender, siquiera imaginar, los propósitos verdaderos de sus experimentos e investigaciones.

Las llamas tomaron el cuerpo de Herschel, y ya no hubo mucho que hacer.

Todo lo que era se perdió en ese fuego.

En cuanto me repuse, volví sobre mis pasos y entré al living. Las bibliotecas y los libros soportaban el fuego, acaso lo junto que se encontraban unos de otros funcionaba, al menos momentáneamente, de barrera. El atril sobre el que colgaba el libro del capellán español del que Herschel había obtenido el método de la proyección estaba en llamas. El libro, incendiado, parecía un grimorio maldito. Pude apagarlo y lo llevé conmigo, a pesar de que muchas de sus páginas ahora se encuentran hechas cenizas e ilegibles. Desde ahí accedí a la escalera de piedra que llevaba a las catacumbas. A pesar de la oscuridad no tuve problemas en avanzar rápido. Llevaba las manos extendidas para que me sirvieran de guía sobre la piedra, y estaba atento a cualquier ruido que pudiera llegar del fondo, de la habitación en la que dormía el asesino predilecto de Herschel. El silencio era total: no había más que el repiqueteo de las gotas filtradas sobre los regueros y el murmullo del fuego, muy por encima y detrás de mí, que parecía un susurro en una lengua antigua. Después de andar un rato llegué al tramo final del túnel. La luz de la luna entrada por la puerta que daba al Támesis e iluminaba todo de color blanco pálido. El aire fresco que se percibía, libre del olor de las cenizas, me tranquilizó y me devolvió cierta valentía y seguridad. La puerta de la habitación del asesino estaba cerrada. Saqué el revólver, me aseguré de que estuviera listo, y apoyé la cabeza contra la madera. No se escuchaba nada. Decidí entonces abrirla, dejando más de la mitad del cuerpo parapetado en la piedra. Desde el umbral, pude ver que la habitación estaba revuelta: la cama estaba del revés, los recortes periodísticos que colgaban de las paredes estaban en el suelo, reducidos a papelitos, la ropa que colgaba de la única silla estaba desordenada, y nada de lo que había en los estantes, los trofeos de algunas de las víctimas, por ejemplo, permanecía en su lugar, puesto que o habían sido robados o habían sido destruidos en el piso, lo que hacía que en todo el recinto un líquido pringoso invadiera los rincones, las patas de los muebles y los papeles que quedaban. El olor a formol dentro de la habitación, por cierto sin ningún tipo de ventilación, empezó a marearme. Justo antes de irme, y ya habiendo bajado la guardia, descubrí algo entre el montón de basura y telas que se hallaban al medio de la habitación. Me acerqué para descubrir al hombre morocho, de al menos dos metros de altura, recostado en el piso y cubierto acá y allá por diarios y telas y parte del colchón derruido.

Estaba casi desnudo y con los ojos cerrados y en el pecho tenía cuatro o cinco agujeros de bala.

Era así como terminaba, entonces, la aventura de quienes ya todos en la ciudad llamaban *Jack*. Y no pude menos que sentir pena, no por sus víctimas, de vuelta, sino por lo que ese cuerpo podía haber sido años atrás, todavía trabajador y labrante, padre de hijos y esposo, ya el carpintero u obrero, ya taciturno o extrovertido, con un nombre hermoso pero difícil de pronunciar.

Podía Herschel haber entendido que su vida corría peligro y haber intentado cortar de cuajo sus investigaciones genéticas. Podía haber sido él mismo el que produjese el incendio, para asegurarse de que sus perseguidores lo tomaran por muerto, y entonces fugar a algún otro país, el nuestro probablemente, para empezar una nueva vida. Podía, también, haber sido atacado por la noche, en una disputa que todavía no entiendo, por Whitehead y alguno de sus hombres. Podrían haber sido ellos quienes iniciaron el fuego y quienes, sabidos de los intereses de Herschel, decidieron bajar hasta las catacumbas para acabar con el asesino. De ser así, ¿en qué se basaba el enojo o la idea de la traición? ¿Qué podría haber hecho o dejado de hacer Herschel que promoviera el ataque tan radical y despiadado de algunos de sus enemigos? ¿Podría ser yo el punto de fuga del desacuerdo o la desavenencia, por caso, el conocimiento, si bien rudimentario, certero, de las intenciones verdaderas de Herschel y las intenciones de la logia?

No quise demorarme más y salí de la habitación. Del otro lado del pasillo, el arco que daba al Támesis parecía desierto. Cada tanto miraba hacia atrás, hacia el túnel, oscuro como el espacio exterior, con el temor de que de forma imprevista pudiera aparecer una figura, la de Whitehead acaso, o la de alguno de sus otros hombres, para darme también a mí caza. Me atreví a cruzarlo, para después de pelear contra los arbustos y ramas que hacían de camuflaje dar con la orilla del Támesis. Nunca antes, ahora estando afuera y lejos del fuego y el peligro, su olor a podrido, a mugre y a desechos, me había resultado tan liberador.

Parte de la bruma se había disipado y lo único que entorpecía la vista era el vaho de las cloacas que subía lento y humeante. Tuve que entrar al río, a pesar de mi deseo, y cruzar a nado hasta el lado del frente. Cuando me hube levantado y estrujado los pantalones y el tapado, escuché sirenas, que supuse serían de la Scotland Yard y de los bomberos.

Alcé la vista. La mansión de Herschel se había convertido en un sol. Las llamas se alzaban muy por encima de las torres más altas. El aire vibraba, torciendo las cosas y haciendo parecer todo un espejismo. Se escuchaba el crujido de la madera como el ronroneo de un león y los estallidos de los cristales de las ventanas. Ardían los arbustos y los árboles y trepaban también las llamas sobre las estatuas de mármol y los bancos y las rejas del recinto. Entonces vi, en una de las ventanas del segundo piso, una figura quieta. Y después otra, y después otra, en las ventanas del ala este y norte. Eran hombres en llamas, que no se movían, envueltos en fuegos enormes que los hacían parecer ángeles. Sospeché de estatuas, de maniquíes que podría haber tenido Herschel bajo su dominio para algún tipo de fin educativo, pero entendí que no: eran sus criados, todos ellos, ajenos a cualquier estímulo del sistema nervioso, inocentes de lo que estaba ocurriendo alrededor suyo, tal vez pensando que se había vuelto de día, que el sol se había adelantado, habiendo perdido ya a su señor, que ahora yacía en el corazón de la mansión, muerto por acto de un disparo. Entonces lloré, no sé si por el aire caliente que me lastimaba la cara, o por ellos, su entrega idiota, tan solitaria y vaciada de propósito, la de cuerpos quietos hasta que la carne se disolviera, sin muecas de dolor ni queja, y explotasen los ojos, hirviendo también el cerebro, quebrara los huesos.

El árbol
que era
en partes iguales
tierra y cielo
es ahora en partes iguales
casa y fuego.

MARIA HUMMEL

2469

Algunas de las terminales tocan la superficie. Parecen no necesitar nada más que ver lo que sucede. No liberan las esporas que atraen a la gente ni se abren grandes como bocas para tragar los cuerpos. Las veo todas de forma simultánea. No queda nada. Hay una bruma que tapa todo, como si ahora fuese la niebla que cubre el mundo, y en la que a veces parece distinguirse una figura de hombre caminando lento [illegible] o arrastrando encima una carga pesada, pero no: son los animales que se han vuelto dueños, y ya sin depredadores ni nada, crecieron en tamaño acaso para llegar a los frutos de los árboles, cada vez más altos.

Se necesitaría algo más que un rayo para romper así las cosas.

Las ciudades están verdes del moho y de otras plantas que brotan sobre las grietas del pavimento y los edificios, hacen guirnaldas que cubren de una terraza a otra, y caen como si fueran cortinas gigantes. El aire es ácido, pero no hace mella ni en las floraciones ni en la distribución del polen. Es todo ahora [illegible], un equilibrio verdadero, más violento y radical, cerca de lo incorruptible, como si los hombres del mundo hubieran decidido suprimirse.

Puede que queden algunos por fuera de las ciudades: lejos de estas casas teñidas por encima del tizne del humo, rotas en las puntas y en las ventanas por lo que pueden haber sido bombas, con cuerpos, esqueletos ahora, pero no los veo.

Una de las terminales brota debajo de una casa. Es breve y fina. Adentro, el silencio es absoluto. Parece haberse vuelto impermeable a la bruma por las ventanas tapiadas y las ████████████. Así como se encuentra, podría ser un santuario o una iglesia nueva. Todo está acomodado como si se tratase de una despedida: cada libro al costado justo del que tiene al lado, cada cuadro en una perpendicularidad perfecta respecto del piso, cada cuchara entrando con su concavidad en la siguiente en la que se reposa, y más arriba, en uno de los cuartos, una cama amplia, también acomodada, con frazadas que de tan viejas pasaron del rojo al rosa, y después al blanco, con dos esqueletos que reposan tranquilos en el gesto terrible del abrazo. Ni aunque les diera mi palabra podrían moverse. No tengo ningún conjuro ni ██████████████ para ellos ni para lo que fueron ni para lo que tienen cerca.

Son ahora la piedra del mundo.

1889

1 de enero (continuación)

Pienso en el verde. No como una pantalla plana sino como un cuadro, barroco tal vez, con luces y bemoles. Con sombras profundas. Miles de verdes diferentes acorde reciben la luz del sol o la luz triste que llega de los faroles de la calle. Así debe encontrarse la habitación del primer hotel en el que me alojé y en el que, a conocimiento de todos, debería seguir habitando. De no haber percibido la gerencia del hotel mi ausencia, de no haber entrado a mi habitación para hacer las limpiezas de rutina o cerciorarse de que yo seguía o sigo ahí, la planta que me había dado Herschel podría ahora estar colmando la habitación entera. La maceta ya rota en el suelo como una carcasa vieja, y los tallos creciendo en altura hasta tomar las lámparas del techo y los cuadros y las cortinas, con hojas enormes que de tan grandes parecerían palmeras, acaso con los frutos ya crecidos, y en ese caso ya no verde la habitación sino toda amarilla, como el rey al que le rinden cultura, con los tallos finos y las puntas con espigas, como un colchón amable.

Después de la noche agitada y del desayuno que repuso un poco mis nervios, volví a mi habitación. Dormir se me ha hecho imposible: son las pesadillas que me atacan, con barcos y mares embravecidos, con los criados de Herschel ardiendo, con túneles oscuros por donde camino y donde me guían voces viejas.

Ya no dudo de que Herschel me haya devuelto mis pertenencias en un gesto de buena fe: sabe, sabía, que tanto yo como el país que represento es, cuando menos, incapaz de hacerle frente a una fuerza operativa de tan elevado capital con un plan de operaciones oculto. Acaso la respuesta es más simple de lo que parece: a pesar de su personalidad estrafalaria, puede no haber habido nada que no le permitiese generar algún tipo de interés en mi persona, incluso un afecto relativo que lo haya mostrado predispuesto a ayudarme en mi empresa como funcionario latinoamericano.

Desconozco el rol de Herschel en la logia. Desconozco también si acaso pertenecía, si compartía su programa o su manifiesto, si sabía en verdad de su existencia, o si fue un mero objeto, un elemento fungible de un aparato mucho más complejo y secreto que hizo uso, hasta la medida en que fue necesario, de su genio científico.

Miro cada tanto el revólver que me dio Shaft. Es como si su presencia tuviera un peso específico en la habitación en la que me encuentro: como si no fuera yo el centro gravitacional del recinto sino él, tan pequeño y a la vez con tanta capacidad de hacer el mal.

Siento como si vibrara y como si de algún modo estuviera esperando ser puesto en acción.

Es la una del mediodía. Inexplicablemente, no hay nubes, y el sol cae recto sobre el asfalto. Solo queda un día. No puedo más que esperar e intentar tranquilizarme. Conciliarme con el hecho de que todo lo realizado hasta acá fue en beneficio de mi país, que nada de lo descubierto lateralmente me pertenece, a pesar de sus salpicaduras.

Hay algo que todavía me inquieta. Es su cercanía, es el halo que lo cubre.

Son las cloacas.

Están por dar las doce. Tengo el cuerpo sucio y parte de la ropa mojada. Quisiera bañarme porque, además del olor desagradable que parece haberse impregnado en mi ropa y en mi piel, temo haber traído conmigo alguna enfermedad del aire.

Antes de que cayera el sol, me apersoné en la Biblioteca. Intenté simular tranquilidad y decoro. Le pedí a Shaft un favor, y cierta confidencialidad: que recibiera todos los documentos firmados por diferentes empresarios del país y que, en caso de que yo no viniese a retirarlos en el plazo de veinticuatro horas, él se encargase de enviarlos por correo postal a mi país. Al portafolio le sumé una carta relativamente extensa, en un sobre cerrado y dirigida solo al General Roca, de cuya lealtad al país no dudo, y en donde cuento, sin entrar en detalles que a cualquier hombre serio podrían resultarle fantasiosos, los eventos de los que fui testigo y el posible peligro que pueden significar a futuro para nuestra nación. A Shaft, el pedido le resultó extraño y un tanto preocupante. Su cara rojiza me miraba como si no me conociera, y como si pudiese estar, de repente, frente a alguien acusado de algún crimen atroz. Le informé que no había, en verdad, nada de que preocuparse. No quise extenderme demasiado, ni tampoco quise ordenar mucho más.

Salí entonces de la Biblioteca dispuesto a bajar a las cloacas.

Caminé la ciudad con cierta seguridad: los asesinatos de Whitechapel ahora me parecían nada, a medias por la certeza de que el asesino había sido aniquilado y a medias por el hecho concreto de que, en verdad, había, hay, cosas mucho peores.

La noche empezaba a caer, de modo que los trabajadores poblaban las calles volviéndose de las fábricas. En ese tumulto yo era menos que nadie. Fui entonces hasta el recodo del Támesis que da a la mansión de Herschel. Pude verla de nuevo: negra y flaca, como una iglesia abandonada, con virutas de humo todavía ondulantes, quemando en su interior lo poco que quedaba de todo. El jardín estaba desierto: los arbustos habían sido quebrados y no podía verse ni una flor, todas ellas, supongo, bajo las cenizas.

Del lado de la cañada donde me encontraba se abría una de las alcantarillas. Era un desagüe de unos dos metros de altura por el que pude entrar sin demasiado problema, y habiéndome asegurado antes de que nadie me veía. Las cloacas estaban en penumbras.

Acá y allá, y cuando los vapores no eran muchos, se filtraba a través de las bocacalles la luz de la luna y de los faroles, lo que me permitía apagar el encendedor. Saqué mi libreta e intenté seguir el camino que unos días antes había copiado de los planos. Avancé, a pesar de las arcadas, siguiendo el croquis, y sorteando los diferentes piletones y secciones de tratamiento de residuos. Sobre las canaletas flotaban desechos humanos y también ramas, hojas y cuerpos muertos de animales pequeños. Cada ruido, por pequeño que fuera, el chillido de una rata, una gota cayendo en un charco, el sonido intestinal de las cosas atascadas, pero fluyendo en los canales, se amplificaba por cinco o seis veces y rebotaba en las paredes de hierro para confundirme respecto de su procedencia.

Avancé siempre con el revólver listo. No hice caso al agua que tocaba mis botas ni a la que se filtraba a través de ellas, y que hacía de mis medias una cosa pegajosa y húmeda. Había ratas y lagartijas que huían a mis pasos y se escondían en las grietas de las paredes y también perros que aparecían cada tanto hurgando entre los montículos de basura acumulada buscando algún trozo que les sirviera de alimento.

El viaje hasta la parte inferior del Palacio de Buckingham me llevó, creo, casi cuarenta minutos. Había algo en la oscuridad de los túneles que, contrariamente al temor que pensé que podían llegar a producirme, me generaba cierta tranquilidad. Me movía como un fantasma, invisible a todos. Arriba, en la superficie, los comercios debían de estar cerrando y las tabernas debían de estar abriendo sus puertas para recibir a los obreros después de una larga jornada de trabajo. Mientras seguía los planos que había dibujado en mi libreta, no sentí nunca la necesidad de alejarme demasiado del cauce del Támesis, lo que me generaba cierta tranquilidad, al saber que, frente a cualquier imprevisto, lo único que debía de hacer era torcer a la izquierda, de donde venía el murmullo del río, y filtrarme por alguno de los desagües mayores.

Después de mucho andar, y a medida que me acercaba al centro de la ciudad, los túneles parecían crecer en tamaño. Tanto o más derruidos que los que se encontraban en la periferia, no dejaban de recordarme a un hormiguero, con ramificaciones infinitas que se me abrían hacia el frente, hacia la derecha y la izquierda, como si se tratase de una estructura rizomática, una red micelar o las raíces de un árbol.

A medida que avanzaba, los túneles parecían descender y alejarse cada vez más de la superficie. Se apagaban, entonces, y a cada paso, los ruidos de la ciudad: el repiqueteo de los coches y las voces de hombres y mujeres que caminaban por las avenidas me llegaban como susurros casi indistinguibles de los flujos de agua. En un momento, me topé con un arco que reunía varias terminales. Era de piedra y ancho y tenía sobre su parte superior una inscripción que me era imposible distinguir. Solo distinguía las hendiduras sobre la piedra, prolijas y de cincel, pero no reconocí en sus caracteres ninguna letra de ningún alfabeto que me resultara familiar. Hubiera sido peligroso detenerme ahí, en la inscripción, tan desatento a todo lo otro que ocurría con el único fin de transcribir lo que decía. Sabía que estaba cerca, entonces guardé el encendedor y me apoyé contra una de las paredes, esperando a que mi visión se acostumbrara a la penumbra.

Avancé entonces sobre el único túnel disponible, que ya no tenía canaletas que transportasen los residuos de la ciudad sino un empedrado prolijo y limpio. El aire apenas se volvió más fresco, y supuse que una salida podría encontrarse cerca. Hice lo posible para que mis pasos no reverberaran en la piedra. Caminé unos cincuenta metros para ver cómo se abría hacia abajo una recámara amplia y rectangular, acaso del tamaño de media hectárea, iluminada por arañas y lámparas colgantes y velas y por ingenios eléctricos que no había visto nunca, con formas rebuscadas y que producían chispazos azules. La recámara estaba, hasta donde podía ver, vacía. Las paredes estaban casi en su totalidad cubiertas por bibliotecas del tamaño de dos o tres hombres apilados, cada una de ellas con inscripciones en sus barandales que parecían darle algún orden específico, y que acunaban libros de todos los tamaños y colores y pergaminos enrollados. Hacia el centro había una mesa amplia de madera, con sillas a los costados adornadas en sus terminaciones por detalles dorados.

El silencio entonces sí se hizo absoluto. No se escuchaba nada más por fuera de mi respiración y el ronroneo de la tela de mi tapado raspándose consigo misma. Tomé la escalera que bajaba pegada a la pared. Empecé a sudar en la nuca y el cuello y las manos, tanto que, cada tanto, me obligaba a cambiar de mano el revólver para frotarme las palmas contra los pantalones. Mi corazón empezó a agitarse: era menos el descubrimiento del recinto, la visión concreta de su existencia, que mis ideas respecto de cuáles podrían ser sus funciones. A medida que bajaba, me imaginaba la recámara completa, con las mesas pobladas por los integrantes de la logia, con sus escribas hurgando sobre las bibliotecas tomos antiguos y de saberes olvidados, moviéndose tranquilos y hablando en esa lengua extraña que ya les había escuchado proferir, con mapas desplegados sobre la mesa atestado de tótems dispuestos en posiciones específicas, representando acciones específicas muy alejadas de mi entendimiento. Una vez abajo, caminé bordeando las bibliotecas, que iban acompañadas por debajo con escritorios, algunos más pequeños, otros más grandes, abarrotados de frascos y soluciones y plantas y hojas escritas, todas por caligrafías diferentes y en diversos idiomas, desde el español hasta el chino, desde el francés al inglés.

Temblaba. Quise volverme. Parte de mi transpiración se había vuelto helada, y cada brisa hacía que me corriese por la espalda una descarga suave que me alertaba y me hacía girar. Revisé el revólver, como si, por arte de magia, pudiera haber cambiado en algo, en su composición o funcionamiento: su recámara, el tambor completo, cada una de las colas de las balas apoyadas donde debían, la facilidad con la que cedía hasta cierto punto el gatillo.

Me acerqué a la mesa principal. Era rectangular y tenía sobre los bordes grabados que representaban dragones y gárgolas. No había más que algunos vasos de plata, casi todos vacíos, a excepción de algunos en los que sobraba, por lo que pude oler, un poco de vino. Detrás de la mesa había un arco, que no había podido percibir desde la entrada de arriba, también con inscripciones extrañas en el umbral. Daba a una recámara, más pequeña, en cuyo centro se alzaba un altar tan grande como la mesa, pero de mármol negro: un bloque oscuro con vetas blancas sobre el que se apoyaban unos libros con tapas de cuero. Y detrás, dos estatuas también negras sin posiciones de combate ni alabanza ni misericordia sino con los brazos hacia los costados, como maniquíes, tristes, y un cuadro al fondo, colgado sobre la pared y con marcos de oro, que representaba una puerta pequeña, ínfima y labrada a la base de una montaña o un volcán, una montaña que, por el estilo de la pintura, parecía estar en locomoción, moverse apenas sobre el fondo del cielo rojo y de sangre.

Entonces una de las estatuas se movió. Creía yo que se trataban del mismo material que del altar y que sus poses de dejadez, con los brazos extendidos a los costados, no hacían más que acompañar el motivo triste de las catacumbas. Fue apenas una sacudida de una de sus manos, o tal vez un dedo, o dos, que percibí por el rabillo del ojo y que puso a todo mi cuerpo en acción. Levanté el revólver y apunté. A nada de jalar el gatillo, y a razón de la poca iluminación que había, entendía que no se trataba de una estatua, sino de uno de dos de los criados de Herschel. Los dos se mantenían incómodamente quietos, casi sin percibir o no interesarse por mi presencia. Sus cuerpos estaban en un estado lamentable. El fuego los había arruinado: las pieles les caían en colgajos horribles, como cueros desguazados, y sus carnes se veían chamuscadas, a veces a tal punto consumidas que, de a tanto, podía verse el blanco de los huesos; ya no tenían pelos, y tenían huecos como ojos, profundos y negros por donde no podía verse nada; los labios ya no existían y las bocas eran orificios amorfos de donde brotaba una respiración lenta y trabada.

Me acerqué a uno de ellos, sabiéndolos completamente inofensivos, pero sin dejar de mantener el revólver en alto. Pregunté en inglés por qué habían sido trasladados y la respuesta fue, primero una sacudida, y después un gemido desarticulado y prolongado. El fuego no solo parecía haberles comprometido el sistema auditivo sino también sus cuerdas vocales. De aquello en que los habían convertido mediante los experimentos, meros envases vaciados de voluntad para responder al deseo de Herschel, ya no quedaba nada, y ahora la visión era más lamentable todavía: cuerpos erguidos pero quietos y callados, y probablemente presos, si es que alguna parte de su sistema nervioso seguía funcionando, de un dolor inenarrable.

Crucé por un costado el altar hacia el fondo, donde se alzaba el cuadro. Quería verlo de cerca, iluminarlo como pudiera con el encendedor para encontrar ahí, por ridículo que me parezca ahora, una pista o un símbolo que me permitiese, una vez fuera de ahí, seguir investigando. No bien me acerqué al cuadro, vi que hacia la derecha se abría una escalera que ascendía hacia donde suponía se encontraba alguna trampilla en el Palacio de Buckingham.

El cuadro no tenía nada de especial. Sí el óleo parecía agolparse con cierto frenetismo, y no era sino la distancia o la lejanía la que daba una imagen de conjunto más clara y firme. Se distinguía la montaña, la lava por encima, el cielo en llamas y, justo en la falda, debajo y al centro del dibujo, la puerta de madera y hierro, con inscripciones por encima, como el polo gravitatorio sobre el que se apoyaba toda la imagen, como el ingreso o el umbral a otro mundo. Se trataba de una alabanza o un regalo, o así lo percibí, un secreto guardado al interior de una montaña.

Entonces, cuando giré, la vi. No la esperaba y hubiera preferido no acercarme. Me generó curiosidad su desacople, la sensación de su no correspondencia al lugar donde me encontraba, su hechura a propósito desprolija, como si parte de su belleza pretendida radicase en los cortes abruptos, en las terminaciones descuidadas.

Se trataba de una cuna de madera que se mecía apenas y que se apoyaba justo debajo del altar.

Me acerqué e iluminé hacia su interior. Sentí un asco profundo. Era una invención o un aborto o una mixtura inhumana que me produjo un terror hondo. Reposando sobre una tela negra, había un niño. Tenía su tamaño, sus proporciones, sus extremidades, su frente, sus ojos, pero hecho de alga y musgo y ramas. Era una copia perversa del cuerpo humano, que se movía y gimoteaba apenas como recién nacido. Sus venas parecían raíces y todas sus fibras y tejidos parecían a medio completar, como si se encontrase todavía en desarrollo. Movía los brazos y las piernas sin coordinación y también la boca, un hueco por el que se veía una carne negra y pulposa y sin forma. Me produjo lo que produce ver durante mucho tiempo a los chimpancés, lo que produce ver a veces los tallos de jengibre que toman la forma insoportable de los cuerpos humanos; una mezcla entre fascinación y miedo, no a la muerte, no al dolor, sino a otra cosa, más profunda e incomprensible, como si no fueran los meros sentidos los que avisan sobre un peligro probable sino otra cosa, la parte oculta, la de la composición misma del cerebro, que avisa que no, que hay algo que no está bien, que no pertenece a este mundo ni a este designio. No sentí ni la compasión que sentía por los hombres negros con los que trabajaba Herschel ni la compasión por las víctimas de los asesinatos, todos ellos hombres y mujeres de mi misma hechura, puestos en movimiento por el mismo soplo a pesar de nuestras diferencias. Solo asco y aversión. De su ombligo brotaba una rama mayor que parecía hacer las veces de cordón umbilical, que se perdía entre los recovecos de la cuna y parecía hundirse en el fondo de la tierra, y en la frente amplia, verde oscura, el tallado del símbolo que ya había visto adornando los bastones de Whitehead y las insignias de las túnicas, un óvalo con rayos que semejaba un sol o el cráneo de los cérvidos astados o, ahora entiendo, un núcleo dominante, el de la planta buscada, con sus ramificaciones infinitas, abriéndose paso bajo la tierra.

No fui yo quien tomó la decisión. Fue la parte de mi cerebro que se me hace siempre invisible y que se despierta cuando sueño. Sucedió todo con naturalidad y presteza. Apagué el encendedor y lo di vuelta, y en la oscuridad, removí la carcasa exterior y la almohadilla de fieltro. Tiré la bencina que quedaba, y que para mi sorpresa era todavía bastante, sobre el engendro. Y giré la rueda dentada hasta que se produjo la chispa.

La llama creció rápido, como si el fuego y la criatura estuvieran hechas de dos cosas completamente opuestas y destinadas a eliminarse; tomó el tamaño de un puño y luego abarcó toda la cuna, y a medida que crecía brotó un chillido de la cuna, agudo y punzante, que inundó el recinto como una cascada. Era alto, e idéntico a lo que hubiera imaginado se trataba del lamento de una *banshee*, y tan fuerte que sentí bajo mis pies una conmoción. El fuego se alzó alto y tomó los paños que había sobre el altar, los libros cerrados, los vasos de madera, y hacia abajo también: la misma cuna desprolija y su base, que parecía emerger de la tierra como si hubiera sido excavada. La criatura gritaba cada vez más fuerte, y veía yo cómo se movía a través de las llamas, buscando desembarazarse de algo. Entonces la conmoción bajo mis pies creció y se convirtió en un temblor, como si la parte profunda de la tierra hubiera reconocido la irrupción y el daño que había hecho.

Imaginé la logia: hombres de túnica sentados alrededor del altar, fabricando en silencio, pero metódicamente, la criatura que ahora tenía enfrente, desconociendo yo su utilidad y su propósito; una inversión de lo humano, algo contrahecho, para su propia diversión o goce, y quise ponerle fin. Acerqué el revólver lo más que pude y disparé dos veces, pero el llanto no cejó, ni tampoco el temblor, que a medida que crecía parecía mover también las bibliotecas y las arañas de los techos.

En encontrar el equilibrio me hallaba cuando escuché que llegaban ruidos desde la escalera que subía a la parte inferior del Palacio de Buckingham: eran pasos acelerados y voces, y un fulgor como de antorcha que crecía. Crucé el altar y corrí hasta el tramo principal de la cloaca por la que había entrado siempre mirando hacia atrás, hasta que, justo antes de perderme en el laberinto de túneles, vi aparecer a dos figuras vestidas de violeta, con la túnica que ya les conocía, y les disparé tres veces.

2 de enero

Es pasada la medianoche y es un día nuevo.

Acabo de bañarme y he vuelto al escritorio. Las ventanas se encuentran tapiadas, para que no se perciba desde fuera la luz de la lámpara.

Sobre los hombres que aparecieron al final, sé poco. No los pude identificar, puesto que ya me encontraba a la retirada, y tampoco me detuve a confirmar si los proyectiles habían llegado a destino. Corrí entre los túneles a pesar de mi agitación y nerviosismo, pero con una claridad absoluta, como si el peligro me hubiese devuelto momentáneamente la sagacidad que tuve cuando joven. Recordé el camino de regreso a la perfección, sin tener que hacer revisiones apresuradas en mi libreta, y procurando guardar una última bala en la recámara, bien para abatir a quien fuera que se me presentara de imprevisto, bien para darme a mí mismo la muerte en caso de captura.

A medida que escapaba, el temblor en la tierra crecía. Las aguas en las cloacas vibraban a su ritmo y las alimañas corrían asustadas, como sabedoras de algún peligro.

En cuanto salí a la superficie, lo primero que vi fue la mansión de Herschel, ahora negra y arruinada por el fuego, a medias destruida. Me perdí entre los callejones.

No voy a dormir esta noche.

A primera hora de la mañana, saldré del hotel y me acercaré a la Biblioteca. Le pediré a Shaft mis pertenencias y le devolveré su revólver, procurando no entrar en detalles por las cinco balas perdidas.

Espero entienda.

Desde ahí esperaré, en algún café perdido, hasta el mediodía, y viajaré en coche hasta el barco que me lleve de vuelta a Argentina.

2 de febrero (continuación)

El agua se encuentra calma. No dicen nada los marineros sobre posibles tormentas. Seguimos en línea recta al sol que se esconde. Las últimas luces iluminan las cosas con desgano: el mástil, el timón enorme, el escritorio pequeño que pedí que se me colocara por las tardes en la cubierta.

No hay caras hostiles ni sensación de peligro. Me encargaré, de todos modos, de asegurar bien las puertas de mi camarote cada vez que tenga que conciliar el sueño.

Leo las entradas anteriores como si no fueran mías, como si no fuera ni mi caligrafía ni mi experiencia, como si todo fuera en verdad una invención desafortunada producto del aburrimiento o del hastío.

Pienso en Herschel, que ahora debe estar reducido a cenizas, su esqueleto todavía blanco y libre, demasiado duro para quedar vencido a las llamas; en los dos criados suyos que sobrevivieron y el destino que deben tener trazado para ellos; en el domo bajo la ciudad; y en esa cosa, a mitad de camino de todo, como si se tratase de un castigo, o de un regalo retorcido de un dios oscuro o la invención última a la que puede llegar una conciencia desplazada, ya ausente del mundo, en otra búsqueda, muy alejada de las cosas de las que gustan y que aman los hombres.

Me duelen los brazos, la nuca y las piernas; lo lejos que estoy todavía de casa; el secreto este, que no sé qué esconde ni de qué se trata.

El té sabe a poco, como si no hubiera azúcar que pueda mejorarlo.

La Patagonia. Lo que hay debajo.

1945

El 9 de agosto Ishigata soñó que caminaba sobre un campo enorme de trigo. Llevaba los brazos apenas levantados, y atravesaba la siembra rozando las espigas. Buscaba un río o un canal que sabía se encontraba después de una colina. Cuando la cruzaba, veía a lo lejos lo que parecía ser humo, un bloque negro que avanzaba más rápido que las nubes y oscurecía el cielo. Entonces el trigo parecía responder a lo que se acercaba: crecía y se encerraba sobre sí mismo, se trenzaba con los tallos hermanos para armar paredes periódicas. Ishigata veía el espectáculo desarrollarse bajando la colina, hasta que quedó cubierto por un domo amarillo.

Se despertó molesto. El techo de la tienda tenía regueros y grietas por donde el frío y el agua del invierno se filtraban, y ya no había parte del suelo que no estuviera invadida por tierra y las hojas secas que todavía quedaban del otoño. Por la luz que entraba, supuso que la mañana ya estaba avanzada. Pensó en los sueños que venía teniendo, más simples que otras veces, casi sin acción, pero con imágenes potentes que rumiaba después, durante todo el día, en las horas de vigilia. Supuso que ya no quedaba parte de su inconsciente que no estuviera de algún modo u otro atravesado por el bionte y su acción, y quiso imaginar lo que podrían haber sentido Nofal o Meirelles cada vez que percibían que había una voz que les hablaba, como una presencia constante e insoportable, un dato sagrado que llegaba de lo profundo de las cosas y que no podían desoír. El desencanto que Nofal y Meirelles desarrollaron por el mundo, por la ciencia y sus respectivas familias, por el país de donde venían y por su propia integridad física, era también el de Ishigata, pero en otra modulación, que de un tiempo a esa parte se sentía caminante o paria, con el Imperio del que había venido y que ahora lo consideraba desertor y traidor, con los callejones sin salida en su propias investigaciones, y sin sentir todavía desarrollarse en verdad el bálsamo de la paternidad ni del amor en pareja. Pudo entender su despojo repentino. La calma que les parecía provocar justo antes del final.

Cuando se vistió, se miró las manos. No había aprendido nunca la quiromancia que se estilaba en su pueblo, pero había algo nuevo, una distorsión sutil pero perceptible, un cambio mínimo y apenas incómodo. Se miró al espejo mientras se acomodaba el pelo y la camisa, y reconoció las marcas en su cara que lo volvían parte de una cultura ahora lejana: los pómulos henchidos y hacia afuera, la nariz breve y respingada, las cejas sobre la base prominente del cráneo, los ojos rasgados.

Ishigata salió de la tienda. Al centro del campamento, sobre la mesa, se amontonaban los pocos investigadores que habían quedado. Escuchaban en silencio una radio a pilas. Cuando lo vieron llegar, bajaron el volumen. La doctora Martín giró despacio, y miró a Ishigata. Su cara era dura y fría.

Otra bomba, dijo.

Ishigata se acercó a la mesa y subió el volumen de la radio. Era una transmisora argentina, que anunciaba que una segunda bomba atómica había sido lanzada sobre Nagasaki, ciudad costera del suroeste de Japón; que la detonación había sido exitosa, cualquier cosa que significara eso, y que se esperaba de los aliados, vía comunicación del presidente Truman, la capitulación automática del Imperio. La voz salía del parlante lenta y pausada, parecía menos intentar no equivocarse con los datos puntuales con los que contaba y con los nombres de las diferentes prefecturas del Japón, que imprimirle a su voz la seriedad que requerían los informes.

La doctora Martín tomó a Ishigata del brazo y le apoyó la cabeza sobre el hombro. Le acarició la palma de la mano, rendida a los costados, con el índice. La suavidad lo trajo de vuelta al mundo, o a lo que estaba quedando de él. La noche anterior, pensó, la planta enorme en altura y diámetro, las esporas que largaba y lo brillante de sus tallos que se perdían en el mar eran, de nuevo, la manifestación premonitoria de lo que estaba por suceder. De seguir vivos Meirelles y Nofal, de no haber perdido el cariño por sus cuerpos o lo que fuera que los atara a los hombres, podrían haber percibido el llamado o la señal de la alteración.

Ishigata caminó solo por la llanura, alejándose del mar. Las nubes tapaban el sol y hacía una tarde blanca. Sentía encima el peso de la extensión de la Patagonia, lo mucho que restaba hasta los Andes, lo todavía mucho más que lo alejaba de la isla del Japón, y el peso de su cuerpo, flaco y triste que peleaba contra la tierra húmeda y pantanosa. Sintió que Dios lo miraba, desde abajo de la tierra, y que entendía su miseria.

Por qué, dijo.

Cuando caía la noche, Ishigata volvió al campamento. Comieron todos en silencio. Cuando se hizo el té, algunos de sus compañeros le ofrecieron palabras de aliento y cariño, que respondió con cara amable.

Ya dentro de la tienda, la doctora Martín le dio un abrazo.

No hace falta que vuelvas, dijo.

Ishigata le besó la frente y después se puso de rodillas. Le subió la blusa para dejar al descubierto la panza hinchada y de un color apenas más rosa que el de todo el cuerpo. Apoyó la oreja. Preguntó en silencio si su hijo estaba despierto. No hubo respuesta. Preguntó si era posible que un hijo amase a un padre desertor, pero tampoco.

Es el último día de mi vida, le dijo en silencio. Quisiera volver a ver el sol, pero no.

Se desvistieron y se acostaron en la cama.

Vergüenza, dijo Ishigata.

No es tuya.

Es sobre todo mía.

No.

Se besaron. La doctora Martín contó que, cuando chica, su padre la había llevado a las sierras del centro del país; que acamparon a la intemperie, en una zona protegida y poco habitada por los lugareños. Que la noche era clara y las estrellas dejaban ver la estela enorme que las cubría. Que su padre molestaba con el gruñido que hacen los pumas cuando están en celo. Que un puma verdadero les contestó de lejos.

Cuando la doctora Martín estuvo dormida, Ishigata salió de la cama. Se vistió en la oscuridad y tomó el revólver que había rescatado de Meirelles. Salió a la noche fría. El aire helado cruzaba la llanura como una flecha: hacía sonar con silbidos los pliegues de las carpas y los calderos y las tazas. Se subió las solapas de la campera y caminó hasta la playa. La parte del honor que todavía le quedaba viva, que había vuelto grande al Imperio y que ahora era la condición de su borramiento, le dijo que no había tal merecimiento: que era suficiente con la protección de la sangre y el linaje y de las cosas que tuviera cerca que le hicieran recordar a casa.

Ishigata pensó en la mañana clara que podría haber hecho en el Japón, en un pescador de Nagasaki sobre el mar, mirando la línea recta, descubriendo un punto, igual que en el sueño que lo había despertado, creciendo en tamaño, trayendo encima el dispositivo que, en cuanto tocase el suelo, barrería con las escuelas y los arcos y los árboles, y haría de aire las pieles y los cuerpos, y quiso vomitar.

La planta lo recibió tal como se encontraba la noche anterior. En la noche y con la falta de luz, no había nada que no la distinguiese de una torre. Solo a veces, por las flores que de tanto en tanto tomaban cierta luminiscencia, se adivinaban los tallos y los troncos mayores, como brazos cubiertos de venas inflados y a punto de estallar. Ishigata se acercó como quien vuelve a casa. Ya cerca, le hizo una reverencia. La estructura de la planta pareció arquearse para darle la bienvenida: las terminales más bajas, cubiertas de cogollos húmedos, se le acercaron y le acariciaron la cara, los hombros, el pecho. Ishigata abrazó la planta. La amaba.

Me dejarías volver al Japón, le preguntó.

Entonces la planta se movió brusca, para después abrirse al centro en crujidos de madera seca. Ishigata avanzó con dificultad, dos, tres minutos, hasta una masa verde y amarronada que nacía del suelo y llegaba hasta su propia cabeza, y que se hinchaba como los pulmones. Olía a pera, a piel de caballo. La tocó y era húmeda como las algas.

Me llevarías hasta el Japón, preguntó Ishigata.

Sí, dijo la planta.

Ishigata escuchó por primera vez su voz. Sintió una calma repentina, el ruido del mar yéndose, embotado, un viaje por debajo de la tierra, tan extenso como su propia vida, ya descompuesto en partículas menores, volviendo al lugar de donde no debería haber huido, volviéndose un arce dorado. Pensó en su madre sobre el fregadero, de espaldas a él, en la ventana que daba a la calle, en las corolas abriéndose altas hasta el cruce con el arroyo, en los veranos amarillos.

Entonces se llevó el revólver a la boca y disparó.

El cuerpo de Ishigata cayó al suelo. La sangre brotó como lava del agujero en la cabeza: corrió por el pelo y el cuello hasta llegar a la tierra.

Las ramas lo abrazaron y lo envolvieron con flores blancas y lilas como en los funerales.

Entonces el bionte dio un último bramido que sonó a lamento. Y se deshizo la torre, su altura increíble, su grosor y sus colores imposibles. Se venció como si hubiera sido apagada. Se contrajo despacio hacia adentro, ya sin colores, como comprimiéndose sobre sí, en un viaje a su propia semilla, perdiéndose de nuevo en la tierra y el mar hasta volverse un brote apenas distinguible sobre la playa. Se borró la tierra removida y el brillo debajo del mar, el olor a peras y a piel de caballo, como si nunca hubieran existido, y la noche quedó vacía.

2651

El cuerpo oscuro este con el que digo en esta cueva húmeda no semeja al cuerpo mío que habitaba el jardín del sol. Tampoco era la cosa oscura que digo ahora y que

La lengua se mueve sin saber dónde está la lengua, ni esta cuna húmeda, ni el cuerpo este. Imagino que hay un cielo generoso afuera, en otro lado.

Es una luz suspendida. Creo ser yo misma quien los inventó.

Podría desplazarlo en los átomos y las

Podría borrarlo.

Podría enfriarles a todos el terror que tienen.

Podría

Soy previa a la floración y a la aparición del don; a cualquier posesión y señoría. También soy posterior a todo.

Puedo forzar la claridad en todas las cosas.

1504

La playa está calma. No quedan nubes en el cielo y el sol es enorme. Es lo más claro que puede llegar a ser todo. Las olas lavan la sangre de los enfrentamientos de la noche y los cuerpos se amontonan como rocas: allá el de Fabio, que parece haber perdido masa, como si al haber terminado de hacer aquello que le fue dicho se hubiera desactivado; acá el de uno de sus hombres, que parece dormido, pero no está más que muerto, y el del otro, trenzado con el indio que Tahiel más estimaba.

La brisa que llega del mar es fresca. De no ser esta la situación, pensarías nada más que en la extensión y en la piel del mundo, abriéndose infinita para encontrar después del agua más agua y después de las llanuras más llanuras.

Catalina abre los ojos.

Vieras, Isabel: ya no creo que quede nada y no se me hace clara tu cura. La boreal ya no cruza el cielo y no entiendo qué indica. Vieras, sí, que siento como nunca la vida como erupciones en cada flor y en cada haz y en cada hormiga que cruza la playa. Es como un rayo que se mueve lento. El rey está cerca, pero no creo que nos pueda dar auxilio: es una mera fuerza, la mitad de todo, indistinta a las voluntades y que destina el mundo porque no puede operar de otra forma. Puede que sea Dios en su desidia. Sentirías como siento ahora, y bajo los pies, la desenvoltura de las estructuras mayores, pero te verías lejos, como si ya estuviéramos del lado de afuera.

Vas a morir, Isabel, y va a ser el día más triste de mi vida. No deberías afligirte. Va a pasarnos a todos. El día que mueras, justo por la noche, voy a hundirme en los baños del castillo. Solo por hacer más gentil el dolor voy a pedir que calienten el agua y voy a entrar al vapor haciendo los pases que hagan mi viaje más tranquilo. Voy a haber dejado dicho lo necesario en el libro del arcón: las barracas, las reuniones pendientes, la capitanía de nuestros soldados. Nadie va a llorarme porque no he dejado hijos. Nadie va a querer reanimarme porque sabrá que con vos se muere una parte de todo lo que hice. Cuando el aire se vuelva espeso, al punto de que pueda verme apenas la punta de los dedos, ya una vez sentado y con el agua al pecho, voy a hacer los cortes longitudinales hasta que el agua se vuelva rosa, y dormirme.

Catalina abre los ojos. Su cuerpo duele y su recuerdo también. Sabe que hubo la noche, que hubo Fabio desencajado en la empresa del exterminio, que hubo Tahiel y que antes de perder la conciencia hubo, o acaso fue en el sueño, el llanto del hijo que llevaba dentro. Baja la mano para tocarse el vientre: está abierto de a partes y húmedo. Hurga con los dedos y por encima del dolor la profundidad de los cortes. Quisiera encontrar con las yemas una cabeza, un brazo mínimo, la planta de un pie, pero no. Es como buscar un tesoro. Ya no piensa en volver, vieras, ya no quiere nada más que una calma larga y sin movimiento, no quiere más horas salvajes ni perseguidores ni escape a pie a través del campo; no quiere más una parte de cielo nueva cada noche: quisiera la misma porción para siempre y reconocer las estrellas por su posición y su nombre, que nada la perturbe ni la saque del asombro.

Entonces sí un llanto, y algo en Catalina despierta. Es el suyo, sin verlo lo sabe, y abre los ojos para ver a Tahiel que camina hacia ella, rengueando un tanto, pero actuando el temple, con los dos bebés que quedaron y que ahora serán toda la descendencia del grupo. Están limpios y envueltos y se les asoman apenas las cabezas entre las telas: llevan las frentes arrugadas por los gimoteos y los ojos como ranuras mojados del llanto. Catalina sonríe. Vieras lo que es percibir en dos criaturas tan pequeñas el futuro. Habrías de sentirlo con cada uno de tus hijos. Sin tocarlos, sabe de sus pieles como hojas de arroz, arrugadas y suaves, y del olor que tienen como a pasto fresco, del pendular de sus pulmones y corazones. Son máquinas hermosas. Catalina ya los ve en su destino, como si estuviera grabado en la piedra y ellos dos no tuvieran que moverse sino al encuentro de lo que los espera: como varones altos y de bien, hermanos del lince y de los árboles, sabedores de las plantas que sanan y las que matan, del modo en que los ríos desbordan cuando las crecientes, de las huellas que dejan los zorros en la nieve, y educados también en Dios, que ahora Catalina ya no puede distinguir del sol que la ilumina y la Tierra que la contiene.

No hay nada que pervierta la calma, pero hay algo profundo que me inquieta. Es el rey o el fin de todo o la incomodidad de Catalina o el lugar que veo ahora, más al sur de todo lo que conocí jamás, que vibra como una molestia y me hace pensar que no, ya no, no hay cura para tu vientre ni lo que lo mata, que vas a morir, y yo también, y que no quedan soluciones para eso.

Tahiel se sienta al lado de Catalina, todavía acostada en la arena, y le acerca las frentes a la boca. Todavía está demasiado débil para incorporarse, pero los besa. Vieras cómo le sonríe Tahiel, ahora padre y protector. La mira a los ojos y así se comunican. Quisiera entender lo que se dicen. Son cosas que no están encerradas por palabras, pero que son eternas. Es la emoción pura y sin forma. No hay diferencia en el amor que sienten, es una magnitud idéntica y recíproca, como dos montañas enormes y enfrentadas con un valle al centro donde se produce el germinar al que protegen del viento y dan sombra.

Tahiel la besa en los labios y siente el gusto del hierro en la sangre seca.

Entonces se levanta, y ahora sí puedo verlo todo, lo que vibraba y me volvía incómodo. Lo veo un segundo antes de que suceda como un dolor anticipado: Tahiel camina hacia la costa con firmeza hundiendo la arena mojada y dejando atrás la marca de sus pies. Ya lo alcanza la marejada en las canillas y ya llega a la canoa, donde deja a los dos bebés envueltos, que ahora duermen, para luego subirse él y desatar la amarra primero y empujar el suelo con el remo después y moverse contra las olas que llegan hacia el centro del mar. Tahiel no deja de mirar a Catalina, incluso cuando la fuerza que hace contra el agua es mucha, que sigue en la playa sin poder levantarse con el vientre abierto y lastimado, con sus ropas rasgadas, su sangre ya perdida en la arena, pero con los ojos abiertos, devolviéndole la mirada sin entender del todo por qué el viaje que la sacó de España, ni la matanza que vino cuando tocaron tierra firme, ni el escape tan extenso y castigador, ni su hijo desapareciendo en la línea del horizonte hacia la boreal que ahora aparece de nuevo, como acuarela sobre el cielo, justo cuando el sol empieza a ocultarse, pero con la esperanza de que se abra para los tres la ciudad prometida, bien adentro del agua y lejos de la pólvora y las tormentas y el puma y la fiebre, que ahora imagina de oro, para nadie objeto de disputa sino de revelación, con torres enormes que llegan de tan altas a las nubes, con puentes que cuelgan y que unen todas las habitaciones como una gran colmena, donde no hay fruta ni pan ni fuego que no sea compartido, con una explanada al centro donde espera un rey alto y hermoso para que les toque la frente, que los despoje de todos los desgarros, que les explique en un susurro el significado de la luz y los haga para siempre claros y benditos.

3163

Es su estela, entre los troncos de la planta, mi trono y mi yo disgregado.

Dice: cuando el sol se pone se hace la hora celeste. Tu abuela le decía la hora roja, en la que todo queda del color de las amapolas pálidas, y decía que se trataba de ver el mundo de verdad, como si viviese dentro de un párpado. Pero es celeste. Hace que las cosas brillen. Ahora parecen leche y tienen el color que hace en los sueños. Si nos quedamos lo suficientemente quietos y durante un tiempo largo, podríamos ver cómo se forman las gotas del rocío, cómo tuercen los tallos por el peso, y después cómo caen, como si fueran una lágrima diminuta.

Hay algo verdadero en la tierra, dice. Es un regalo y deberíamos tratarlo como tal.

Estás demasiado grande. Ya no sé cómo hablarte de tu intimidad, ni de la mía. Ahora soy yo el que te tiene vergüenza, como si existiera la posibilidad de que algún día, por alguna razón, te burles de mí y lo que hice de mi vida, de mi cuerpo ahora tan flaco, de los músculos que ya no tengo. No te burles de mí. Julia. Me lastimaría.

Escuchás como yo el viento silbar en la ventana. Parece tener vida y querer decirnos que acaba de llegar. Viene antes que la tormenta porque corre más rápido.

Te hice esta corona. Está hecha de adelfas, entonces es blanca. Y es liviana, como deberían ser todas. Julia. Yo, que no tengo ni tu aceptación ni tu regalo, si algún día te rompieras, allá en la sierra, por algo que desconozco, vas a encontrarme acá. Por qué quisiste irte. Podría volver a hacerte las coronas que hacía cuando eras más chica.

A veces, entonces, cuando el sol cae, cuando se hace la hora celeste y las cosas parecen desprender una estela única, cuando estoy en el jardín con los últimos rayos de luz que perforan las nubes, con el frío de la noche creciendo lento, y miro mis manos para recordar que sí, son las mías a pesar de que se me hagan extrañas en sus líneas y sus ribetes y extraño también el tacto de mi propio índice sobre mi palma opuesta, pienso en una ciudad.

No la busco.

Aparece, Julia. La ciudad.

La imagen es clara: se superpone con lo que veo, con mis manos, la fuente, el invernadero. No se esfuma incluso cuando me refriego los ojos. Sigue ahí, encima de todo y por minutos largos, como una película, una lámina infinita solapada al mundo, pero que nadie ve. Cuando aparece, me quedo quieto donde me encuentra. Veo la ciudad detrás de las cosas, hasta que el mareo y la imagen desaparecen. Después, el cuerpo me queda lastimado: duelen las articulaciones y los muslos y los hombros como si la carga hubiera sido mucha. Hay algo extraño en que se trate siempre de la misma, como si de verdad existiera, y no fuera una imagen sino un recuerdo, o algo que se encuentra en verdad detrás, vivo, pero escondido de las cosas de los hombres. Hay un arco por donde se entra, parecido al de las glorietas, hecho con enredaderas y flores amarillas. Es tan enorme que cabrían por ahí todos los hombres que conozco. Todo huele. Cada tallo y flor, y vibra como si respirase, y se ensancha y decrece, tal como los corazones. La glorieta abre a un camino sinuoso que desciende, iluminado acá y allá por bolas diminutas de colores que parecen tener algún tipo de conciencia: saltan entre las flores y se tocan y explotan en brillos más pequeños todavía, para caer sobre la tierra y después levantarse de nuevo.

Es difícil entender lo verdadero, Julia.

Está siempre mezclado con las cosas que no duran.

Cuando, de chico, conté que a veces, cuando caía la tarde, encontraba una ciudad en el jardín, mamá se asustó. Se lo descubrí en la cara. Dijo que ella también la veía, que no había nada de qué preocuparse; que empezó a verla después de su viaje a la Patagonia, donde conoció a papá, Yuuki.

Veo la ciudad, y el camino baja. A los costados hay piedras que crecen como los corales. Tienen el color de las obsidianas y no reflejan nada de los brillos perpetuos que hay al fondo. Nunca hay nadie, ni en los flancos de las glorietas, ni sobre las piedras, ni custodiando los caminos. El cielo siempre es negro: se trata de la noche o del interior de una cueva enorme. Hay algo abajo, muy abajo, que se ve apenas, como una bruma. Como la luna en las noches de nubes pesadas. Es apenas ocre, o así me llega su reflejo. Puede tratarse de un castillo, de un caldero, de un cubo; podría tratarse de un toro hecho con oro, una esfera, una casa.

Me hace pensar en el comienzo de las cosas. En la idea del principio y del centro.

Cuando pasa, me miro las manos: se me hacen frágiles. Y me confundo. Si alguna vez lo hiciste, vas a entender a lo que me refiero.

Así es cómo se siente creer que Dios vive. No se trata de humildad.

Es miedo.

Mirá los árboles. Se le ven apenas las puntas por la luz de la luna que pasa por las nubes. Tiemblan al pulso del viento. Puedo mirarlos por horas, sin aburrirme. Siguen siendo ellos a pesar del viento que los mueve: quisieran seguir parados, encima de todo, a pesar de los dolores elementales.

A veces siento que son lo que queda de un mundo viejo del que ya no nos acordamos nada o que no podríamos volver a entender. Con las cosas separadas en una justa distancia, en una forma de equilibrio cerrado y preciso, comandado por algo, para que nada se monte encima de lo que tiene al lado. Cada cosa en su espacio. Imperturbable, como supongo que deben ser las moléculas. Este es el dibujo de un castillo, Julia. Quisieras intentarlo. Los lápices, los lápices. Las torres a los costados, con las almenas y los adarves, y al centro la puerta enorme de madera y hierro que se abre solo para los aliados y para los mercaderes que traen el vino y los anillos y los camellos y los pájaros de colores. Podrías haber sido una reina si hubieras nacido en otro tiempo. Clara. Dividiendo las cosas que se te acercan entre las justas y las infames. Creando también el equilibrio en el mundo de los hombres. Haciéndolo existir con tu palabra y tus gestos. Yo podría haberte ayudado en esa vida, de la forma que sea: sido tu mensajero o el capitán de tu guardia.

En caso de que alguna vez, en un amanecer cualquiera, el mar decida retraerse, cruzar de alguna forma los límites que tiene por habituales, se hiciera entero un único punto condensado de presión total y dejara, como si no le importase, ver todo lo que guarda debajo, todo, espero descubrir todavía que todo sigue bien. Todo sigue bien, vos y yo, siempre a mano.

El equilibrio debe tener muchas formas. Yo no entiendo de ninguna, y se me escapa, como si pensarlo fuera imposible.

A veces lo siento apenas toca la madrugada con el primer rayo, y después lo olvido.

Mirá tus manos ahora.

No te pertenecen, Julia.

El fruto que de ellas madure.

No te pertenece.

Estas noches de silencio me hacen pensar en los magos, en una cueva húmeda pero iluminada en sus grietas por un sol de noche, pálido, tomados de las manos, diciendo las cosas que solo ellos saben y en el lenguaje que inventaron o descubrieron, sin desearle el mal a nadie, que rebota en las cúpulas como un eco amable, ni a sus peores enemigos, los que los persiguen y les prometen un infinito de fuego, solo queriendo juntar de a pedazos un mundo que creen roto, las vasijas y las banderas, los faunos, la maravilla imperial, mi memoria y tu ojos de pez, las amapolas, las coronas en las cortes.

Premio Clarín Novela 2024

En Buenos Aires, el 5 de noviembre de 2024, un jurado integrado por los escritores Samanta Schweblin, Mariana Enriquez y Alberto Fuguet otorgó por unanimidad el Premio Clarín Novela, en su edición número XXVII, a la obra *Si sintieras bajo los pies las estructuras mayores*, de Roberto Chuit Roganovich, elegida entre siete novelas seleccionadas sobre un total de seiscientos cincuenta presentadas.

El jurado destacó la extraordinaria complejidad narrativa que conjuga experimentación, historia, terror, ciencia ficción y terror ecológico en un universo poético. Una voz que atraviesa distintos registros y narradores en torno a una planta fantástica que aparece para explicarnos el mundo y, también, revelar grandes acontecimientos de la humanidad.

El Premio Clarín Novela, dotado con cinco millones de pesos, se otorga a una novela inédita escrita en español que publica la editorial Alfaguara.

Novelas premiadas

1998 *Una noche con Sabrina Love* de Pedro Mairal
1999 *Inglaterra. Una fábula* de Leopoldo Brizuela
2000 *Se esconde tras los ojos* de Pablo Toledo
2001 *Memorias del río inmóvil* de Cristina Feijóo
2002 *Las ingratas* de Guadalupe Henestrosa

2003 *Perdida en el momento* de Patricia Suárez
2004 *El lugar del padre* de Ángela Pradelli
2005 *Las viudas de los jueves* de Claudia Piñeiro
2006 *Arte menor* de Betina González
2007 *El lugar perdido* de Norma Huidobro
2008 *Perder* de Raquel Robles
2009 *Más liviano que el aire* de Federico Jeanmaire
2010 *La otra playa* de Gustavo Nielsen
2011 *El imitador de Dios* de Luis Lozano
2012 *Sobrevivientes* de Fernando Monacelli
2013 *Bestias afuera* de Fabián Martínez Siccardi
2014 *Rebelión de los oficios inútiles* de Daniel Ferreira
2015 *¿Qué se sabe de Patricia Lukastic?* de Manuel Soriano
2016 *El Canario* de Carlos Bernatek
2017 *Cadáver exquisito* de Agustina Bazterrica
2018 *Tú eres para mí* de José Niemetz
2019 *Negro el dolor del mundo* de Marcelo Caruso
2020 *Asomados al pozo* de Sancho Arabehety
2021 *Donde retumba el silencio* de Agustina Caride
2022 *El desierto invisible* de Miguel Gaya
2023 *Para hechizar a un Cazador* de Luciano Lamberti
2024 *Si sintieras bajo los pies las estructuras mayores* de Roberto Chuit Roganovich

MAPA DE LAS LENGUAS UN MAPA SIN FRONTERAS 2026

ALFAGUARA / ARGENTINA
Si sintieras bajo los pies las estructuras mayores
Roberto Chuit Roganovich

ALFAGUARA / MÉXICO
Soñarán en el jardín
Gabriela Damián Miravete

ALFAGUARA / ESPAÑA
Presentes
Paco Cerdà

ALFAGUARA / COLOMBIA
La sed se va con el río
Andrea Mejía

ALFAGUARA / CHILE
Serpiente
Alfredo Andonie

RANDOM HOUSE / ESPAÑA
El ataque de las cabras
Laura Chivite

RANDOM HOUSE / COLOMBIA
Que pase lo peor
Antonio García Ángel

RANDOM HOUSE / PERÚ
Criaturas virales
Dany Salvatierra